PIT BERNIE

# COVERT OPERATIONS

## DIE NEUE WELTORDNUNG

ROMAN

VINDOBONA
VERLAG SEIT 1946

Bibliografische Information
der Deutschen Nationalbibliothek:

Die Deutsche Nationalbibliothek
verzeichnet diese Publikation in
der Deutschen Nationalbibliografie.
Detaillierte bibliografische Daten
sind im Internet über
http://www.d-nb.de abrufbar.

**www.vindobonaverlag.com**

© 2022 Vindobona Verlag

ISBN 978-3-949263-45-3
Lektorat: Dagmar Heißler
Umschlagfotos: Daniil Peshkov,
Elena Schweitzer | Dreamstime.com
Umschlaggestaltung, Layout & Satz:
Vindobona Verlag

Gedruckt in der Europäischen Union
auf umweltfreundlichem, chlor- und
säurefrei gebleichtem Papier.

*ES LOHNT SICH IMMER,*
*DARÜBER NACHZUDENKEN,*
*WAS MAN ERREICHT HAT.*
*ES LOHNT SICH NOCH VIEL MEHR,*
*DARÜBER NACHZUDENKEN, WAS*
*MAN BESSER MACHEN KÖNNTE.*

*EIN BESONDERER DANK GEHT AN
BRIGITTE, REINER UND BÄRBEL*

*NULLUS EST LIBER TAM MALUS,*
*UT NON ALIQUA PARTE PROSIT.*

*(KEIN BUCH IST SO SCHLECHT,*
*DASS ES NICHT IRGENDWIE*
*NÜTZLICH SEIN KÖNNTE.)*

*(Plinius d. Ä., nach Plinius d. J.)*


Dieses Buch soll nicht den Eindruck
erwecken, dass alles nur schlecht ist.
Im Gegenteil. Vieles ist gut.
Aber noch viel mehr könnte man
viel besser machen.
Dies aufzuzeigen, ist das Ziel dieses
Romans.

Es kann durchaus sein, dass Probleme durch
zwischenzeitliche Änderungen gelöst wurden.
Zu tun bleibt allemal noch genug.

*ALLE HANDLUNGEN UND NAMEN*
*SIND FREI ERFUNDEN.*
*ÄHNLICHKEITEN SIND REIN ZUFÄLLIG.*

# Berlin

Ein grauer Novembertag liegt ätzend über dem Land. Es ist Freitag, und ein leichter Nieselregen überzieht Berlin mit einer unfreundlichen, kühlen Nässe. Eigentlich ein Wetter für die Couch. Dr. Axel Kühlkopf – Parlamentarischer Staatssekretär im Innenministerium – war froh, dass er an den Feierabend denken konnte, denn die vergangene Woche war von vielen unangenehmen Nachrichten begleitet gewesen. Er hatte das Gefühl, dass seit längerer Zeit nur noch Unangenehmes an der Tagesordnung war. Deshalb räumte er seinen Schreibtisch auf und verabschiedete sich von seiner Sekretärin, Frau Ursula Rose, mit freundlichen Worten und einem Augenzwinkern. Der Staatssekretär war sehr angetan von seiner Sekretärin. Nein – mehr noch. Er liebte sie, aber er konnte es ihr nicht sagen. Er war schließlich ihr Chef, verheiratet und hatte einen Sohn, der ihn noch brauchte. So machte er sich auf den Weg, stieg in seinen privaten Pkw und fuhr nach Hause in Richtung Zehlendorf, wo er sich ein schönes, modernes Haus gekauft hatte. Sechs Zimmer, Garten und Doppelgarage. Kaum zu Hause, ging das Telefon. Seine Frau Anja nahm den Hörer ab. Ein freundliches Lächeln huschte über ihr Gesicht, als sie wusste, wer am anderen Ende sprach.

„Ja, der ist soeben gekommen. Willst du ihn sprechen?"

„Ja bitte, es ist wichtig."

„Axel, Telefon für dich."

„Muss das jetzt sein? Wer ist es denn?"

„Dein Freund Bernhard. Er sagt, es sei wichtig."

„Okay. Verbinde in mein Arbeitszimmer."

Axel Kühlkopf lief in sein Arbeitszimmer und schloss die Türe hinter sich. Wenn Bernhard schon sagt, es sei wichtig, dann macht es Sinn, dass erst einmal niemand hören darf, worum es geht.

„Hallo, mein Lieber, was gibt es denn Wichtiges an diesem bescheidenen Wochenende?"

„Setz dich bitte erst hin."

„Ich sitze."

„Ich bekam soeben die Info, dass vor zwei Stunden in Marzahn-Hellersdorf ein Rabbi auf der Straße ermordet wurde."

„Was? – Wie? – Ermordet? – Erschossen?"

„Nein – abgestochen wie ein Stück Vieh. Sie haben ihm den Bart abgeschnitten, die Haare in seine Kippa gelegt und auf der Straße liegen lassen."

„Ich will es nicht glauben, aber wenn der BKA-Chef mir das berichtet, muss es ja wohl stimmen. Hat man denn schon eine Spur?"

„Nein, bis jetzt noch nicht, aber das LKA ist schon in Aktion. Es gibt bislang auch keine Zeugen. Ist dir was aufgefallen bei dieser Geschichte?"

„Na klar, heute ist der 9. November, denke an die Novemberpogrome. Der 9. November scheint wirklich ein Schicksalstag für die Deutschen zu sein – so wie ihn die Historiker benennen. Also, für diese Woche reicht es mir. Ich bekomme nur noch Dreck auf den Tisch, mit dem ich mich befassen muss. Ich habe den Eindruck, dass sich bei uns im Innenministerium der ganze Mist ansammelt.

Das geht mir alles so auf den Senkel. Es ist einfach unbeschreiblich. Das muss ich erst mal wieder verdauen. Danke für die Info. Ich denke, wir müssen uns in der nächsten Zeit eingehend über einige Themen unterhalten. Ich ruf dich an und – halt mich bitte auf dem Laufenden."

„Gut. Wünsche dir aber erst mal ein friedliches und erholsames Wochenende. Wie geht es übrigens Anja und deinem Jungen?"

„Danke der Nachfrage, alles gut."

„Also dann, bis demnächst."

Axel Kühlkopf legte die Beine auf seinen Schreibtisch und ließ die Woche Revue passieren. Was ihm durch den Kopf ging, stimmte ihn nicht besonders fröhlich. Da waren die Probleme mit den Migranten, mit den Islamisten, den Kinderschändern aus der Kirche, den kriminellen Clans, das Wohnungsproblem, berechtigte Forderungen der Polizei und, und, und. Es musste langsam, aber sicher etwas passieren, denn die Ungereimtheiten und teilweise inakzeptablen Zustände, die sich auch in den anderen Ressorts schon lange breitmachten, konnten nicht mehr hingenommen werden. Es muss sich vieles ändern. Aber wie? Über all diesen Gedanken schlief er ein.

*** 

Das Wochenende verlief für Axel Kühlkopf und seine Familie recht harmonisch. Die nächste kalte Dusche erwischte ihn jedoch am Montagmorgen. Kaum im Büro, legte ihm seine Sekretärin eine Nachricht des türkischen Innenministers auf den Tisch. Die Türkei wolle einige Mitglieder des Islamischen Staates nach Deutschland zurückschicken. Kühlkopf fluchte und tobte in seinem Zimmer, dass es den Mitarbeitern in den anderen Büros nicht verborgen blieb. Er war so in Rage, dass er den türkischen Minister anrufen und zur Schnecke machen wollte. Seine Sekretärin, Frau Rose, hielt ihn jedoch davon ab und erinnerte ihn daran, dass erst die Rechtslage geprüft werden müsse.

Als wäre dies nicht schon genug, kam die nächste Hiobsbotschaft. Die Türken verhafteten einen Rechtsanwalt, der für das Auswärtige Amt tätig war. Der Anwalt hatte die Aufgabe, die Angaben von in Deutschland Asyl suchenden Türken zu überprüfen.

Kühlkopf war damit beschäftigt, seine Emotionen unter Kontrolle zu bringen. Da er zum Sternzeichen Widder gehörte, fiel ihm dies zwar schwer, aber er hatte keine andere Wahl, als gelassen zu bleiben.

„Frau Rose."

„Ja, bitte?"

„Verbinden Sie mich doch bitte mit unserem Botschafter Dr. Kühn in Ankara."

„Mach ich sofort."

Nach nur zwei Minuten war die Verbindung hergestellt.

„Kühn am Apparat."

„Guten Tag, Herr Dr. Kühn, hier Kühlkopf."

„Was gibt's denn, Kollege Kühlkopf?", fragte Kühn mit freundlichem Unterton.

„Da fragen Sie noch? Für die Infos, die ich aus der Türkei bekomme, fehlt mir jede Art von Humor.

Erstens: Seit wann wissen Sie von der türkischen Absicht, uns diese IS-Verbrecher zu schicken? Ich habe große Lust, diese Bagage nicht aufzunehmen! Und zweitens:

Was ist mit unserem verhafteten Rechtsanwalt passiert? Haben Sie hier aufklärende Informationen?"

„Zu Ihrer ersten Frage, Kollege: Die Information über die Abschiebung der IS-Leute mit deutschem Pass habe ich auch erst seit dem vergangenen Wochenende. Sie werden sich in diesem Fall über die Rechtslage informieren müssen. Ich denke, wir werden sie erst einmal aufnehmen müssen – ob wir wollen oder nicht. Sie wissen ja inzwischen, dass es sich hier unter anderem auch um Frauen und Kinder handelt. Da reagieren die Menschenrechtler und einige Personen aus der Justiz übertrieben empfindlich. Wenn Sie und der Rest der Regierung – oder auch Teile davon – der Meinung sind, dass ich hier nochmals vorstellig werden sollte, tue ich das selbstverständlich, wobei ich mir keine große Hoffnung mache, etwas für uns Positives zu erreichen. Nun sind wir auch schon bei Ihrer zweiten Frage. Wie unschwer zu analysieren ist, ist die Verhaftung des Rechtsanwaltes Teil der Regierungsstrategie bei ihrer sogenannten Terrorabwehr. Die konfiszierten Akten werden dazu beitragen, die türkischen Spitzel in Deutschland in Aktion zu setzen, um die betreffenden Personen zu bedrohen und einzuschüchtern.

Hier sollte nach meiner Meinung der Druck in Richtung Ankara massiv erhöht werden. In erster Linie auf wirtschaftlichem Gebiet – zum Beispiel Aufkündigung von Bürgschaften. Diese Sprache verstehen sie am besten. Mehr kann ich im Augenblick auch nicht dazu sagen."

„Sie haben recht", fügte Kühlkopf an. „Rufen Sie mich an, und informieren Sie mich umgehend über Neues – auch über eventuelle direkte Gespräche Ihrerseits."

„Das werde ich tun."

„Okay – bis dann und gute Woche."

Kühlkopf legte den Hörer auf und überlegte, was als Nächstes zu tun sei. Er war sich darüber im Klaren, dass er sein gesponnenes Netzwerk so schnell wie möglich und so diskret wie möglich aktivieren musste.

Zuerst, so entschied er sich, würde er ein ausgiebiges Gespräch mit seinen Freunden Brigadegeneral Walter Schütz, BND-Chef Dr. Johannes Klarmund und BKA-Chef Dr. Bernhard Walter führen.

„Frau Rose, verbinden Sie mich doch bitte in der Reihenfolge mit Dr. Walter, Dr. Klarmund und General Schütz."

„Wird doch sofort gemacht", hörte er seine Sekretärin in dem fast üblichen, freundlichen Ton antworten. Die Freundlichkeit und das Timbre in der Stimme von Frau Rose hatten für Kühlkopf etwas Erregendes, Laszives. Er konnte es sich nicht erklären, aber diese Frau machte ihn scharf, wenn sie nur den Mund bewegte.

„Dr. Walter am Apparat", tönte es nach wenigen Minuten aus der Telefonmuschel von Frau Rose.

„Hallo?"

„Hier Bernhard, hallo Axel. Was gibt's denn?"

„Ich hätte einiges in unserem kleinen Kreis zu besprechen, was keinen Aufschub mehr duldet. Vorgesehen habe ich dafür dich, unseren General Walter Schütz sowie unseren gemeinsamen Freund vom BND, Dr. Klarmund. Wann hast du Zeit? Bist du am Freitag noch in Berlin?"

„Wie lange würde die Gesprächsrunde denn dauern?"

„Richte dich auf eine längere Unterhaltung ein. Unter zwei bis drei Stunden wird es nicht gehen. Deshalb schlage ich vor, dass wir uns bei mir zu Hause treffen. Wäre das okay für dich?"

„Kein Problem. Freitag nach Feierabend?"

„Das passt. Ich werde Anja bitten, für uns etwas Essbares zu richten – auf 17:30 Uhr."

„Okay. Bis dann."

Nach wenigen Minuten war die Verbindung zu BND-Chef Dr. Klarmund hergestellt.

„Klarmund am Apparat."

„Hallo, Johannes. Wie geht's dir denn?"

„Na ja, kommt aufs Thema an. Was hast du für mich?"

„Einen wichtigen Termin, den du mir hoffentlich nicht abschlagen wirst. Freitag nach Feierabend, 17:30 Uhr bei mir zu Hause. Bernhard wird auch da sein, und wenn nichts dazwischenkommt, auch unsere graue Maus."

Klarmund konnte ein schallendes Lachen nicht unterdrücken, denn mit der grauen Maus war kein anderer gemeint als General Schütz.

Der Spitzname „graue Maus" war ihm wegen seiner grauen Uniform als General des Heeres verpasst worden.

„Du hast Glück. Am Freitag habe ich ausnahmsweise nichts vor. Hatte mich eigentlich auf einen gemütlichen Abend eingerichtet, den du mir jetzt kaputtmachst."

„Du wirst es überleben."

„Um welches Thema geht es denn?"

„Es geht nicht nur um *ein* Thema, sondern um *viele* Themen. Wie du weißt, haben wir uns schon öfter über diverse Dinge unterhalten, die unseres Erachtens nicht mehr tragbar sind. Wir müssen uns einen Plan zurechtlegen, wenn wir nicht wollen, dass alles so bescheiden bleibt und schleifen geht."

„Kannst du mir schon mal einen Tipp geben?"

„Nein – nicht am Telefon. Also – bis Freitag?"

„Geht okay. Übrigens – fällt mir gerade ein – ich komme etwas früher und prüfe, ob deine Bude sauber ist."

„Sehr gut. Danke. Bis dann und pfiat di."

Dieses Pfiatdi und andere urbayerische Ausdrücke konnte er sich als geborener Münchner auch in Berlin nicht abgewöhnen. Seine Kollegen und Freunde störte das jedoch in keiner Weise.

Nun war auch der Letzte der Runde, Brigadegeneral des Heeres Walter Schütz, am Telefon.

„Hallo, Walter, hier Axel. Ich brauche dich dringend für eine wichtige Gesprächsrunde. Hast du am Freitag nach Feierabend ab 17:30 Uhr Zeit – bei mir zu Hause?"

„Wie lange?"

„Circa drei Stunden wird es schon gehen. Johannes und Bernhard werden auch da sein."

„Oha, das klingt ja nach Wichtigkeit."

„Ist es auch."

„Moment mal, ich schau in meine Agenda … Das ist ja gar nicht gut. Ich hätte es fast vergessen. Ich, also wir, ich meine, meine Frau und ich haben am Freitag unseren Hochzeitstag. Wir wollten schön zum Essen gehen. Hab ich ihr versprochen."

„Geht das nicht auch am Samstag? Du weißt doch, wie schwierig es ist, einen passenden Termin für uns zu realisieren. Denke an die Bedeutung der Sache. Zu Essen gibt es bei mir auch etwas. Anja wird einiges vorbereiten. Übrigens – wann wolltet ihr denn essen gehen?"

„Na ja – so gegen 20 Uhr."

„Vorschlag von mir: Du bringst deine Frau mit, dann haben sie und Anja etwas zu plaudern. Wir beenden unsere Runde 19:30 Uhr, und ihr könnt dann direkt von mir zu eurem Lokal fahren."

„Sehr gut. So machen wir es."

„Danke dir, mein Freund."

\*\*\*

Die Woche verlief im Chaos der schon leider normal gewordenen Ereignisse.

Es war Freitag, 17:30 Uhr. Die Freunde von Axel Kühlkopf standen recht pünktlich auf der Matte. Alle noch in Dienstkleidung. Sogar der General hatte noch seine Uniform an.

Anja Kühlkopf führte sie nach und nach ins Arbeitszimmer ihres Mannes, in dem sich Axel sehr wohlfühlte, wenn er sich zurückzog. Ausschlaggebend dafür war nicht zuletzt die Einrichtung. Eine hellbeige Ledergarnitur mit einem Couchtisch aus poliertem Stein, der die gleiche Farbe hatte wie sein Schreibtisch aus feinstem Holz mit Rio-Palisander-Furnier. Diese Kombination, einschließlich seines bequemen, ebenfalls hellbeigen Schreibtischsessels, gab dem Zimmer einen edlen Charakter. Unterstrichen wurde das alles noch durch zwei schöne Perserteppiche aus Isfahan, einige Bilder von Claude Monet und Zimmerpflanzen. Den Schreibtisch hatte er sich vor Jahren angeschafft, was er aus heutiger Sicht und Erkenntnis nicht mehr tun würde. Das Holz aus der Gattung Dalbergia nigra stammte aus dem Osten Brasiliens und war inzwischen gemäß Washingtoner Artenschutzübereinkommen geschützt. Auch bei Axel Kühlkopf war die Notwendigkeit des Klimaschutzes angekommen.

Anja servierte jedem erst einmal einen Drink und zog sich dann mit Frau Schütz zum Plauderstündchen zurück.

Da Kühlkopf der Einladende war, übernahm er auch sofort die Moderation.

„Also, liebe Freunde", begann er das Gespräch, „es gibt, wie ihr wisst und wie schon oft von mir und euch bemerkt, viele Baustellen in unserem Staat beziehungsweise in unserer Regierung. Seit Jahren. Ich werde, wenn ihr damit einverstanden seid, unser Gespräch – auch die folgenden – dokumentieren und jedem eine Kopie persönlich zugehen lassen."

Alle waren einverstanden.

„Fangen wir doch mit meinem Ressort an, dann der Reihe nach das Ressort von Bernhard, Walter und dann von Johannes. Die anderen Ressorts werden wir dann bei einem der nächsten Termine besprechen. Und dass ich es nicht vergesse, wir haben nur bis 19:30 Zeit. Ein Zugeständnis an Walter, der an seinem heutigen Hochzeitstag seine Frau zum Essen ausführen will."

Applaus von allen.

„Nun ...", so redete Kühlkopf weiter, „Folgende Probleme, die meines Erachtens vorrangig und zu gegebener Zeit in Ordnung gebracht werden müssen, habe ich mir für mein Ressort notiert.

**SPORT:** Hier müssen in Zusammenarbeit mit neuen Partnern Eingriffe vorgenommen werden. Sowohl bei den Verantwortlichen, die zur FIFA und UEFA gehören, als auch bei den Verantwortlichen, die zum Olympischen Komitee gehören. Ebenfalls müssen die nationalen Sportverbände besser kontrolliert werden. Es gibt offensichtlich viele Ungereimtheiten in Bezug auf die Finanzen, wobei es sich hier teilweise auch um Steuergelder handelt – sprich Sportförderung. Deshalb meine Forderung: totale Offenlegung der Finanzen bei allen Vereinen und Verbänden. Zahlungen von TV-Sendern an Sportverbände sollten neu geregelt werden. Ziel: Reduzierung der Zahlungen insgesamt, um einem finanziellen Ausufern entgegenzuwirken.

Ebenfalls muss das Thema Doping genauer unter die Lupe genommen werden. Ein sauberer und dopingfreier Sport muss das Ziel sein. Absprachen mit Gleichgesinnten sind dabei eine wichtige Voraussetzung.

Zum Thema Olympische Spiele ist noch anzumerken, dass gewissen Forderungen und Neigungen, digitale Spiele – vor allem Spiele mit gewalttätigem Inhalt – in das olympische Programm aufzunehmen, entgegengewirkt werden muss. Das Argument ‚Milliardengeschäft‘ darf hier nicht den geringsten Ausschlag geben. Korrupte Personen in ‚Amt und Würden‘ werden es in Zukunft schwer haben, sich für skurrile Unterhaltungswerte starkzumachen.

**EINWANDERUNG:** Es muss jetzt dringend ein Einwanderungsgesetz auf den Weg gebracht werden nach den Vorbildern Schweiz, Kanada und Australien. Alles andere kann nicht mehr gut sein.

**GRENZKONTROLLEN:** Hier müssen wir mit unseren Freunden und zukünftigen Partnern einen Konsens finden, der das Schengener Abkommen nicht total aushebelt. Aber da bin ich zuversichtlich. Habe schon einige Bemerkungen von EU-Kollegen aufgegriffen und notiert. Es darf auf jeden Fall nicht mehr passieren, dass Zigtausende *unkontrolliert* über die Grenzen nach Europa kommen. Kein Mensch lässt seine Haus- oder Wohnungstüre offen, damit Fremde ungehindert eintreten und sich bedienen können.

**ASYLRECHT:** Das Asylrecht und die damit verbundenen Rechte und Pflichten müssen überarbeitet und gestrafft werden. Hierzu gehören auch das Sachleistungsprinzip und die Arbeitspflicht. Siehe Modell Schweiz. Entscheidungen über das Bleiberecht für Flüchtlinge und Asylsuchende dürfen nicht mehr Monate und Jahre dauern. Es muss innerhalb von drei Monaten entschieden werden, ob ein zeitlich begrenztes Bleiberecht gewährt oder sofort abgeschoben wird. Es darf nicht sein, dass Menschen des genannten Personenkreises jahrelang in unserem Land wohnen, möglicherweise gut integriert sind, Arbeit haben und dann aus heiterem Himmel von der Abschiebung erfahren.

Ebenfalls muss mit den Kirchen geredet werden. Hier steht einiges zur Disposition, wie zum Beispiel das Kirchenasylrecht oder die Eintreibung der Kirchensteuer durch unsere Finanzbehörden, um nur zwei Beispiele zu nennen. Zu weiteren Kirchenthemen komme ich später.

Wir müssen in vielen Punkten das Rad nicht neu erfinden. Es genügt, wenn wir erkennen, dass es andere besser machen als wir. Aber weiter zu meinen Baustellen.

**WOHNUNGSBAU:** Um den Finanzhaien in der Baubranche das Handwerk zu legen, müssen wir in die Baugenehmigungen Hürden einbauen, die es möglich machen, die Mieten in erträglichen Grenzen zu halten, damit es Familien mit mittleren und kleinen Einkommen möglich ist, bezahlbaren Wohnraum zu mieten. Dies gilt auch für Alleinerziehende und Sozialhilfeempfänger. Wenn die Herren Baulöwen das nicht akzeptieren, bauen wir als Bund, Land und Kommune eben selbst beziehungsweise mehr als bisher.

Sozialwohnungsbau ist zwar Ländersache, wenn sie es aber nicht geregelt bekommen – siehe Abnahme der sozialgeförderten Wohnungen –, dann werden wir die Möglichkeiten dazu für den Bund schaffen. Derzeit fehlen ganz grob geschätzt über 600.000 Wohnungen. Es ist fünf nach zwölf.

Die Bindefrist für die Sozialmieten wird aufgehoben. Dazu gehört auch eine Reglementierung der Grundstückspreise, damit diese unselige Spekulationswut ein Ende hat. Sozial geförderte Wohnungen sind in den letzten Jahren, wie schon erwähnt, immer weniger geworden statt mehr, obwohl die Schere zwischen Arm und Reich immer weiter auseinandergeht. Bei den derzeitigen Unternehmerphilosophien – wohl ein Produkt US-amerikanischer Unternehmensberater – steigt logischerweise die Zahl bedürftiger Mieter. Leerstehende Gebäude und Wohnungen, die offensichtlich und ausschließlich Spekulationsobjekte darstellen, dürfen in Zukunft enteignet werden, wenn nicht glaubhaft nachgewiesen wird, dass in einem Zeitraum von 18 Monaten mit Abriss und Neubau beziehungsweise Sanierung und Weitervermietung gerechnet werden kann.

Dass viele Dinge derzeit nicht umgesetzt werden können, liegt ganz einfach am Einspruch von den dem Kapital nahestehenden Politikerkollegen.

Die Klüngelei mit den Lobbyisten trägt – wie fast überall – zur Blockade bei. Ein weiterer Grund scheint hier die fehlende soziale Kompetenz zu sein, die sich leider in vielen Bereichen negativ auswirkt. Die Gefühle der Menschen mit Wohnungsproblemen sind für viele Politiker und Unternehmer nicht nachvollziehbar. Reichwerden mit der Not anderer ist in vielen Bereichen innerhalb unseres Systems zu beobachten. Das Überlegenheitsgefühl diverser elitärer Typen trägt wohl zu diesem erbärmlichen und zweifelhaften Ehrgeiz bei. Und das widert mich sowas von an.

Um kriminellen Machenschaften entgegenzuwirken, müssen Möglichkeiten geschaffen werden, die einen zeitlich begrenzten und vorübergehenden Stopp von Immobilienverkäufen an Personen ausländischer Herkunft (auch mit deutschem Ausweis) zulassen. Umso mehr, wenn ein begründeter Verdacht auf Zugehörigkeit zu einer kriminellen Vereinigung und Gefahr im Verzug bestehen. In solchen Fällen muss auch eine unverzügliche Beschlagnahme beziehungsweise Enteignung von Immobilien möglich sein. Änderungen in diesem Sinne sind vom Justizministerium zu veranlassen.

**ISLAMISMUS:** Die verschiedentlich recht oberflächlichen und unsachlichen Diskussionen zu diesem Thema – geschürt unter anderem von Medien mit Ansichten ihrer Journalistinnen und Journalisten –, die teilweise recht grenzwertig und der Allgemeinheit nicht dienlich sind, bringen mich immer wieder in Rage.

Da nützt auch eine Islamkonferenz nichts, wenn man die Augen davor verschließt, was zum Beispiel in diversen Gebetshäusern vor sich geht. Ebenfalls müssen wir Voraussetzungen schaffen, die es uns ermöglichen, Hassprediger und islamistische Gruppen, die unsere Jugend rekrutieren wollen – und es teilweise auch tun –, sofort auszuweisen.

Auch müssen wir verstärkt ein besonderes Augenmerk auf jene Klientel legen, die sich, in unlauterer Absicht und von langer Hand aus dem Ausland gesteuert, in unserem Land aufhält und hier agiert. Jeder von euch weiß, was und wen ich meine.

Hier will ich anmerken, dass in Zukunft, wenn wir mit unseren Bemühungen weiter sind, dieses Thema unter anderen ein Schwerpunkt für deine Mitarbeiter sein muss, lieber Johannes.

Ebenfalls gehört dazu – das tangiert auch die OK, die Organisierte Kriminalität, die in deinen Bereich fällt, Bernhard –, dass es in Zukunft keine doppelte Staatsbürgerschaft mehr geben darf. Wer sich nicht an die Verfassung hält und sich strafbar macht, dem wird augenblicklich die deutsche Staatsbürgerschaft aberkannt, sofern es sich um eine doppelte handelt.

Ich will es nicht versäumen, nochmals zu betonen, dass jener Teil der muslimischen Bevölkerung, der sich integriert, sich an Recht und Gesetz hält und nicht auffällig wird, sehr wohl ein dauerhaftes Bleiberecht erhält und gerne gesehen ist.

Nicht aber die fanatischen Teile des Islam, die auf Konfrontationskurs sind und unsere Bevölkerung missionieren wollen oder gar bedrohen. Diese werden umgehend mit der gesamten Familie das Land verlassen müssen. Ich betone: *mit der gesamten Familie*. Und spätestens hier will ich von den Menschenrechtlern nichts mehr hören.

Ebenfalls will ich klarstellen – und das geht auch an die Adresse der Medien –, dass dies mit Populismus rein gar nichts zu tun hat. Nichts.

So betrachtet, gehört der Islam *nicht* zu Deutschland, wie es uns einige Klugscheißer einreden wollen. Der Islam ist in keiner Weise Teil unserer Kultur – man lese den Koran, der stellenweise auch zur Gewalt ermutigt. Teil unserer Kultur ist dann schon eher der jüdische Glaube.

Es darf auch nicht geduldet werden, dass sich, wie in einigen Fällen in anderen Ländern, Parallelgesellschaften bilden, wobei wir klar definieren müssen, wo die Parallelgesellschaft beginnt und wo sie aufhört. Sie beginnt zum Beispiel bei Institutionen, die sich eigene Gerichtsbarkeiten installiert haben.

Damit will ich für heute meine Ausführungen beenden, damit auch Ihr zu Wort kommt. Die weiteren Themen werde ich bei nächster Gelegenheit auf den Tisch legen, wobei natürlich ressortübergreifend Vorschläge von uns allen erwünscht und notwendig sind. Danke.“

Ein allgemeines Kopfnicken mit Applaus kam als Dankeschön von den Freunden zurück.

„Eine letzte Frage noch an Bernhard und Johannes. Habt ihr schon Erkenntnisse im Rabbi-Fall?“

BKA-Chef Bernhard Walter meldete sich zu Wort.

„Da wir die rechte Szene genau beobachten, natürlich mit Hilfe des Verfassungsschutzes, des LKA und auch mit Hilfe von Johannes und seiner Truppe, sind wir möglicherweise auf einer heißen Spur. Ich will mich aber noch nicht festlegen, da die Ermittlungen vielfältiger Art sind. Möglicherweise sind auch linke Extremisten in den Fall verwickelt, um es den Rechten in die Schuhe zu schieben. Aber es ist einfach noch zu früh. Auch für etwaige Pressemitteilungen. Das zum Fall Rabbi.

Auch ich habe mir einiges notiert, was vordringlich in Zukunft geändert werden muss. Da wäre zum Beispiel, was in dein Ressort fällt, Axel:

**DIE POLIZEI**. Kripo und Streifendienst: Erstens benötigen wir eine Aufstockung des Personals bei Kripo und Streifendienst. Es ist auf Dauer nicht mehr hinzunehmen, dass unsere Leute Überstunden am Fließband produzieren, bei einer Entlohnung, wo ich mich wundern muss, dass wir überhaupt noch Neuzugänge haben. Ein steigender Personalanteil mit Migrationshintergrund unterstreicht die Situation, wobei dies absolut keine Bewertung dieser Mitarbeiter darstellen soll. Im Gegenteil. Wir brauchen diese Menschen. Der derzeitige Zustand ist schädlich für den Zusammenhalt unseres Teams, für die Familien der Mitarbeiter und nicht zuletzt für unseren guten Ruf, der zum Teil – dank diverser Politiker und Politikerinnen, Medien und leider auch einiger Polizisten – etwas ramponiert ist.

An dieser Stelle will ich ausdrücklich betonen, und ich denke, das entspricht auch eurer Meinung, dass nicht alle Politiker schlecht sind. Wir haben auch wirklich gute und lobenswerte Vorbilder. Aber jene mit chronischer Demenz und etwas zweifelhaftem Verhalten haben sowohl im Parlament als auch in der Regierung nichts zu suchen.

Nochmals zum guten Ruf: Ein gutes beziehungsweise auch schlechtes Beispiel dafür war der G20-Gipfel in Hamburg. Solche und ähnliche Szenarien will ich in naher und ferner Zukunft nicht mehr erleben. Ursachenforschung für derartige Vorkommnisse sind ein wichtiger Bestandteil zur Befriedung.

An dieser Stelle will ich auch anmerken, dass mir das immer wiederkehrende Kompetenzgerangel mächtig auf die Nerven geht. Gemeint ist der BND, das BKA, das LKA, die Zollbehörde, der Verfassungsschutz sowie der MAD, wenn es zum Beispiel um Terrorabwehr jeglicher Art geht, um die Beobachtung von Gefährdern und entsprechende notwendige Aktionen. Gemeint sind auch die restlichen verantwortlichen Behörden. Beispiele, wie es nicht sein soll, gab es in den letzten Jahren genügend. Das muss aufhören und in reibungslose Bahnen gelenkt werden. Dazu gehört meines Erachtens auch eine Vereinheitlichung der Polizeigesetze.

Ich denke, dass wir vier das gut geregelt bekommen. Oder sehe ich das falsch?"

Zustimmung von allen Kollegen.

„Ich will es auch nicht mehr dulden, dass unsere Leute beleidigt, bespuckt und angegriffen werden. Dieses respektlose Verhalten, von einigen dubiosen Politikern fast noch beklatscht, ist ein absolutes No-Go. Wir kennen diese Szenarien auch bei Feuerwehr und anderen Rettungsdiensten. Diesem üblen Verhalten muss schleunigst ein Ende bereitet werden, indem wir in Absprache mit dem Justizministerium einige Paragraphen im Gesetz ändern sowie das dazugehörige Strafmaß erheblich erhöhen. Ebenfalls sollten wir – Datenschutz hin oder her, Persönlichkeitsrechte hin oder her – sämtliche Mitarbeiter von Polizei und Rettungsdiensten mit Body-Cams ausrüsten. Um das Ganze abzurunden, ist die Videoüberwachung in problematischen Gebieten der Städte auszubauen. Damit wird sich manches bessern.

Die Befugnisse der Polizei müssen in einigen Bereichen erweitert werden, wobei ich klarstellen will, dass ein Polizeistaat ebenso nicht gewollt wird, wie unsere teilweisen Erfolgsverhinderungsgesetze. Dabei ist darauf zu achten, dass ein Kompetenzgerangel – wie bereits bemerkt – Polizei versus Zollbehörde/Bundespolizei ausgeschlossen sein muss.

Ebenfalls will ich anmerken, dass durch dieses respektlose Verhalten, wie bereits erwähnt, rechtes Gedankengut geradezu gefördert wird, was ich allerdings, und das will ich unterstreichen, keineswegs tolerieren kann. Wenn jedoch bei einer Demo zig Polizisten vom Mob angegriffen und verletzt werden, ist die rote Linie bei Weitem überschritten. Ich weiß, dass nicht nur wir dieses Problem haben – siehe Nachbarstaaten –, deshalb umso mehr die Bitte, lasst uns die Sache konsequent angehen.

Dies gilt ebenfalls für unser Personal bei der Bundeswehr. Wir müssen hier in Zukunft verstärkt in Zusammenarbeit mit BND, Verfassungsschutz und MAD schwarze Schafe ausfindig machen und sofort aussortieren. Faule Äpfel lässt man nicht bei den guten im Korb. Unser Freund Walter geht auch in dieser Sache mit mir d'accord.

Und noch ein Wort zum Sport: Ich will, dass unsere Polizeikräfte nicht mehr in beziehungsweise an und um die Stadien allwöchentlich Dienst tun müssen, um sich mit gewaltbereiten Hooligans, mit selbsternannten Pyrotechnikern und sonstigen Idioten zu beschäftigen. Dies gilt auch für den Dienst an diesen Tagen an den Bahnhöfen unseres Landes. Sollten die Deutsche Bahn oder die entsprechenden Vereine – hier insbesondere Erste und Zweite Fußballbundesliga – unsere Präsenz haben wollen, so haben sie die Rechnung hierfür gefälligst zu bezahlen. Alle und alles. Es ist nicht einzusehen, dass für die Spieler und Trainer Millionengehälter bereitgehalten werden, um dann, wenn es um die Sicherheit geht, den Geldhahn zuzudrehen und den Staat die Zeche bezahlen zu lassen. Nicht jeder Steuerzahler ist auch Fußball-Fan. Die Rechnungen gehen dann ab sofort an den DFB, die DFL oder an die Vereine direkt.

**ORGANISIERTE KRIMINALITÄT (OK):** Wir müssen bei diesem Thema auf bereits Erreichtem weiter aufbauen, da mir die Erfolgsquote und die Effizienz noch mangelhaft erscheinen. Strukturen der Mafia sowie der Familienclans, sei es bei Kleinkriminalität wie auch bei Geldwäsche, Drogenhandel, Prostitution etc., müssen aufgebrochen werden. Das funktioniert aber nur, wenn wir unter anderem eine totale Vernetzung haben. Angefangen bei den Kommunen über Land, Bund, Euro- und Interpol. Es ist nicht zielführend, wenn hier jeder sein eigenes Süppchen kocht.

Auch hier werden wir auf das Justizministerium und die Politik einwirken müssen.

Die Möglichkeiten zur Abschiebung müssen optimiert werden. Dringend. Das heißt auch, dass wir uns mit den Regierungen der entsprechenden Heimatländer der Abzuschiebenden stärker arrangieren müssen.

Für zu viel Nachsicht und Toleranz hat unsere Bevölkerung mit Recht kein Verständnis. Kriminelle und Terroristen haben sich das Recht auf Nachsicht und Toleranz verwirkt. Ohne weitere Diskussion.

Wenn abgeschoben werden muss, dann nicht nur die entsprechende Person, sondern die gesamte dazugehörende Familie, so, wie es bereits von Axel für andere Fälle erwähnt wurde. Nur so bekommen wir dieses Problem in den Griff.

Schaut einfach in einige Bezirke unserer Stadt. Schaut nach Hamburg, nach Frankfurt oder in den Ruhrpott. Was da abgeht ist unerhört. Wenn sich unsere Leute fast nicht mehr trauen, in den entsprechenden Stadtteilen auf Streife zu gehen oder zu fahren, dann ist das Fass bereits übergelaufen.

Wenn notwendig, gibt es Krieg gegen die einschlägigen Organisationen in Zusammenarbeit mit Spezialkräften, Bundeswehr und befreundeten ausländischen Terrorabwehreinheiten.

Ich weiß, dass wir hier auf Widerstände stoßen werden, aber am Ende der Prozedur werden wir gewonnen haben. Leider hinterlassen die derzeitigen Verantwortlichen in Politik und Justiz einen etwas überforderten, um nicht zu sagen einen Eindruck der Impotenz oder des fehlenden Willens."

„Und wie willst du das alles in den Griff bekommen? Hast du schon Ideen?", fragte Kollege General.

„Mein lieber Walter, ich habe mir hier einige Gedanken gemacht und werde diese bei einer unserer nächsten Sitzungen vorstellen."

Kaum ausgesprochen, ging die Türe auf, und Anja kam, begleitet von Frau Schütz, mit zwei großen Platten Canapés ins Zimmer.

„Damit ihr uns nicht verhungert. Die Nation braucht euch noch."

Helles Gelächter und anerkennende Worte für die Zubereitung der Delikatessen waren der Lohn für die Damen, die auch noch genügend gekühlte Getränke brachten.

„So, Walter, nun bist du an der Reihe. – Nein, halt. Da fällt mir noch etwas ein, was ich in meinen Notizen ergänzen muss.

Stichwort Karneval: Ich wundere mich immer wieder über die überzogene Intoleranz und Einfältigkeit vieler Wichtigtuer. Da kommen doch tatsächlich diverse Einfaltspinsel auf die Idee, den Kindern zu verbieten, sich an Karneval als Schornsteinfeger, als Indianer, als Chinese, Mohr oder Scheich zu verkleiden. Wie deppert muss man sein, den Kindern auch noch diese Freude zu nehmen. Bei Kirchenleuten gibt es inzwischen schon die Überlegung, den schwarzen König der Heiligen Drei Könige aus dem Verkehr zu ziehen. Es sei nicht mehr zeitgemäß. Was für ein Schwachsinn. Als hätte es noch nie einen schwarzen König gegeben. Muss nun die ganze Geschichte der Christenheit auf den Prüfstand?

Dieselbe Klientel ist es auch, die meint, man müsse jetzt für das dritte Geschlecht (vielleicht gibt's inzwischen auch noch ein viertes – ich weiß es nicht) extra Toiletten bauen. Ich will diesen Menschen nicht zu nahe treten, aber ich bin der Meinung, dass mit derlei Aktionen genau das Gegenteil bewirkt wird, was nicht in deren Sinn sein kann. Damit wird doch erst recht mit dickem Finger auf diese Leute gezeigt.

Das noch zu dieser Angelegenheit, als gäbe es keine größeren Sorgen und wichtigere Dinge auf dieser Welt. Bei allem Respekt vor dem Thema, aber wenn Minderheiten der Meinung sind, dass sie ihre Ansicht als das Maß aller Dinge der Mehrheit aufs Auge drücken müssen, dann halte ich das doch für sehr bedenklich. Wir werden es im Detail irgendwann besprechen.

Jetzt, Walter, du. Erzähl uns, was dich bedrückt und wo du etwas im

### Verteidigungsministerium
geändert haben willst.‟

„Nun gut, auch bei uns gibt es einiges, das nicht passt. Vor allen Dingen stinkt mir die Tatsache, dass wir als Verteidigungsminister oder auch Verteidigungsministerin Leute vor die Nase gesetzt bekommen, die von der Materie so viel Ahnung haben wie eine Kuh vom Brombeerpflücken. Aber nun zu den meines Erachtens schwerwiegenden Problemen.

**Punkt 1:** Stationierung im Ausland. Ich denke, dass wir mit der Stationierung unserer Soldaten im Ausland den Bogen unseres grundsätzlichen Auftrages weit überspannt haben. Hier betone ich ausdrücklich das Wort *grundsätzlich*.

Wir wissen alle, dass die Aufgabenstellung eine sehr vielschichtige und weitreichende ist. Mit der Einbindung der Bundeswehr in die NATO wurden diese Aufgaben zwangsläufig ausgeweitet. Trotzdem halte ich es nicht für sinnvoll, dass wir uns überall engagieren. Ich denke hier zum Beispiel an Afghanistan und Mali. Eine Befriedung in Afghanistan ist auf lange Sicht nicht zu erwarten. Dafür sind einerseits die Interessen der verschiedenen Warlords zu unterschiedlich, andererseits spricht auch das Verhalten der ultrafanatischen Religionsführer gegen ein Ende der Auseinandersetzungen. Selbst wenn eine Vereinbarung zu einem friedlichen Miteinander zustande käme, wäre meines Erachtens dem Frieden nicht zu trauen. Ein Abzug aus diesen Ländern wird früher oder später kommen müssen, denn die permanenten Angriffe und Anschläge auf öffentliche Einrichtungen – verursacht von bekannten Organisationen – sei es im Irak, sei es in Afghanistan, werden nicht aufhören, bis die Verantwortlichen ihr Ziel erreicht haben. Wir werden hier in der nächsten Zeit sicher einiges zur Klärung erfahren. Nicht außer Acht lassen sollte man die Tatsache, dass teilweise die Heimkehrer aus Auslandseinsätzen sowohl psychisch als auch physisch schwere Schäden erlitten haben.

Dieser Personenkreis hat ein Recht auf entsprechende medizinische und seelische Betreuung. Ebenfalls auf staatliche Hilfe bei der Wiedereingliederung in die Gesellschaft. Der Staat kann und darf sich in dieser Angelegenheit nicht aus der Verantwortung stehlen.

**Punkt 2:** Beschränkung der Aufgaben und Sanierung. Wir sollten uns wieder hauptsächlich der Verteidigung widmen. Ausnahme natürlich die Bündnisverpflichtung bei Angriffen auf unsere Partner. Allerdings mit

Einschränkung. Es ist nicht einzusehen, dass Staaten innerhalb unseres Bündnisses Menschenrechte verletzen, völkerrechtswidrig in andere Staaten einmarschieren, kriegerische Handlungen beginnen und uns dann um Hilfe bitten. Das muss abgestellt werden. Und zwar sofort. Auch mit der Konsequenz des Austritts oder des Rausschmisses des Verursachers aus dem Bündnis.

Darüber hinaus müssen wir die Sanierung aller Streitkräfte vorrangig behandeln, um den desolaten Zustand zu beenden und um das Ansehen unserer Armee nicht weiter zu beschädigen. Es macht keinen Sinn, eine Bundeswehr zu finanzieren, bei der im Einsatz nichts funktioniert.

Ebenfalls erscheint es mir wichtig, dass die einzelnen Verbände – in Absprache mit dem Ministerium beziehungsweise dem Beschaffungsamt der Bundeswehr – über ihre jeweiligen Budgets selbst entscheiden und entsprechend investieren, wo es wichtig und vordringlich ist. Bei Aufträgen jeglicher Art sind zunächst deutsche beziehungsweise europäische Unternehmen zu berücksichtigen, sofern diese den Bedarf auch decken können. Auch das gehört zu meinem Verständnis von Europa.

Um eklatante Kostensteigerungen zu vermeiden, müssen alle Verträge von einem Fachgremium geprüft und bei Bedarf neu formuliert werden.

Wie inzwischen allgemein bekannt ist, fehlen die wichtigsten Dinge, die zur Basisausrüstung gehören. Bevor wir also unser Budget für das Bündnis erhöhen, sollten wir erst einmal grundlegende Dinge im eigenen Haus in Ordnung bringen. Dies gilt gleichermaßen für Heer, Marine und Luftwaffe.

Ganz abgesehen davon, dass mir die omnipräsente Bevormundung und die permanenten Forderungen von gewissen Leuten überm Großen Teich gewaltig über die Hutschnur gehen.

**Punkt 3:**

a. Katastrophenhilfe: Der Aufgabenbereich sollte generell zugunsten der Katastrophenhilfe erweitert werden. Dies kann sowohl im Inland als auch im Ausland geschehen.

b. Wehrpflicht: Ich halte es für sinnvoll, die Wehrpflicht wieder einzuführen. Erstens erweitern wir hiermit relativ kostengünstig unseren Personalbestand, und zweitens besteht die Möglichkeit, aus diesem Wehrpflichtbestand mehr Zeit- und Berufssoldaten zu rekrutieren. Darüber hinaus schadet es den jungen Männern nicht, zu lernen, was Respekt, Anstand und Disziplin bedeuten. Diese Tugenden vermisse ich in sehr vielen Fällen.

c. Europäische Streitkräfte: Hier sollten wir mit den infrage kommenden Staaten innerhalb Europas drei Spezialeinheiten – je eine für Heer, Marine und Luftwaffe – nach dem Vorbild der US-Marines gründen.

d. Aufgabenstellung: Terrorabwehr im In- und Ausland sowie Spezialaufträge, die dann noch näher zu bezeichnen wären. Die GSG 9 der Bundespolizei sollte bei Bedarf als ergänzende Einheit betrachtet werden. Eine sinnvolle Zusammenarbeit muss das Ziel sein. Das KSK muss in diesen Überlegungen ein wichtiger Bestandteil sein und bei eventuellen Umstrukturierungen entsprechend berücksichtigt werden.

e. Zwei bis drei Divisionen aus Legionären: Eine weitere Überlegung ist – ich denke jetzt nur mal laut – die Installation von ein, zwei oder drei Divisionen aus Legionären. Wir könnten diese Divisionen für heikle Aufgaben einsetzen, um unsere Wehrpflichtigen für andere Einsätze zu ‚schonen‘.

f. Gorch Fock: Die Vorgänge um das zu sanierende Segelschulschiff Gorch Fock sind ein einziges Desaster und spiegeln das Unvermögen gewisser Leute wider. Um Derartiges für die Zukunft auszuschließen, schlage ich vor, einen Kontrollmechanismus einzubauen, der mögliche Mauscheleien bei den Auftragsvergaben ausschließt.

Dies müssen wir – und da schweife ich jetzt ab – auch für Bauvorhaben wie unseren Flughafen BER und Ähnliches vorsehen. Bei nachweislich vorsätzlichen Unregelmäßigkeiten müssen Jobverlust und Rentenkürzungen bis hin zum totalen Rentenverlust möglich sein. Aber da kommen wir ja sicher später noch darauf zu sprechen.

Was mir ebenfalls große Sorgen bereitet, sind die Diebstähle von Munition und anderen Materialien innerhalb unserer Organisation. Ich bringe dies in Zusammenhang mit rechtsradikalem Gedankengut in der Truppe beziehungsweise mit den entsprechenden Personen. Wir müssen hier verstärkt mit MAD und Verfassungsschutz – wie schon erwähnt – diese Nester ausräuchern. Ohne Rücksicht auf Person und Rang.

Das, meine Herren, war von mir erst einmal das Vordringlichste. Sollte mir noch mehr dazu einfallen, werde ich mich melden. Ich übergebe jetzt gerne an Johannes und genehmige mir sofort ein Häppchen aus Axels Küche. Wer Fragen zu den jeweiligen Themen hat, sei es zu meinen oder auch zu den der anderen, bitte notieren und das nächste Mal ansprechen. Danke."

Allgemeiner Applaus und Kopfnicken.

Johannes Klarmund räusperte sich und versuchte mit noch vollem Mund Entschuldigung zu sagen. Nachdem er mit einem kräftigen Schluck nachgespült hatte, begann er seine Ausführungen mit den Worten:

„Liebe Freunde, was bis jetzt verbal auf den Tisch kam, ist eine Fülle von nicht oder von wenig bis unzulänglich geklärten Problemen und Miseren. Ich bin mir hier und heute sicher, dass alles, was bisher erwähnt wurde, nur die Spitze des Eisberges ist. Es wird, wenn wir alle anderen Ministerien besprochen haben, eine Menge zu tun sein, um unser Schiff BRD wieder in ein ordentliches Fahrwasser zu bringen.

Aber nun zu meiner Abteilung. Beginnen will ich, und das hat auch etwas mit dem ‚Rabbi-Fall' zu tun, mit der Tatsache – die meines Erachtens nicht allen bekannt ist –, dass sich derzeit im Hinter- und Untergrund ein erbitterter und brutaler Kampf zwischen ultrarechten Neonazis, autonomen Linken sowie ehemaligen DDR-Genossen, sprich Stasileuten, abspielt. Der Anteil der jeweiligen Sympathisanten hält sich in etwa die Waage. Wir können es noch nicht zu hundert Prozent beweisen, aber es ist durchaus möglich, dass im ‚Rabbi-Fall' die Täter bei den Linken zu suchen sind, die es den Rechten in die Schuhe schieben wollen. Hier benötigen wir noch einiges an Beweisen.

Ebenfalls haben wir seltsame Hinweise darauf, dass alte DDR-Seilschaften angeblich intensiv daran arbeiten, den Zustand von vor 1989 wiederherzustellen. Es haben sich ehemalige Stasi- und NVA-Genossen zusammengetan, die sich konspirativ und abwechselnd an verschiedenen Orten treffen. Sie sind jedoch unter unserer permanenten und bestmöglichen Beobachtung, einschließlich eingeschleuster verdeckter Ermittler. Ihre Ziele werden sie aber mit Sicherheit nicht erreichen. Das kann ich euch versprechen. Weiter ist uns bekannt, dass diese Genossen unter verschiedenen Decknamen große Geldsummen auf ausländischen Konten deponiert haben. Das Geld stammt aus Verkäufen von Militärfahrzeugen, Militärbekleidung, Zielsuchgeräten und anderen Gerätschaften unmittelbar nach der Wende. Sie verfügen auch jetzt noch über eine große Menge Kriegsmaterial aus NVA-Beständen, die sie zur Durchsetzung ihrer Ziele irgendwo gebunkert haben. Wir arbeiten noch daran, die Köpfe des Ungetüms zu finden."

„Hast du Informationen, um welches Material es sich dabei handelt?", wollte der General wissen.

„Ja. Nach unseren bisherigen Erkenntnissen handelt es sich um Kalaschnikows, Pistolen, Handgranaten, Gewehrgranaten, Panzerfäuste, diverse Minen und entsprechende Munition. Wo dieses Material zurzeit deponiert ist, wissen wir noch nicht. Wir vermuten, dass maximal zwei bis drei Leute den Standort kennen. Zu gegebener Zeit werden wir – also Bernhard mit seinen Mannen, Teile des LKA und wir – zugreifen."

„Was sind das eigentlich für Leute? Habt ihr sachdienliche Hintergrundinformationen?", wollte die graue Maus noch wissen.

Johannes stieß einen sehr tiefen Seufzer aus und meinte: „Das sind Männer, die im alten Regime etwas zu sagen hatten. Ihre Seelen und ihr Geist waren voller Ideale, die nach der Wiedervereinigung ihrer Meinung nach mit Füßen getreten wurden. Viele sind auf der Strecke geblieben, manche jedoch haben den Anschluss als raffinierte Wendehälse geschafft und sind in für sie günstige Positionen gerutscht. Zum Beispiel in der Politik oder im öffentlichen Dienst, so auch bei der Bundeswehr oder bei der Polizei. Es sind Männer und Frauen, bei denen die Frustration bis zum heutigen Tage vorhanden ist. Das Problem für uns ist, und da sind wir immer noch beim gleichen Thema, dass es schwierig ist zu filtern.

Aber nun zum nächsten Thema. Als nächster Punkt erscheint mir nicht weniger wichtig – in Zusammenarbeit mit Zollbehörde und Steuerfahndung – die intensive Beobachtung und Kontrolle von großen Konzernen ohne Unterschied, ob es sich um ausländische oder inländische handelt. Ein besonderes Augenmerk werden wir auf Firmen und Konsortien legen, die auffallend schnell wachsen beziehungsweise in der Vergangenheit schnell gewachsen sind. Ich denke hier an Firmen und ähnliche Gebilde im Bausektor, in der Gastronomie, im Hotelwesen, im Bereich ‚Vergnügen‘ und nicht zuletzt im Bereich der Banken. – Moment mal, Kollegen. Mein Handy meldet sich ... Hallo, wer ist am Apparat?“

„Hello, here is Mike Jones. Can you talk?“

„Hello Mike, yes I can. What's new?“

„Soll ich deutsch reden?“

„Das wäre gut, ich bin jetzt bei meinen Freunden, die alles wissen dürfen, was du mir erzählst. Wenn du damit einverstanden bist, werde ich mein Handy auf laut stellen."

„Ist okay. Die Info besteht darin, dass ich soeben von Mark Renner erfahren habe, dass in Columbia eine Horde von – vermutlich – Ku-Klux-Klan-Mitgliedern zwei schwarze Familien brutal ausgelöscht hat. Zwei Frauen, zwei Männer und fünf Kinder hingen an den Bäumen vor ihren Wohnhäusern."

„Und was hat Mark unternommen?"

„Die Leute vom FBI haben sofort eine Razzia eingeleitet, denn einige Mitglieder des Klans sind dem FBI bekannt. Sie werden jetzt in die Mangel genommen, bis sie ausspucken, wer es gewesen ist. Du weißt ja, was es bedeutet, in die Mangel genommen zu werden."

„Ja, Mike, das weiß ich sehr wohl. Hat Mark sich geäußert, wie es bei euch weitergehen soll?"

„Bis jetzt noch nicht, aber in circa zwei Wochen, also noch vor den Weihnachtstagen, soll eine Besprechung im kleinen Kreis stattfinden. Ich werde dir berichten. Aber was ich eben erzählt habe, ist ja lange noch nicht alles."

„Wie – noch nicht alles?"

„In Greenville, nicht weit entfernt von Columbia, wurde in einem Neubaugebiet eine Baugrube ausgehoben. Was glaubst du wohl, was man hier gefunden hat? Rate mal."

„Keine Ahnung."

„Zehn Schwarze, die seit ungefähr zwei Jahren als vermisst gemeldet waren. Alle erschossen. Es ist nur noch unendlich traurig. Hoffentlich dauert es nicht mehr lange, bis wir sie alle haben. Diese Bande hat sich inzwischen zu einer rassistischen und antisemitischen weißen Miliz entwickelt."

„Mein lieber Mike, ich kann dich sehr gut verstehen. Es wird. Irgendwann. Ich danke dir erst einmal für die Info. See you soon, my friend."

„See you."

„Nun habt ihr ja mitbekommen", sagte Johannes, „mit welchen schmutzigen Dingen sich unsere Kollegen überm Teich befassen müssen. Es brodelt auch bei denen mächtig unter der Decke, da es auch dort einiges zu verändern gibt. Die meisten Infos bekomme ich gut verschlüsselt über den IT-Mann Jeff Manson in Washington, D. C.

Abschließend für heute bleibt noch zu erwähnen, dass ich versuchen werde, mit meinen Kollegen im befreundeten Ausland Vereinbarungen zu treffen, die uns das Leben und die Arbeit einfacher machen. Nicht weniger, aber einfacher. Übrigens, sollten wir unsere Besprechung jetzt nicht beenden? Ich denke, es wird für unseren Freund Walter langsam Zeit, dass er sich um seine Frau und das ‚Hochzeitsessen' kümmert. Weitere Anregungen von mir das nächste Mal."

Alle stimmten dem Vorschlag zu und beendeten die Sitzung mit Applaus.

Walter Schütz verabschiedete sich von seinen Freunden, bedankte sich bei Anja Kühlkopf für die Verpflegung und verließ mit seiner Frau das Haus.

Axel Kühlkopf versprach, umgehend das Protokoll anzufertigen.

Nach einigen belanglosen Bemerkungen zur Gesamtsituation löste sich der Kreis auf, und jeder begab sich in sein wohlverdientes Wochenende.

# Madrid

Marco Ortega, Chef des spanischen Geheimdienstes, war genervt. Seine braungebrannten Gesichtszüge verrieten Angespanntheit. Ein weiteres Indiz für seine innere Unruhe war ein leichtes Zucken in seinem rabenschwarzen Schnurrbart. Kaum zu bemerken für Fremde, aber wer ihn kannte, der wusste, dass in diesem Zustand nichts Freundliches von ihm zu erwarten war, wobei er im Allgemeinen doch sehr zugänglich und sanft im Ton sein konnte.

Die Vorkommnisse mit Flüchtlingen aus Afrika waren für ihn fast nicht mehr auszuhalten. Auch die ständigen, sich immer wiederholenden dreisten Übergriffe der Fluchtwilligen auf spanische Grenzposten in Ceuta trugen nicht gerade zur guten Stimmung bei. Ganz abgesehen vom materiellen Schaden ging es ihm hauptsächlich um die Sicherheit der Grenzposten. Hier war er sich mit seinen Kollegen Paco Garcia und Manuel Ramirez einig. Aber das war ja nicht das einzige Problem. Da gab es noch mehr.

Zum Beispiel die noch nicht aufgearbeitete Situation mit den Katalanen und deren Bestreben nach Freiheit und Unabhängigkeit. Dieses Thema zu aller Zufriedenheit zu lösen, schien eine fast unlösbare Aufgabe zu sein, zumal diese wechselhafte Geschichte bis zur Krone von Aragonien zurückreichte. Mindestens. Hier waren viel Geduld und Fingerspitzengefühl gefragt.

Auch war das Feuer im Baskenland, das schon sehr, sehr lange loderte, noch nicht erloschen. Befeuert wurden die Entwicklungen in Katalonien und im Baskenland zusätzlich durch die Unterdrückung in der Ära Franco. Also sehr schwierige Aufgaben für die Verantwortlichen, die auch mit Bedacht agieren mussten, um Blutvergießen zu vermeiden. Der Aktionismus der ETA machte alles noch sehr viel komplizierter, als es ohnedies schon war. Korruption und Arbeitslosigkeit, vor allem aber Jugendarbeitslosigkeit und die Verarmung großer Bevölkerungsschichten waren weitere wichtige Themenfelder, die Marco Ortega Kopfzerbrechen bereiteten.

Es war zwar nicht seine Aufgabe, dafür Lösungen zu finden, jedoch könnte er spätestens dann mit den Folgeerscheinungen konfrontiert werden, wenn hier nichts geschah. Auf rein kapitalistische Lösungen zu schielen – wie in der Nachbarschaft geschehen –, würde nach seiner Ansicht auf Dauer auch nicht funktionieren.

Ein weiteres Problem, das schnellstens und mit aller Härte angegangen werden musste, war das organisierte Verbrechen. Geldwäsche, Drogen, Prostitution und sonstige Mafia-Strukturen dominierten und zogen sich wie die Pest über das Land. Nach Ortegas Meinung hatte man viel zu lange an der Entwicklung der Mafia vorbeigeschaut. Die Augen eventuell vorsätzlich geschlossen? Weshalb auch immer. Wie wäre es sonst möglich gewesen, tonnenweise Kokain in einem U-Boot nach Spanien zu bringen.

Über seinen römischen Freund Dr. Paolo Mazza, den Chef der Carabinieri, hatte er auch guten Kontakt zum deutschen BND-Chef Dr. Klarmund und zum BKA-Chef

Dr. Walter. Diese guten Verbindungen erleichterten ihm in vielen Dingen die Arbeit.

Schon länger reifte in ihm ein mutiger Plan.

Ortega bat seine Sekretärin, mit seinen Kollegen und Vertrauten Paco Garcia, Chef der Guardia Civil, Dr. Diego Navarro, Präsident des Verfassungsgerichts, und Manuel Ramirez, General der Marineinfanterie, schnellstmöglich einen Gesprächstermin zu vereinbaren.

Marco gehörte zu jener Gattung Mensch mit einem klaren Verstand, einer raschen Auffassung und blitzschnellen Entscheidungen. Bevor Frau Flores einen passenden Termin in seiner Agenda ausmachen konnte, legte er fest: „Kommenden Samstag, 14 Uhr, in meinem Büro." Wochenende war immer ein guter Zeitpunkt, da der Bürobetrieb bis auf wenige Ausnahmen ruhte.

\*\*\*

Es war in dieser Zeit auffallend häufig zu beobachten, wie in vielen Ländern Maßgebliches aus dem Ruder lief. Will heißen: Moral, Ehre, Ehrlichkeit, Vertrauen, Berechenbarkeit, Menschenrechte etc.

Natürlich hatte es immer und zu jeder Zeit unterschiedliche Weltanschauungen gegeben. Daran würde sich auch in Zukunft nichts ändern. Aber wenn nichts geschähe, würde sich die Menschheit möglicherweise irgendwann in absehbarer Zeit in einem Zustand wiederfinden, den man dann nicht mehr unbedingt als menschenwürdig definieren könnte.

Das mussten auch einflussreiche Regierungsmitglieder und Teile der jeweiligen Exekutive in anderen Ländern so sehen. Ein kleiner Lichtblick.

\*\*\*

Auch in Italien, in Ungarn und in der Türkei war die Unzufriedenheit unter der Oberfläche nicht zu übersehen. Natürlich nur für einen kleinen Personenkreis. Dieser bestand hauptsächlich aus Geheimdienstleuten und Militärs. Aber selbst diese konnten ihren Unmut nicht öffentlich zeigen, da sie sonst rasch mit Folter und Gefängnis Bekanntschaft machen würden.

Die Italiener wollten zum Beispiel endlich eine auf Dauer verlässliche Regierung ohne Lobbyismus (der insgesamt und international in als seriös geltenden Kreisen als Seuche betrachtet wird), ohne Erpressung und Korruption und ohne Einmischung irgendwelcher sonstiger Organisationen in Regierungsgeschäfte.

Dr. Paolo Mazza, Chef der Carabinieri, und Verteidigungsminister Adriano Gallo würden am liebsten die denkbar härtesten Maßnahmen ergreifen, um den Ist-Zustand zu ändern.

Auch die Arbeitslosigkeit sowie die ungenierten, arroganten Machtdemonstrationen der Banken waren diesen Herren mehr als ein Thema wert.

Nicht zuletzt war die Flüchtlingssituation in Lampedusa und auf dem Festland generell ein unhaltbarer Zustand.

Der Arabische Frühling brachte Italien mehr Probleme als Blumen.

Die Unterstützung durch Brüssel ließ nach Meinung von Dr. Mazza einiges zu wünschen übrig, was nach seiner Ansicht ebenfalls für die Griechen galt. Was in Italien hinter vorgehaltener Hand ein Thema war, war in ähnlicher Weise auch in Ungarn und in der Türkei ein heimlicher Gesprächsstoff in kleinsten Kreisen.

\*\*\*

In Ungarn hatte sich die Fidesz-Partei inzwischen zu einer unbeliebten Institution entwickelt. Auch hier grassierten Missstände aller Art, wie Korruption, Einschränkung der Menschenrechte, Beschneidung der Pressefreiheit, Beschneidung der Justiz, Organisierte Kriminalität.

Die Wirtschaft im Land prosperierte zwar mit Hilfe von EU-Fördermitteln, was jedoch die Verantwortlichen in der Budapester Regierung – zumindest in Teilen davon – nicht daran hinderte, Brüssel in Fragen der Flüchtlingsaufnahme symbolisch den Stinkefinger zu zeigen. Sollte sich in dieser Frage die EU einig werden (kaum vorstellbar), dieses Verhalten zu sanktionieren, würde die positive wirtschaftliche Entwicklung schnell Geschichte sein. Dies galt es zu verhindern. Die Flüchtlingsverweigerungspolitik war übrigens auch bei anderen EU-Mitgliedsstaaten zu beobachten.

\*\*\*

Damit nicht genug. Die Türken sahen sich mit ähnlichen Problemen konfrontiert. Dies hatte der oberste türkische Geheimdienstler des MİT, Akin Aslan, in einem vertraulichen Gespräch mit Johannes Klarmund sehr detailliert und deutlich zum Ausdruck gebracht, indem er folgende Probleme schilderte:

*Menschenrechtsverletzungen,*
*Beugung und Beschneidung der Pressefreiheit,*
*Beugung und Gleichschaltung der Justiz,*
*Übergangssituation zu einem islamischen Staat –*
*hier würde auf Dauer eine totale Trennung von*
*Kirche und Staat gewünscht –,*
*Beibehaltung der Laizität,*
*kein Interesse der Regierung, das Kurdenproblem zu*
*aller Zufriedenheit zu lösen,*
*zweifelhafte Beziehungen zum IS,*
*die ideologische Affinität zu extremen islamistischen*
*Gruppen seitens einiger Regierungsmitglieder,*
*Einmischung in fremde Angelegenheiten und das*
*Eindringen in fremde Territorien, zum Beispiel*
*illegaler Einmarsch in Syrien (Artikel 2*
*in Ziffer 4 der UN-Charta),*
*mangelhafte rigorose Bekämpfung von*
*Drogenhandel und Menschenschmuggel nach Europa*
*sowie der Organisierten Kriminalität,*
*endgültige Klärung der Zypern-Frage,*
*das Fehlen eines vertrauensvollen Verhältnisses zu*
*Brüssel mit dem Ziel eines dauerhaften*
*Wirtschaftsspezialabkommens ohne EU-Mitglied-*
*schaft, das an völkerrechtliche Werte gebunden ist,*
*radikale Bekämpfung der Korruption,*
*Verbesserung des Klimas zu Griechenland als*
*NATO-Partner.*

Dies alles waren Punkte, die von einer relativ kleinen, aber vertrauenswürdigen Gruppe bemängelt wurden. Akin Aslan hat das Glück, in einer starken Position zu sein, die es ihm erlaubte, gute Kontakte zu anderen Kollegen zu pflegen und hinter die Kulissen zu schauen. Auch über die Grenzen hinweg.

# Moskau

Es war Anfang Dezember. Leicht und beschwingt fielen in den letzten Tagen die Schneeflocken vom Himmel und bedeckten die Landschaft immer mehr mit einer puderzuckerähnlichen Haube. Die Luft war sauber und klar wie der Verstand und die Gedanken von Igor Petrow, der an seinem freien Tag die Gelegenheit nützte, mit seinem Freund und Lebenspartner Jurij Romanow einen Spaziergang entlang der Moskwa zu machen. Wohl war ihm nie dabei, wenn er sich mit Jurij außerhalb der Wohnung aufhielt. Zärtlichkeiten austauschen, was einer öffentlichen Bekundung gleichkam –, niemals. Sie gingen schweigend, die beginnende Vereisung der Moskwa betrachtend, unweit von Igors Wohnort in der Powarskaja-Straße. Igor hatte sich hier nach seiner Scheidung ein Appartement gemietet, da es nur ein Katzensprung zur US-amerikanischen Botschaft war. „Man weiß ja nie, was alles passieren kann", dachte er sich bei der Auswahl seiner Wohnung.

Die Situation für Schwule war in Russland immer noch ungewöhnlich belastend, da die Mehrheit der Bevölkerung diese sexuelle Orientierung entweder als unmoralisch oder gar als krankhaft bewertete.

Ein kleiner Teil der Bevölkerung ginge vermutlich sogar so weit, Schwule und Lesben zur Liquidierung freizugeben. Das alles war für Igor umso schwieriger, da er sich wegen seiner Kinder, die bei seiner geschiedenen Frau lebten, zurückhalten musste. Er würde sie wohl nicht mehr zu Gesicht bekommen. Eine Konversionstherapie kam für Igor aber auf keinen Fall infrage. Glücklicherweise hatte er in Geheimdienstchef Michail Komarow einen mächtigen Verbündeten, da dieser bisexuell veranlagt war. So hatten beide ein gefährliches Geheimnis, das sie nicht für den Rest ihres Lebens mit sich herumtragen wollten und deshalb nach Lösungen suchten. Komarow – seit einiger Zeit geschieden – war nicht der Mann, der über einen längeren Zeitraum mit faulen Kompromissen leben konnte. Deshalb ließ er sich trotz seiner zwei Kinder scheiden, ohne seiner Frau die wahren Trennungsgründe nennen. Mit seinen 55 Jahren war er der Meinung, den Rest seines Lebens so gestalten zu können, wie er es immer schon wollte. Auch politisch befand er sich in einer etwas prekären Situation, was ihn veranlasste, nach Alternativen zu suchen. Viele Dinge, mit denen er im Tagesgeschäft konfrontiert war, hielt er für ungerecht und nicht mehr zeitgemäß.

Igor, der als IT-Experte für das Parlament arbeitete, war für Komarow ein wichtiger und nützlicher Partner. Es war so möglich, vertrauliche Botschaften mit Gleichgesinnten sowohl im privaten Bereich als auch auf politischer Ebene außerhalb Russlands auszutauschen. Komarow hatte gute Verbindungen zu Dr. Attila Antal, dem Chef der Staatssicherheit in Ungarn, und zu Akin Aslan, dem Geheimdienstchef in Ankara. Somit auch zu Johannes Klarmund vom BND, der sich mit Attila Antal gut verstand.

Michail Komarow ließ bei einem vertraulichen Treffen mit Klarmund in Berlin so einiges durchsickern, was er gerne in Moskau durchgesetzt sehen wollte.

So zum Beispiel

*eine verlässliche Regierung*
*ohne Hegemoniebestrebungen und*
*ohne Kriegslüsternheit, ohne Lobbyismus und*
*ohne Korruption;*
*Achtung der Menschenrechte,*
*Pressefreiheit,*
*keine Beugung der Justiz,*
*radikale Bekämpfung der OK,*
*stärkere Unterstützung der*
*notleidenden Bevölkerung,*
*den Ausgleich des wirtschaftlichen Defizites,*
*Einstellung der revanchistischen Politik (Beispiel*
*Krim und Ukraine) sowie*
*ein freundschaftliches Verhältnis zur EU und*
*der US-amerikanischen Regierung.*

Dies alles konnte er natürlich nicht öffentlich bei der Regierung einfordern. Man würde ihn wohl als Vaterlandsverräter lebenslänglich einsperren oder auf eine ihm bekannte Art eliminieren.

Klarmund hatte volles Verständnis für das Anliegen seines russischen Kollegen und sicherte ihm die für ihn machbare Unterstützung zu. Es war ihm ohnehin ein Rätsel, weshalb sowohl der Russe und als auch der Türke ihm Dinge anvertrauten, über die man außerhalb der eigenen Grenzen normalerweise nicht spricht. Scheinbar wirkte er auf andere sehr vertrauenswürdig, was in seinem Geschäft nicht selbstverständlich war. Aber es war ihm recht und kam seinen eigenen Plänen sehr entgegen.

# Madrid

Samstag, 13:45 Uhr. Marco Ortega war schon in seinem Büro und bereitete sich geistig auf das Kommende vor. Er schaute auf die Uhr. Noch hatte er einige Minuten, um sich auf das Treffen vorzubereiten. Kurz vor 14 Uhr waren alle Kollegen da: Paco Garcia, Chef der Guardia Civil, Verfassungsgerichtspräsident Dr. Diego Navarro und Manuel Ramirez, General der Marineinfanterie.

„Nehmt Platz, Kollegen", bat Ortega mit einer leicht angespannten Stimme. „Ich habe dieses Treffen aus wichtigen Gründen veranlasst. Gründe, die euch inzwischen reichlich bekannt sind. Wir haben uns eingehend über viele inakzeptable Auswüchse unterhalten, die wir in absehbarer Zeit abstellen wollen und müssen."

Ortega las alle protokollierten Punkte vor, damit jeder der anwesenden Gelegenheit bekam, sich nochmals eingehend mit der Gesamtsituation auseinanderzusetzen.

„Es geht nun darum", sprach Ortega weiter, „wie wir alles relativ gefahrlos für uns und für unsere Bürger umsetzen können. Dazu erwarte ich von euch Vorschläge, mit denen wir gemeinsam leben können. Machbare Vorschläge, hinter denen jeder von uns stehen kann, wenn sie erst einmal umgesetzt sind. Ohne Wenn und Aber."

Dr. Navarro meldete sich als Erster mit folgenden Bemerkungen: „A. Zuerst müssen wir einen Zeitplan erstellen, wann wir die Aktion beginnen wollen und wie lange sie maximal dauern darf. B. Wir müssen uns darüber im

Klaren sein, in welchen Ministerien das Personal ausgetauscht wird und wer dann diese Stellen besetzen wird. C. Wir müssen Verfassung und Gesetze den jeweiligen Themen und Zielen entsprechend anpassen. So viel erst einmal von meiner Seite."

Paco Garcia meinte: „Ich werde meine Leute zu gegebener Zeit auf die Situation einstellen, und ich weiß auch, dass ich mich hier auf meine Mannschaft verlassen kann. Voraussetzung ist natürlich, dass alles präzise geplant und minutiös abläuft."

Auch Manuel Ramirez war mit den bisherigen Ausführungen seiner Kollegen und Freunde einverstanden und fügte noch hinzu, dass es seiner Meinung nach von Vorteil wäre, wenn zuvor noch Zustimmung und Unterstützung von gleichgesinnten Partnern aus dem Ausland eingeholt würden. Ein diskreter, vertrauensvoller Informationsaustausch wäre unabdingbar für das Gelingen des Plans und den weiteren Bestand.

Ramirez spielte hier auf seine guten Kontakte zu Adriano Gallo an, dem Verteidigungsminister in Rom.

Marco Ortega begrüßte diesen Vorschlag und machte bei dieser Gelegenheit nochmals darauf aufmerksam, dass die absolute Diskretion oberste Priorität habe. Ramirez signalisierte, dass er mit Gallo sprechen würde, und versprach – auch im Namen von Gallo – absolute Verschwiegenheit.

„Du kannst dich zu hundert Prozent auf mich und Gallo verlassen."

„Und bei dir, Paco, sind deine Leute verlässlich?"

„Verlässlich, Marco. Auch zu hundert Prozent."

# Wiesbaden

BKA-Chef Walter griff selbst zum Telefon und rief seinen Freund Klarmund vom BND an.

„Hi, Johannes. Neue interessante Nachricht für dich."

„Schieß los, was gibt's?"

„Wir haben doch bei unserer letzten Besprechung über das Problem alte Seilschaften der DDR gesprochen. Du kannst dich erinnern?"

„Na klar."

„Gut. Das heißt, genau gesagt, nicht gut, denn wir haben vor vier Tagen Hinweise aus seriösen Quellen erhalten, dass unweit des Haupteinganges zur alten Leuna-Raffinerie ein Betonklotz vergraben sei, in dem sich zwei Leichen befinden sollen."

„Und von wem habt ihr die Information?"

„Über eine verschlüsselte Nachricht von unserem amerikanischen Freund Jeff Manson und dem Whistleblower Mike Jones."

„Was haben die damit zu tun?"

„Die Info kam wiederum von Mark Renner, da dessen Leute von der CIA seit 1991 einen Agenten auf der Vermisstenliste haben. Durch langjährige Recherchen der CIA haben deren Spürnasen den Fundort ausgemacht.

Renner hat mich bezüglich dieser Nachricht gebeten, den Fall mit aufzuklären. Ich habe zugesagt und umgehend die Ausgrabung und die vorsichtige Zerteilung des

Klotzes angeordnet. Die forensische Abteilung ist auch sofort an die Arbeit gegangen."

„Gibt es schon Ergebnisse?"

„Ja, wir haben DNA-Material mit der CIA abgeglichen. Bei der ersten Leiche handelt es sich um einen US-amerikanischen Doppelagenten, der auch für die Russen tätig war. Beim zweiten männlichen Toten handelt es sich um eine Person, die vermutlich mit deiner Behörde in Zusammenhang gebracht werden kann. Um Genaueres sagen zu können, fehlen uns noch einige Details. Du wirst von mir hören, sobald ich mehr weiß."

„Und was haben die Seilschaften damit zu tun?"

„Wenn es sich um die Person handelt, die wir vermuten, hängt dieser Fall eng mit der Leuna- und Parteispendenaffäre Anfang der 1990er Jahre zusammen.

Es gibt einen begründeten Verdacht, dass diese Person über genügend Material und Wissen verfügte und dieses Wissen damals an die Presse verkaufen wollte. So viel vorab. Du bekommst schnellstmöglich ausreichend Infos von mir."

„Gut, mein Freund. Ich danke dir. Bis bald."

BKA-Chef Bernhard Walter machte sich sofort an die Arbeit, um mehr über die Hintergründe der ermordeten Männer zu erfahren. Bekannt war ihm, dass die Vorgehensweise der Treuhand, der deutschen Regierung und einiger Verbündeter im Ausland in dieser Angelegenheit nicht gerade die Anerkennung alter DDR-Eliten und russischer Geschäftsleute gefunden hatte. Es lief zu viel schief und niederträchtig bei der Aufteilung der DDR-Bestände unter westlichen Konzernen – und das mit ausdrücklicher Unterstützung führender Politiker, die immer noch in selbstgefälliger Art die Meinung vertraten, keine Fehler gemacht zu haben. Die bevorzugte Behandlung der ‚Besser-Wessis‘ gegenüber der ehemaligen DDR-Bevölkerung machte sich nach wie vor bemerkbar und war in vielen Köpfen unverändert präsent. Wahlergebnisse bestätigen dies leider – unter anderem. Auch die Tatsache, dass in diese unerquickliche Angelegenheit involvierte Politiker immer noch ungestraft als Helden der Einheit gefeiert wurden, steckte wie ein Kloß in vielen Hälsen.

Aus dieser Erkenntnis und den Beobachtungen des BND und des Verfassungsschutzes zu den alten Stasi- und NVA-Seilschaften schöpfte das BKA die Vermutung kausaler Zusammenhänge.

Die zweite Leiche musste wohl ein Stasi-Mann gewesen sein. Darüber wollte das BKA aber erst hundertprozentige Klarheit haben.

# Washington, D. C.

Mark Renner wollte unbedingt über die Weihnachtstage an seinem Plan und der dazu gehörenden Strategie arbeiten. Dazu musste er aber noch einiges mit seinen engsten Vertrauten besprechen. Vor dem Weihnachtsfest.

So griff er selbst zum Telefon – in heiklen Angelegenheiten vertraute er kaum anderen Menschen. Das war eine überlebenswichtige Eigenschaft in seinem Job. Seine Ausbildung bei den Devil Dogs, auch US-Marines genannt, und sein Einsatz im Golfkrieg 1991 hatten ihn bis in die letzten Haarspitzen, die immer noch die gleiche Länge hatten wie in seinen ersten Tagen bei den Teufelshunden, geprägt. Für seine mentale und physische Fitness trainierte er nach wie vor – täglich. Mit seinen 60 Jahren und seinem 190 Zentimeter großen und fitten Körper machte er vielen Jüngeren noch einiges vor.

Zuerst rief er seinen Intimus Kirk Dannemann an.

Dannemann, mit einer Statur wie ein Grizzly, konnte Mark in allen Belangen Paroli bieten, war quasi aus dem gleichen Holz geschnitzt wie er. Deshalb verstanden sich die beiden auf allen Gesprächsebenen prächtig, ja man konnte fast behaupten – blind. Nicht zuletzt deshalb, weil sein Freund Kirki, wie er ihn oft liebevoll und gleichzeitig neckisch nannte, Viersternegeneral beim United States Marine Corps war.

„Hi Kirki, hast du in den nächsten Tagen zwei bis drei Stunden Zeit für mich? Ich hätte Wichtiges mit dir zu besprechen."

„Soll es noch vor den Weihnachtstagen sein, oder reicht es auch danach?"

„Für mich wäre es wichtig und sinnvoll vor den Festtagen."

„Okay, dann schlag mir einen Termin vor, ich richte mich dann entsprechend ein."

„Danke. Den Termin machen wir sofort: 18. Dezember, 5 Uhr nachmittags, bei mir im Büro. Das ist eine sichere Umgebung. Ich werde dazu noch unsere Freundin Dr. Carmen Fight einladen. Ist doch okay für dich?"

„Du weißt, was du tust. Okay."

„Also dann. Bis zum 18. Bye."

Das Büro von Mark in Washington, D. C., unweit vom Langley Park, war recht nüchtern eingerichtet. Man sah auf den ersten Blick mehr Technik als Aktenordner, da dieses staubige und trockene Medium nicht zu seinen Lieblingsutensilien gehörte. Das überließ er lieber seinen Mitarbeitern und Sekretärinnen. Mark war ein Technikfreak allererster Güte. Das hatte natürlich mit seinem unbändigen Informationsbedürfnis zu tun. Darüber hinaus war er daran interessiert, dass seine Leute mit dem Besten vom Besten ausgestattet waren. Das Beste war zum Überleben gerade gut genug, egal, ob es sich um die kleinsten Kameras, die niedlichsten Schusswaffen, Abhörgeräte, Sender, Sprengstoff oder tödliche Gifte handelte. Da lag es nahe, dass er seiner Busenfreundin Dr. Carmen Fight eine verschlüsselte Nachricht zukommen ließ: „Please note – 20191218 –

5:00 pm – be in my office – urgent – thank you – the end– Mark.“

Wenn Mark Renner terminierte, musste bei Carmen Fight alles andere zurückstehen. Als Mitarbeiterin des Außenministeriums war sie es gewohnt, dass von ihm relativ wenig kam.

Wenn aber etwas zu besprechen war, dann hatte es wirklich hohe Priorität. Mark seinerseits wusste, Carmen würde da sein. Auch ohne schriftliche Bestätigung.

Es war der 18. Dezember, 17 Uhr. Carmen und Kirki waren wie immer pünktlich. So fing Mark auch sofort mit der Besprechung an.

„Hallo, ihr zwei, schön, dass ihr da seid. Was schon oft in unserem kleinen Kreis besprochen wurde, will ich nochmals zusammenfassen. Nach unserem Empfinden muss national und international einiges geändert werden. Und zwar recht bald. Ich kann diese Pfeifen im Kongress und im Senat nicht mehr sehen und hören. Diese aufgeblasenen Wichtigtuer, und zwar auf beiden Seiten, Demokraten wie Republikaner, ruinieren unser Land und blamieren sich und die ganze Nation – fast täglich. Wenn ich mir jeden Tag anhören muss, was unser Häuptling ‚fool‘ von sich gibt, biegen sich bei mir die Fußnägel und die Nackenhaare gleichzeitig nach oben. Dieser Depp macht sich zum Gespött der halben Welt und merkt es nicht einmal. Was ich aber als den Gipfel der Blödheit und Einfältigkeit betrachte, ist die Tatsache, dass ein großer Teil seiner Partei nicht in der Lage ist, ihn zu stoppen. Respekt vor Recht und Gerechtigkeit scheint hier Mangelware zu sein. Hosenscheißer und Egomanen in einer Person. Ich bin so was von wütend, ihr könnt euch gar nicht vorstellen, wie wütend ich bin. – *Mit Weisheit wird das Haus gebaut, mit Dummheit wird's zerstört.* – Also komme ich zu den einzelnen Punkten. Bitte melden, wenn ich etwas Falsches sagen oder etwas vergessen sollte.

Was wollen wir in Zukunft?

1. Wir wollen eine verlässliche Regierung ohne Hegemoniebestrebungen und ohne Kriegslüsternheit, ohne Lobbyismus und ohne Korruption.
2. Wir wollen die Achtung der Menschenrechte und diese auch in jenen Ländern durchsetzen, die sie permanent verletzen. Egal, wer es auch sei.
3. Wir wollen eine maximale Bekämpfung der OK, und zwar in optimaler Abstimmung mit unseren gleichgesinnten Freunden.
4. Wir wollen eine soziale Ausgewogenheit für alle Bürger. Dazu gehören: die Reform der Gesundheitspolitik, die Reform der Arbeits- und Sozialpolitik, die Reform der Wohnungspolitik.
5. Eine Absage an den Imperialismus.
6. Keine Einmischung in die inneren Angelegenheiten anderer Staaten. Ausnahme – bei Menschen- und völkerrechtlichen Verstößen der jeweiligen Regierungen.
7. Beendigung der teilweisen erpresserischen Verhaltensweise gegenüber anderen befreundeten Partnern.
8. Sofortige Beendigung des oft rassistischen Verhaltens gegenüber der schwarzen und indigenen Bevölkerung sowie eine totale Rehabilitation derselben

und eine damit verbundene soziale Wiedereingliederung. Bei Zuwiderhandlungen, auch durch Polizei und andere, sind drakonische Strafen zu erwarten. Beispiel Ku-Klux-Klan, wobei ich dafür plädiere, diesen Verein aufzulösen und zu verbieten. Dies muss auch für Zweigorganisationen außerhalb der USA gelten, was mit den befreundeten Regierungen, zum Beispiel Deutschland, besprochen werden muss. Das Verbot soll auch Gültigkeit haben für alle ähnlichen Clans, Gruppen, private Milizen und kriminellen Vereinigungen, die nachweislich rassistische und antisemitische Parolen verbreiten und gesetzeswidrig aktiv sind.

9. Eine Reform der Bildungspolitik.
10. Eine Verbesserung der diplomatischen Arbeit.
11. Vermeidung militärischer Fehlentscheidungen – ich denke hier vor allen Dingen an Vietnam und die unsäglichen Vorgänge von Mỹ Lai, an den Irak und den Abu-Ghuraib-Folterskandal mit den damit verbundenen Menschenrechtsverletzungen.

    Das sitzt für mich immer noch recht tief, und das sind nur zwei gravierende Beispiele von sehr vielen schlechten.

    Hier hat sich unsere Nation wirklich nicht mit Ruhm bekleckert, wobei doch immer lauthals auf unsere sogenannten Werte aufmerksam gemacht und mit dem Finger auf andere gezeigt wird. Diese Werte wurden hier mit voller Kraft ad absurdum geführt.
12. Die verkommene Waffen- und Rüstungslobby wird an die kurze Leine genommen und kontinuierlich überwacht.

13. Das Waffenrecht wird erheblich verschärft. Das Waffentragen und -zurschaustellen in der Öffentlichkeit wird in Zukunft untersagt sein. Bei Verstößen wird eine empfindliche Strafe die Folge sein. Hohe Geld- und Haftstrafen sind hier angedacht.

14. Der Mauerbau zu Mexiko wird nicht weiter Thema sein, jedoch werden wir uns mit den Mexikanern arrangieren müssen, um den Flüchtlingsstrom unter Kontrolle zu bringen.

15. Herstellung einer echten und dauerhaften Freundschaft mit Russland. Dies wird global so viel Positives bewirken, dass wir in der Lage sind, durch eingesparte Dollars zusammen mit unseren Freunden das Leben auf diesem Planeten erträglicher zu machen.

Das ist mein 15-Punkte-Programm, das ich mit aller Entschlossenheit umsetzen will.

Ich will und muss dieses egoistische und einfältige Verhalten dieser Idioten für alle Zeit beenden. Habt ihr irgendwelche Anregungen oder Änderungen als Vorschläge? Kirk, ich sehe dir an, du hast noch Fragen."

„Richtig. Wie willst du das mit den Russen auf die Reihe bekommen? Hast du einen Plan, oder weißt du etwas, was wir nicht wissen?"

„Ich habe einen Plan, möchte aber zuerst meinem Kollegen Michail Komarow nochmals intensiv auf den Zahn fühlen. Wird vermutlich nicht einfach, aber ich sehe hier durchaus Chancen für beide Seiten. Selbstverständlich werde ich euch Ergebnisse liefern. Ich hoffe und gehe davon aus, es werden Positive sein."

„Tja, Freunde, das ist ein gewaltiges Programm und ich hoffe, nein, ich hoffe nicht, ich bin überzeugt, dass wir das mit vereinten Kräften schaffen werden! Hast du schon eine Idee für einen passenden Zeitpunkt?", fragte Kirk.

„Nein, noch nicht. Das Feintuning fehlt noch. Ich schätze, es wird noch einige Monate gehen. Ideal wäre aber zum nächsten Wahltermin."

„Wie wäre es mit dem Independence Day am 4. Juli?", hakte Carmen nach.

„Wäre auch nicht schlecht. Bin mir aber nicht sicher, ob es dafür schon reicht. Ich denke, wir sollten uns diese zwei Möglichkeiten vormerken. An den Feiertagen werde ich mir Gedanken über das weitere Vorgehen machen. Auch was die Abstimmung mit Freunden betrifft. Ihr müsst euch in der Zwischenzeit überlegen, wie wir das Personelle regeln wollen. Anfang Februar möchte ich euch hier wiedersehen. Kommt ihr damit klar?"

Wie aus einem Munde: „Natürlich, Mark."

Ein zufriedenes Grinsen machte sich in seinem Gesicht breit.

„Also, gut für heute."

„Nein, Mark."

„Was gibt's noch, Carmen?"

„Hab da noch eine Frage: Du hast mir von Columbia und Greenville erzählt. Wie weit seid ihr mit euren Ermittlungen?"

„Na ja, einer hat bis jetzt gestanden. Drei von insgesamt fünf Verhafteten wissen angeblich von nichts. Der Fünfte scheint mehr zu wissen, rückt aber nicht mit Infos raus."

„Was machst du mit dieser Bande? Guantanamo? ADX Florence in Colorado?"

„ADX ist eine gute Adresse. Guantanamo sicher nicht. Dieser Ort hat uns bei objektiver Betrachtung international nur geschadet. Meine Vorstellung von Guantanamo Bay geht in eine andere Richtung."

„Und in welche?", wollte Carmen wissen.

„Wir müssen das Verhältnis zu Kuba weiter verbessern. In diesem Zusammenhang sehe ich für Guantanamo Bay eine touristische Zukunft. Eine gigantische Ferienanlage. Könnte was ganz Großes werden. Was meint ihr dazu?"

„Hört sich auf jeden Fall vernünftig und zugleich verlockend an", meinte Kirk.

„Okay, Freunde. Ich halte euch auf dem Laufenden."

Mark und Kirk verabschiedeten sich mit einem kräftigen und freundschaftlichen Handschlag und von Carmen mit einem unverbindlichen Küsschen auf die Wange.

# Berlin

Im Innenministerium war vor Weihnachten nur noch wenig Hektik. Die letzten Termine im alten Jahr mussten noch wahrgenommen werden, diverse Besprechungen waren noch angesagt, unaufschiebbare Korrespondenz war noch zu erledigen.

„Was machen wir mit den Gesetzesvorlagen, Chef?", hörte Axel Kühlkopf seine Sekretärin fragen.

„Die legen Sie mal schön in den Tresor. Die stehen erst im neuen Jahr zur Diskussion. Übrigens, was machen Sie eigentlich an den Weihnachtstagen? Ich würde Sie gerne am zweiten Feiertag zu uns nach Hause zum Essen einladen. Was halten Sie davon?"

„Eine reizvolle Vorstellung, aber ... ich denke, das ist keine gute Idee, einerseits. Andererseits bin ich schon ausgebucht."

„Das ist sehr bedauerlich und schade. Sind Sie mit Ihrem Partner unterwegs?"

„Nein. Ich dachte immer, Sie wissen, dass ich solo bin. Ich werde mich an den Feiertagen um meine Familie kümmern. Da habe ich genug zu tun."

Kühlkopf wusste natürlich, dass Ursula Rose – in Gedanken nannte er sie immer Uschi – nicht liiert war. Es war die Eifersucht, die ihn fragen ließ, um sicherzugehen, dass kein anderer Hahn seine Lieblingshenne angebaggert hatte.

Um auf andere Gedanken zu kommen, ging er mit Frau Rose den Terminkalender für Januar durch. Dieser war bis auf wenige Tage schon wieder recht voll.

„Notieren Sie für die zweite Januarwoche doch bitte Folgendes:

» Fall Rabbi,
» Botschafter Dr. Kühn (IS – Islamisten und Rechtsanwalt),
» BKA – Bernhard Walter,
» BND – Johannes Klarmund,
» Walter Schütz.“

„Sonst noch was?“

„Naa, is scho guat“, hörte sie ihn auf Bayerisch antworten.

Kühlkopf ließ es langsam auslaufen. Er tat nur noch das Wichtigste und Notwendigste. Ansonsten widmete er seine Gedanken der nächsten Besprechung mit seinen Freunden. Bis dahin wollte er das Protokoll des letzten Treffens ins Reine geschrieben haben und, es war schon der 20. Dezember, unbedingt seine Vorstellungen bezüglich der anderen Ressorts konzeptionell fertig haben. Er notierte sich Folgendes in seinem PC:

### „BUNDESMINISTERIUM DER FINANZEN:

Generell soll diesem Ministerium in erster Linie die Aufgabe zufallen, Steuergelder einzusparen, besser zu verwalten und gerechter zu verteilen.

STEUERREFORM: Zuerst eine Steuerreform, die eine wesentliche Vereinfachung für Gewerbe und Privatpersonen vorsieht. Ebenfalls muss das neue System mehr Gerechtigkeit enthalten als das bisherige. Dies gilt grundsätzlich für alle Steuerarten. Rentenbezüge dürfen erst ab einem Betrag von circa 2.000 Euro und mehr besteuert werden. Zusatzrenten werden separat behandelt.

CUM EX – Dividendenstripping (Cum-Cum-Geschäfte): Egal, ob es sich um Cum Ex, Cum Cum, Panama Papers oder Paradise Papers handelt, es ist nicht nachzuvollziehen, weshalb sich das Finanzministerium und oder die Justiz schwertut oder gar sträubt, diese skandalösen Steuerjongleure hinter Gitter zu bringen. Dabei handelt es sich hier keineswegs um Kavaliersdelikte, sondern es geht meines Erachtens um massiven Steuerbetrug von zig Milliarden. Steuergeheimnis ade. Wir werden Voraussetzungen schaffen, die es dem entsprechenden Personenkreis verdammt schwer machen werden, Dinge zu tun, die nicht zu verantworten sind. Zu diesen Voraussetzungen gehören zum Beispiel sofortige Aufhebung der Immunität, bei nachweislich schuldhaftem Verhalten auch Beschneidung oder Streichung der Pensionsansprüche sowie ein Verbot politischer Tätigkeiten – lebenslang. Die Zeit der Streicheleinheiten und des devoten Verhaltens muss der Vergangenheit angehören.

Das Argument, dass dieses Problem – falls es für manche Politiker überhaupt eines ist – nur europäisch gelöst werden kann, will ich hier nicht so stehen lassen. Es gibt Situationen, da muss man auch einmal national agieren – Europa hin, Europa her.

Es liegt der Verdacht nahe, dass man die Lobbyisten als Geburtshelfer für Gesetze zulässt – und dies gilt für viele Ressorts –, um sich nicht dem Vorwurf auszusetzen, man habe selbst vorsätzlich die Steuerbetrüger, Steueroptimierer und Unternehmer begünstigen wollen. Ich sage nur: *Schlupflöcher.* Diese Gesetze muss ja auch jemand abgesegnet haben. Es drängt sich dabei aber die Frage auf, wie viel Verantwortungslosigkeit – oder soll man sagen Skrupellosigkeit – es bedarf, um solche Gesetze abzunicken. Die Naivität der Politik hat ein nicht zu beschreibendes Ausmaß angenommen und wird andererseits sogar noch als elitäres Wirken glorifiziert. Die Amoralität steckt offensichtlich auch in der Hose von einigen Politikern, nicht nur von Unternehmern. Und in puncto Egoismus sind sich doch viele ähnlich, gemäß dem Spruch von Jean Baptiste Henri Lacordaire:

*Der Egoismus besteht darin, sein Glück auf Kosten anderer zu machen.*

Deshalb werden diese Schlupflöcher so schnell wie möglich mit Änderungen von Gesetzen gestopft.

Es muss das Ziel sein, mit wirtschaftlich eigenverantwortlichen Regierungen, wie Irland, Malta, Zypern, Niederlande, Kaimaninseln, Jersey und wie sie alle heißen, verbindliche Vereinbarungen zu treffen, mit denen derartige Schweinereien unterbunden werden. Regierungen, die sich weigern, bekommen auf diplomatischem Parkett eine Sonderbehandlung. Es darf in Zukunft auch nicht mehr sein, dass von internationalen Großkonzernen Hunderte von Milliarden – vermutlich teilweise nicht bezahlte Steuergelder – abgeschöpft und in andere Töpfe transferiert werden.

71

Steuerpflichtig sind die Unternehmen dort, wo ihre Ware den Endverbraucher erreicht. Sollten sich die Konzerne sperren, dürfen sie ihre Ware hier nicht mehr verkaufen beziehungsweise werden die digitalen Angebote im Internet gelöscht. Dubiose, verdächtige Firmengeflechte werden bis ins Kleinste untersucht und verfolgt, sodass sie auf unserem Markt keine Chance mehr haben werden. Dies gilt auch für Unternehmen, die mit fadenscheinigen und erpresserischen Argumenten drohen, ins Ausland abzuwandern.

Bezüglich der oben genannten und auch anderer brisanten Themen ist noch festzuhalten, dass der investigative Journalismus geschützt und unterstützt werden muss.

Die Versuche, mehr Transparenz zu schaffen, scheitern fast immer an der Gesetzeslage. Betrüger und ‚Steueroptimierer' profitieren davon. Die ehrlichen Steuerzahler sind die Leidtragenden. Das werden wir umgehend ändern.

Wir werden auch – nach Absprache mit dem Wirtschafts- und Justizministerium – unsere Aufmerksamkeit verstärkt auf die Finanzmärkte fokussieren, um international auf ein Verbot von Handel mit Derivaten und Hedgefonds hinzuarbeiten.

In diesem Zusammenhang will ich vermerken, dass die totale Abschaffung von Bargeld nicht zur Diskussion stehen wird. Große Geldscheine – über 50 oder 100 Euro – werden zwar aus dem Verkehr gezogen, darunter muss aber gewährleistet bleiben, dem Bürger einen kleinen Bargeldspielraum zu lassen.

## BUNDESMINISTERIUM DES INNERN

Hier noch Anmerkungen zu meinem Ressort:

ASYLRECHT: zum Beispiel das Kirchenasyl. Das ist okay, wenn die Kirche die gesamte Verantwortung sowie die Kosten dafür übernimmt einschließlich der möglichen Anstellung/Beschäftigung der Migranten – auch vorübergehend oder auf Dauer –, und zwar ausschließlich nach unserem geltenden Arbeitsrecht. Flüchtlinge/Migranten/Asylanten werden ohne Ausnahme nach dem Sachleistungsprinzip bedient. Ebenfalls wird es eine Arbeitspflicht für diesen Personenkreis geben. Ich denke, dass es an Arbeit nicht fehlen wird.

KIRCHE: Hier strebe ich eine absolute Trennung von Staat und Kirche an, also einen totalen, laizistischen Staat.

Die Verträge mit den Kirchen müssen alle gekündigt werden. Sie kommen auf den Prüfstand und werden neu verhandelt. Angefangen beim Eintreiben der Kirchensteuer bis hin zu finanziellen Unterstützungen jeglicher Art, etwa beim Bau oder Sanieren von Kirchen, Moscheen und dergleichen. Das heißt nicht, dass die Zusammenarbeit mit den christlichen Kirchen grundsätzlich abgelehnt wird. Im Gegenteil. Zusammenarbeit gerne, aber mit anderen Vertragsgrundlagen.

Die Kirchen gehören zu den größten Arbeitgebern. Sie haben insgesamt ein Kapital angehäuft, das es ihnen erlauben wird, diese Hürde gut zu meistern. Sicher werden wir hier auf Ablehnung stoßen, aber auch das werden wir bewältigen.

Ebenfalls ist es notwendig, dem Eindruck einer Strafvereitelungspraxis für Kirchenleute – gedeckt von höchsten Stellen – entschieden entgegenzutreten.

Empfindungen dieser Art gab es in den letzten Jahren aufgrund diverser Skandale zu viele. Miserable Aufarbeitung und die Vertuschung von Missbrauchsfällen sind sichtbare Beweise und Gründe für den Mitgliederschwund der Kirche.

Änderung der Wahlmodi und Parlamentsregeln: Zunächst bin ich dafür, dass eine Wahlpflicht eingeführt wird. Es ist ein Unding, dass eine Minderheit bestimmt, wie das Land regiert wird. Beispiel: 2017 gab es circa 83 Millionen Einwohner in der BRD, davon zwischen 61 und 62 Millionen Wahlberechtigte. Wenn man die Wahlbeteiligung und die gültigen Wählerstimmen berücksichtigt, so lag das Ergebnis bei circa 28 Millionen Erststimmen für eine Koalition. Mit diesen Zahlen operieren unsere Parteien und erklären dem Volk ohne rot zu werden, dass sie ‚Volksparteien‘ sind, dass sie des Volkes Stimme sind und mit der ‚absoluten Mehrheit‘ den Regierungsauftrag haben. Wenn von knapp 83 Millionen Bürgern 28 Millionen bestimmen, sind Vokabeln wie ‚Mehrheit‘ und ‚Auftrag des Volkes‘ nicht mehr angebracht. Welch ein Unfug. Verdummung für die, die es nicht merken, oder für die, die es nicht interessiert. Eine Partei ist dann eine Volkspartei, wenn sie mit ihrem Programm bei der Mehrheit des Volkes ankommt.

Ich hoffe, das Beispiel ist eindrücklich genug für mein Ansinnen, das Wahlrecht in eine Wahlpflicht zu ändern.

Ebenfalls werden die Wahlkreise bundesweit auf circa 500 reduziert und gemäß der jeweiligen Länder-Bevölkerungszahl prozentual aufgeteilt. Es wird nur noch eine Stimme geben. Den Mist mit Überhangmandaten/ Ausgleichsmandaten werden wir ersatzlos streichen. Einzug in den Bundestag erhalten nur noch jene, die in ihrem Wahlkreis die einfache Mehrheit, also die meisten Stimmen, erlangt haben. Zustände wie derzeit sind auf Dauer nicht mehr tragbar. Ganz abgesehen von den Kosten, die ins Uferlose abdriften.

Ein verantwortungsvoller Umgang mit Steuergeldern sieht anders aus und ist schon lange nicht mehr zu erkennen. Es widerspricht im Grundsatz eher dem Argument für die schwarze Null und macht diese eigentlich nur lächerlich. Die egoistischen Argumente der Parteien können wir so nicht mehr akzeptieren.

Ebenfalls stinkt es mir gewaltig, wenn ich bei Debatten in einen fast leeren Plenarsaal blicken muss. Ich bin dafür, dass in Zukunft für alle Abgeordneten eine generelle Anwesenheitspflicht eingeführt wird, unabhängig vom Thema. Es sollte ein System installiert werden, das jegliches Fehlen von Abgeordneten bei den Sitzungen anzeigt, um dann die Fehltage bei den Diäten zu verrechnen. Es ist nicht hinzunehmen und dem Bürger nicht vermittelbar, dass bei dem derzeitigen Kostenaufwand pro Abgeordneten die Sitze leer bleiben. Das ist mehr als blamabel. Abgeordnete müssen in der Lage sein, mit dem Wähler über alle Themen kompetent zu diskutieren. Das ist ihr Job. Diätenerhöhungen werden nur noch in Höhe der Inflationsrate genehmigt. Das muss genügen. Volle Diäten kassieren und bei den Parlamentsdebatten nicht anwesend sein, dafür aber anderen Nebenbeschäftigungen nachgehen, wo Einkünfte im fünfstelligen bis in den siebenstelligen Bereich nachweisbar sind, geht gar nicht. Solches Unwesen muss abgestellt werden und der Vergangenheit angehören. Es ist das Saatgut für Korruption und lobbyistischen Umtrieb.

Die Redezeit wird in Zukunft für alle Fraktionen gleich lang sein. Es muss gewährleistet werden, dass auch die kleinen Parteien ihre Anliegen in ausreichendem Maße vortragen können. Natürlich immer unter Wahrung des Respekts und Anstands gegenüber den Kolleginnen und Kollegen des Hauses.

Darüber hinaus müssen mehr *Volksabstimmungen* möglich sein.

Bürger mit doppelter oder mehrfacher Staatsangehörigkeit (Doppelpass) – davon haben wir in der BRD mehr als genug – dürfen in keinem Parlament vertreten sein. Dies gilt für Kommunen gleich wie für Land und Bund. Für diesen Personenkreis wird es auch kein Wahlrecht geben.

Die Wahlberechtigung liegt generell bei Erreichen der Volljährigkeit – bundesweit. Nicht darunter. Auch nicht in Zukunft.

Das Demonstrationsrecht wird nicht angetastet. Jedoch wird in Zukunft im Zuge der Erteilung der Demo-Genehmigung eine Kaution in Höhe nicht unter 30.000 Euro fällig die, wenn die Demonstration störungsfrei verlaufen ist, sofort an die Organisation zurückzuzahlen ist. Es ist nicht mehr hinzunehmen, dass bei Kundgebungen Personen- und Sachbeschädigungen jeglicher Art in Kauf genommen werden müssen, um dann hinterher möglicherweise keine Schuldigen zu finden, und somit die Geschädigten in die Röhre schauen. Sollte die Kaution zur Behebung der Schäden nicht ausreichen, ist vom Organisator eine entsprechende Nachzahlung einzufordern."

Axel war gerade mit seinem Manuskript fertig, als das Telefon klingelte. Er schaute auf die Uhr, die 21:20 anzeigte. Auf dem Display las er „Johannes" und nahm den Hörer ab.

„Hallo, Johannes, was gibt es noch Neues zu später Stunde?"

„Wollte dir nur sagen: Es geht los."

„Was geht los?"

„Das LKA hat mit Unterstützung des BKA ermittelt, dass in der kommenden Nacht eine größere Auseinandersetzung zwischen den Ultrarechten und der autonomen linken Szene geplant ist."

„Und – wisst ihr auch, wo das genau stattfinden soll?"

„Na klar, es wird sich laut Information im Stadtpark beim U-Bahnhof Cottbusser Platz abspielen. Wie wir von einem V-Mann, der unter dem Namen Egel bekannt ist, wissen, ist eine Abrechnung zwischen den Gruppen geplant. Eine optimale Voraussetzung, um die ganze Mischpoke einzusammeln."

„Wie ist der Plan?", wollte Kühlkopf noch wissen.

„Wie mir Bernhard gesagt hat, soll das ganze Revier unauffällig überwacht werden. Unauffällig heißt in diesem Fall: alle in Zivilkleidung. Es sind ungefähr 150 Einsatzkräfte vor Ort. Verteilt zwischen Jelena-Šantić-Friedenspark, Hellersdorfer Straße, Boulevard Kastanienallee, Auerbacher Ring, Maxie-Wander-Straße, Carola-Neher-Straße, John-Heartfield-Straße, Etkar-André-Straße und Neue Grottkauer Straße."

„Sehr gut. Das hast du aber jetzt schön abgelesen“, war die witzig gemeinte Bemerkung von Axel, der die nächste Frage nachschob.

„Und wie ist der Transport geplant?“

„Kein Problem, das LKA bekommt entsprechende Fahrzeuge von uns.“

„Und wie ist die Losung? Wer leitet die Aktion?“

„Losung Braunbär, Leitung Weinmann.“

„Na dann viel Glück.“

„Danke und tschüss.“

„Halt, mein Lieber, ich habe noch was für dich. Bin gerade an meinen Notizen für die anderen Ressorts. Du könntest auch einige übernehmen. Was würde dich interessieren?“

„Finanzen zum Beispiel.“

„Die habe ich soeben bearbeitet.“

„Dann Justiz.“

„Das würde ich gerne Bernhard überlassen. Wie wäre es mit Außenministerium, Wirtschaft und Energie, Bildung und Forschung sowie Arbeit und Soziales? Das wären vier Ressorts, die dich irgendwie, irgendwann und irgendwo immer tangieren.“

„Gut ausgedacht. Ist aber okay. Mach ich.“

„Ich danke dir und tschüss.“

Ein flottes „Moin“ kam von Johannes. Als Hamburger kam von ihm meistens – Moin.

Axel war erleichtert, dass er jetzt schon vier Ressorts delegieren konnte. Er entschied sich, das Gesundheitsministerium noch zu beackern sowie das Ministerium für besondere Aufgaben.

Dann blieben für Bernhard noch das Justizministerium, das Verkehrsministerium, das Umwelt- und Naturschutzministerium sowie das Ministerium für Entwicklungshilfe und für Walter das Ministerium für Verteidigung, das Ministerium für Familie und Senioren, das Ministerium für Ernährung und Landwirtschaft.

Obwohl es inzwischen schon kurz nach 22 Uhr war, rang sich Axel durch, Bernhard noch anzurufen. Leider ohne Erfolg. Niemand ging ans Telefon. Bernhard nicht, seine Frau nicht und sein Sohn, der wegen seines Studiums noch zu Hause wohnte, auch nicht. Vermutlich war er mit beim Einsatz am Cottbusser Platz.

„Dann halt morgen", dachte sich Axel, legte seinen Schreibkram zur Seite und gebot sich Feierabend.

Während Axel sich seinen Feierabenddrink genehmigte – seine Frau Anja buk gerade mit Begeisterung Weihnachtsplätzchen und Stollen –, waren rund um den U-Bahnhof Cottbusser Platz und Stadtpark die Mannschaften von LKA und BKA sowie einige BND Leute in unauffälliger Weise unterwegs.

Ebenfalls waren sechs als Handwerker- und Lebensmittel-Kleintransporter getarnte Fahrzeuge an prädestinierten Stellen geparkt.

LKA-Boss Erich Weinmann hatte die Leitung des gesamten Einsatzes. Seine Leute waren bis in die Haarspitzen motiviert, als von Egel die Information kam, dass sich die Kontrahenten circa um 22 Uhr gegenüberstehen würden.

Die Uhr von Weinmann zeigte inzwischen 21:45 Uhr. Schneeregen bei etwa fünf Grad machte den Außendienst auch nicht angenehmer. Über Funk und Handy kamen die letzten Anweisungen vom Chef. Kein Schusswaffengebrauch, nur im äußersten Notfall des Notfalles, denn bissige Schlagzeilen der Presse und dummes Geschwätz konnte Weinmann weder leiden noch gebrauchen. Er stand ohnehin mit den Schreiberlingen auf Kriegsfuß, da sie seiner Meinung nach nicht immer korrekt das niederschrieben, was in einem Interview geäußert wurde. Das Thema mit übertriebenem Inhalt aufzuputschen, nur um die Auflage zu steigern, hatte nach seinem Empfinden nichts mit neutraler, seriöser und sorgfältiger Pressearbeit zu tun. Erich Weinmann kontaktierte über Funk nochmals alle Gruppenführer.

„Alle bereit?"

Ein mehrfaches kurzes „Bereit" drang in sein Ohr. „Hellersdorfer okay?" „Okay."

„Boulevard okay?" „Okay."

„Ring okay?" „Okay."

„Carola Neher okay?" „Okay."

Weinmann bekam auch von den restlichen Gruppenführern ein eindeutiges Okay. Jetzt konnte er nichts mehr tun als abwarten. Es war inzwischen 21:55 Uhr. Eine leichte innere Unruhe machte sich bei Weinmann breit. Als gedienter Zeitsoldat war er Pünktlichkeit gewohnt, wobei er sich im Klaren darüber war, dass er diese Tugend von anderen nicht unbedingt erwarten konnte. Von dieser Brut schon gar nicht. Weinmann schaute wieder auf die Uhr. 22:05 Uhr. Er funkte seine Gruppenführer an und fragte nach Auffälligkeiten. Nichts. Seine Leute – auch die vom BKA und BND – waren natürlich darauf trainiert, die Zielpersonen innerhalb allerkürzester Zeit zu erkennen. Geduld gehörte zwar nicht zu seiner Kernkompetenz, aber in all den Jahren seiner beruflichen Laufbahn hatte er sich dieses wichtige Spezifikum antrainiert.

Es war 22:15 Uhr. Erich Weinmann hörte sein Funkgerät rascheln. Einer seiner Gruppenführer, der am Auerbacher Ring Stellung bezogen hatte, meldete drei Personen, die mit Baseballschlägern in den Händen in Richtung Stadtpark unterwegs waren.

Der LKA-Chef gab die Anweisung: abwarten, keine Aktion. Offensichtlich hatten die drei schon einmal etwas von einer akademischen Viertelstunde gehört. Sie machten, von Weitem und durch das Fernglas gesehen, einen recht jugendlichen Eindruck. Sicher waren sie noch nicht volljährig. Vermutlich um die 16 oder 17 Jahre.

Schon sehr früh wurden die Jungen von den Radikalen rekrutiert. Zwischen 13 und 16 Jahren zum Beispiel bei den Rechten, um ihnen die rechtsextreme ‚Kultur‘ sofort einzuimpfen, denn die Feindbilder dieser geistigen Tiefflieger waren recht vielfältig.

Alle und alles, was nicht in das Gesamt- und Weltbild dieser Leute passt, war in permanenter Gefahr. Die drei Jungen waren von Kopf bis Fuß dunkel gekleidet mit schwarzen Hoodies, also Kapuzenpullis mit Logos und Text auf Brust und Rücken, die man mit Sicherheit den Linken zuordnen konnte. Weinmann wies den am nächsten postierten Gruppenführer an, Fotos von den dreien zu machen. Dieser gab jedoch zu bedenken, dass hier Probleme mit dem Persönlichkeitsrecht und dem Datenschutz entstehen könnten.

„Machen Sie einfach die Bilder. Das nehme ich auf meine Kappe.“

„Die Armleuchter vom Datenschutz sowie die einfältigen Politiker interessieren mich einen Dreck", dachte sich Weinmann. „Es ist immer dasselbe. Datenschutz – okay, aber nicht übertreiben. Machen wir unsere Arbeit effektiv, um den Staat und die Menschen zu schützen, kommen diese Klugscheißer und halten uns vor, was alles verboten ist und was nicht geht. Halten wir uns an deren Vorgaben und sind nicht so erfolgreich, wie die sich das vorstellen, darf man hören und lesen, dass man nicht in der Lage sei …, nicht effizient und, und, und. Dann fallen sie über uns her wie die Heuschrecken über die afrikanischen Felder. Ganz vorne mit dabei natürlich meine speziellen Freunde der Print- und sonstigen Medien."

Er sinnierte weiter darüber nach, ob das immer schlechter werdende Wetter ein Grund sein könnte, weshalb noch nichts geschah. Der Schneeregen hatte sich in der Zwischenzeit in Graupel gewandelt, und die Temperatur ging auf ein Grad zurück.

Während sich die drei Baseballschläger-Freunde unter einem großen Ahornbaum Zigaretten anzündeten und sich lebhaft unterhielten, kam Weinmann auf die Idee, dass es außer dem Wetter noch einen weiteren Grund für die jetzige Situation geben könnte: einen Maulwurf. Eine undichte Stelle konnte man nie ausschließen, auch wenn er zumindest seinen eigenen Leuten generell vertraute. Er schaute nochmals auf die Uhr und entschied sich, um 23 Uhr die Aktion abzubrechen, wenn sich bis dahin nichts mehr tun würde. Darüber hinaus wollte er der gesamten Mannschaft nicht zumuten, bei diesen Wetterverhältnissen länger als notwendig auf dem Posten zu sein.

Er grübelte weiter. Wetter oder Maulwurf, Maulwurf oder Wetter. Hätte er gewürfelt, wäre das Ergebnis kein anderes gewesen. Heute würde er den Grund nicht mehr erfahren. Seine Entscheidung, abzubrechen, wurde durch die Tatsache unterstützt, dass die Baseball-Freunde nach 30 Minuten wieder abzogen.

Somit gab er sofort per Funk bekannt: „Einsatz beendet. Danke. Geht nach Hause."

Er war auch sehr erleichtert, dass er seine Walther P1 nicht aus seinem trockenen und geschützten Schulterhalfter bemühen musste.

Erich Weinmann war ein hartgesottener Typ. Es gab wenig, was ihn aus der Bahn werfen konnte, denn mit seinen 55 Jahren hatte er schon so einiges erlebt. Nach seinem Abitur meldete er sich sofort und freiwillig zur Bundeswehr, aus der er als Hauptmann der Reserve ausschied.

Danach absolvierte er ein Studium für Psychologie und Bewegungswissenschaft, Chemie und Physik. Als sportlicher und gut durchtrainierter junger Mann bewarb er sich nach erfolgreichem Studium bei der Polizei, wo er viele Stationen durchlief, bis hin zur GSG 9. Sehr eindrückliche Erfahrungen sammelte er während seines Einsatzes im Irak. Dieser prägte ihn in seiner Lebensart mehr, als ihm lieb war. Als man Weinmann vor zwei Jahren die Leitung des LKA in Berlin anbot, überlegte er nicht lange und sagte zu. Seine Entscheidung war ausschließlich rationaler Natur. Erstens, so sagte er sich, „werde ich nicht jünger", und zweitens wollte er sich ein wenig von der Front zurückziehen.

Er saß am Morgen nach seinem Einsatz am U-Bahnhof Cottbusser Platz und Stadtpark am Frühstückstisch und genoss seine Rühreier mit Speck, die ihm seine Lebenspartnerin Renate mit viel Liebe zubereitete. Bevor jedoch die Eier auf dem Tisch waren, schaute er in die Zeitung, ob seine Freunde von der Presse schon einen mehr oder weniger brauchbaren Kommentar von sich gaben. Zu seiner Überraschung – nichts. Gut. Konnte eigentlich auch nicht sein. Er ging nochmals kurz in Gedanken das Geschehen vom Vorabend durch und legte für sich die nächsten Schritte fest. Im Büro angekommen setzte er sich zuerst an seinen PC und schrieb allen Gruppenführern eine E-Mail mit der Bitte, sich um 14 Uhr in seinem Konferenzraum einzufinden. Ebenfalls setzte er seine Kollegen vom BKA und BND in Kenntnis seiner Absichten.

BND-Chef Johannes Klarmund saß in seinem Büro in Berlin, schaute seine unerledigten Akten an und entschied sich dafür, diese erst nachmittags zu bearbeiten. Im gleichen Augenblick sah er in seinem PC den Eingang einer E-Mail. Weinmann war der Absender – Landeskriminalamt – Priorität hoch – vertraulich.

Er las: *Bitte heute um 14 Uhr bei mir im Konferenzraum sein. Wichtige Besprechung. Braunbär. Falls nicht möglich, kurze Info. E. W.*

Klarmund schaute in seine Agenda und vergewisserte sich, dass auch nichts anderes terminiert war. Er vermutete, dass seine Freunde Axel und Bernhard auch zugegen sein würden, und bestätigte kurz sein Kommen.

Punkt 14 Uhr. Alle waren da: BND-Klarmund, BKA-Walter, Axel Kühlkopf sowie die Gruppenführer. Erich Weinmann trat in den Raum, begrüßte alle und nahm Platz. Er schaute zuerst in die Runde, dann jedem Einzelnen drei Sekunden ins Gesicht, ohne etwas zu sagen.

„Wie wir inzwischen alle wissen, war der gestrige Abend ein Flop", begann Weinmann mit seinen Ausführungen. „Ganz abgesehen davon, dass wir mit dieser Aktion auch einiges an Kosten produziert haben, ist es mir schleierhaft, wie diese Pleite zustande kommen konnte. Ich habe bereits bei Egel nachgefragt, der mir aber nur das bestätigte, was er uns zuvor schon mitteilte. Es steht die Frage im Raum, war es das verdammt schlechte Wetter? Oder ... Oder haben wir einen Maulwurf? Was meinen Sie, Kollegen?"

BKA-Chef Walter meldete sich und versicherte, dass es in seinen Reihen keine undichten Stellen geben könne, da alle Mitarbeiter routinemäßig und auch stichprobenartig immer wieder überprüft würden.

Auch Johannes Klarmund meldete sich zu Wort. „Ich sehe das für meine Abteilung genauso wie Herr Walter. Da nach meiner Information auch Kolleginnen und Kollegen aus dem Streifendienst in die Aktion mit einbezogen wurden, schlage ich vor, auch diesen Teil der Mitarbeiter zu durchleuchten."

Weinmann meinte dazu: „Wir müssen so schnell wie möglich eruieren: Wer von den Gruppenführern hatte Kollegen der Streife bei sich, und hat irgendjemand in diesem Raum eine Idee oder einen begründeten Verdacht?" Weinmann schaute wieder jeden an, als wollte er sagen: „Hey, was weißt du, was ich nicht weiß?"

„Während jetzt die Anwesenheitsliste die Runde macht, denkt bitte mal ganz genau nach, ob sich in der letzten Zeit eine Person verdächtig verhalten hat. Sei es in ihrem Benehmen, ihren Äußerungen oder, wenn bekannt, auch in ihrem privaten Umfeld. Jeder kleinste Hinweis kann wichtig sein. Weder ich noch wir alle zusammen können uns undichte Stellen erlauben. Es sei bei dieser Gelegenheit darauf hingewiesen, dass nicht die geringste Information an die Presse gehen darf. Absolutes Stillschweigen ist oberstes Gebot."

Gruppenführer Jens Stark meldete sich zu Wort: „Ich habe in meiner Gruppe vier Kollegen aus dem Streifendienst, die mir zwar schon einige Zeit bekannt sind, aber einer davon erscheint mir etwas seltsam."

„Männlich oder weiblich? Wie macht sich das bemerkbar?", wollte Weinmann wissen.

„Kollege ist männlich. Er ist einerseits immer sehr interessiert, wenn es um Neuigkeiten geht, um geplante Aktionen und um vermeintlich brisante Details. Will immer dabei sein. Gibt aber sonst sehr wenig von sich. Macht einen etwas introvertierten Eindruck. Ich kann mich auch täuschen, aber ich schätze ihn etwas linkisch ein."

„Woher haben Sie diese Informationen? Ist Ihnen diese Person näher bekannt?"

„Die beziehungsweise den Kollegen kenne ich nur flüchtig. Die Information habe ich von seinem Vorgesetzten, der mir persönlich bekannt ist."

„Okay", sagte Weinmann, „bitte jetzt keine Namen. Sie bleiben nachher ganz kurz bei mir."

Weinmann wandte sich wieder an die Runde: „Ich darf Sie alle in unserem gemeinsamen Interesse bitten, Augen und Ohren offen zu halten. Vielleicht ist die genannte Person eine Möglichkeit, manches aufzuklären. Vielleicht auch nicht. Kann ja sein, dass es auch nur das schlechte Wetter war. Noch wissen wir es nicht. Aber wir werden es ergründen. Deshalb nochmals die Bitte: keine Information an die Presse. Das war's fürs Erste. Vielen Dank."

Alle verließen den Raum, außer Jens Stark, der Weinmann die Namen der Streifenpolizisten auf einen Zettel schrieb. Den genannten „Linkischen" markierte er mit einem Unterstrich.

„Sie wissen dann sicher auch, in welchem Bezirk die Kollegen der Streife Dienst tun?"

„Ja klar, in Marzahn und früher in Strausberg."

„Super. Danke. Sie können gehen."

Während der Gruppenführer die Namen der Kollegen aufschrieb, unterhielten sich Axel, Bernhard und Johannes auf dem Flur.

„Ich habe euch beiden etwas notiert", raunte Axel und übergab beiden einen kleinen Umschlag. „Es sind eure Hausaufgaben. Könnt ihr das bis Anfang Januar erledigen?"

„Ist machbar", kam von Johannes. „Ich wollte ohnehin heute Abend damit anfangen."

„Übrigens, Bernhard, ich habe dich gestern am späten Abend noch angerufen, hab dich aber leider nicht erreicht. Keiner ging ans Telefon. Hab mir schon Sorgen gemacht."

„Die waren nicht nötig. Ich habe auf dem Display auch gesehen, dass du angerufen hast. Sorry, aber ich wollte aus bekanntem Grund das Telefon nicht blockieren, falls etwas schieflaufen und man mich brauchen würde."

„Alles klar", kam von Axel zurück. „Noch eine kurze Frage: Was macht der Betonklotz?"

Bernhard stutzte zwei Sekunden, wusste aber dann sofort, um was es ging.

„Ja, der Klotz. Wir sind dran und warten noch auf Ergebnisse der Obduktion. Sobald ich sie habe, melde ich mich bei euch. Ihr entschuldigt mich jetzt bitte. Ich habe noch einen wichtigen Termin. Tschüss."

Axel und Johannes verabschiedeten sich ebenfalls und gingen in ihre Büros.

# Ankara

Akin Aslan, ein mit 170 Zentimetern Körpergröße relativ kleingewachsener, aber knorriger Typ, der sich mit seinen 50 Jahren im besten Alter wähnte, hatte als oberster Geheimdienstmann des MİT eine Machtfülle, um die ihn viele beneideten. Als gelernter Bankkaufmann war er es gewohnt, genau zu arbeiten, was ihm in seiner Militärzeit sehr nützlich, aber auch für seine jetzige Tätigkeit von Vorteil war. Sein schwarzes, volles Haar, sein etwas herunterhängender Schnurrbart und der kleine Ziegenbart unterm Kinn erinnerten ungemein an Dschingis Khan. Sein außergewöhnliches Erscheinungsbild wurde durch die dunklen, stechenden Augen noch unterstrichen, womit er gleichzeitig Respekt ausstrahlte und Furcht einflößte. Akin Aslan war schon in seiner Kindheit ein sehr interessierter und wissbegieriger Mensch. Vermutlich war das ein Grund, warum er nach seiner Militärzeit zum Geheimdienst wechselte und auf der Karriereleiter ganz oben ankam.

Ein weiterer Grund war wohl sein Großvater, der schon unter Mustafa Kemal Atatürk beim Geheimdienst diente. Akin Aslan hatte immer die Worte seines Opas im Ohr: „Geh zum Geheimdienst, dort erfährst du alles, dort siehst du alles, dort bist du ein wichtiger Mann." Jetzt war er ein wichtiger Mann, und das machte ihn stolz. Dieses Wissen um die Macht, die er besaß, produzierte in der jüngeren Vergangenheit auch viele Gedanken um den Ist-Zustand seines Landes. In Istanbul geboren und aufgewachsen, lernte er auch die Abgründe des Lebens kennen. Dies entwickelte in ihm eine positive Charaktereigenschaft, die man sonst nur bei wenigen Menschen in Führungspositionen kennt. Das Bankengeschäft trug ebenfalls wesentlich dazu bei.

Akin Aslan nutzte seine Position, seine Kontakte und sein Wissen, um eine Strategie zu entwickeln, die in naher Zukunft das Land zugunsten der Bevölkerung verändern sollte. Er hatte die Vision, das Land seiner Kinder wieder in die Freiheit zu entlassen, um unbeschwert und ohne Angst leben zu können.

Es war Freitag, Aslan rief seine Kollegin Damla Özcan, IT-Chefin im Regierungsapparat, an.

Dr. Damla Özcan war nicht nur eine überaus intelligente Frau, sie war auch bildhübsch und zudem die Cousine seiner Frau. Das machte eine Zusammenarbeit umso vertrauensvoller. Nicht zuletzt auch deshalb, weil Aslan und sie, und das war die Erkenntnis vieler Diskussionen in privater Atmosphäre, auf derselben geistigen Wellenlänge lagen. Auch in Bezug auf Mode. Damla hatte ein Faible für sportlich-elegante Kleidung, jedoch ohne Kopftuch. Akin liebte schöne Schuhe und Uhren aller Art.

„Liebe Damla, könnten wir uns morgen, Samstag, bei mir zu Hause treffen? Ich hätte einiges mit dir zu besprechen."

„Geht schon, aber erst nachmittags. Du weißt ja: Wochenende, einkaufen, putzen und so weiter."

„Okay, nachmittags. Ist 15 Uhr für dich machbar?"

„Das ist in Ordnung, Akin. Bis dann."

„O zamana kadar, aşkım."

# Moskau

Michail Komarow telefonierte mit Igor Petrow und bat ihn, mit Dr. Antal und Akin Aslan einen Termin zu vereinbaren, per E-Mail und natürlich verschlüsselt. Der Treffpunkt, das war seine Bedingung, sollte in Ungarn sein. In ziviler und privater Umgebung und, was optimal wäre, Anfang Januar, da in dieser Zeit wenig bis keine Aktivitäten stattfanden.

24 Stunden später stand der Termin fest: 3. Januar, Velencei-tó, Vier-Sterne-Hotel, Gárdony.

# Ankara

Als Damla Özcan am Samstag bei Akin Aslan eintraf, war sie doch sehr gespannt darauf, was Akin mit ihr bereden wollte. Bei Kaffee und Kuchen, Akins Frau war mit den Kindern in der Stadt beim Einkaufen, erklärte Akin Damla, was er geplant hatte.

„Ich wollte eigentlich, dass du mir einen geheimen Termin mit Komarow vereinbarst. Hat sich aber inzwischen erledigt, da mir Komarow zuvorkam, was die Sache natürlich erleichtert."

Akin zog einen USB-Stick aus seiner Hosentasche und steckte ihn in den bereits hochgefahrenen und vorbereiteten Laptop.

„Ich will dir jetzt nochmals die Zusammenfassung unserer diversen Gespräche zeigen. Dies alles will ich mit Komarow besprechen, da auch er, das weiß ich inzwischen, einiges verändern will. Es ist mir auch bekannt, dass sich Komarow bei einem der letzten Treffen in Berlin bei unserem Kollegen Klarmund in eindeutiger Weise geäußert hat.

Auch ich habe mit Klarmund gesprochen. Da wir NATO-Partner sind, hielt ich das für unabdingbar, wobei mir Klarmund seine Unterstützung zugesichert hat. Ich weiß noch nicht, wie die Unterstützung aussehen wird, das werde ich noch feststellen müssen."

Inzwischen waren die Notizen von Akin auf dem Monitor seines PCs sichtbar, und Damla ging sie mit Akin nochmals Punkt für Punkt durch. Es waren dieselben Punkte, die er bereits auch mit Klarmund besprach.

„Mein Gott", entfuhr es Damla plötzlich, „jetzt erkenne ich erst richtig, in welch grauenvoller Situation sich unser Land befindet. Ich wusste das ja alles. Wir haben oft genug darüber geredet. Aber wenn ich das in solch geballter Form vor mir sehe, wird mir gleich schlecht."

„Mach dir keine Sorgen, wir werden es richten", beruhigte Akin Damla.

„Was mir aufgefallen ist", sagte Damla, „du hast hier mit keinem Wort das Flüchtlingsproblem mit den Syrern erwähnt. Auch nicht das Problem mit den Iranern und den Afghanen, die über unser Land nach Europa pilgern."

„Ich weiß", kam es von Akin, „ich wollte dieses Thema eigentlich separat mit den anderen beraten, aber du hast recht, wir sollten das in einem Aufwasch diskutieren und klären."

Akin Aslan schrieb zu seinen Notizen im PC: *Flüchtlingsproblem ansprechen!*

„Dazu fällt mir noch etwas ein, Akin", meldete sich Damla nochmals. „Wir sollten in Zukunft den Flüchtlingsstrom in eine ganz andere Richtung lenken."

„Was hast du an Ideen?"

„Nur eine."

„Und die wäre?"

„Wir lassen nur noch einen Grenzübergang offen. Ich denke hier an Cizre. Von dort über Van nach Mürşitali und dann über die Grenze nach Armenien."

„Toll. Wie stellst du dir das vor? Denkst du, die Armenier machen das einfach so mit? Ich glaube nicht, zumal es ja nicht unbedingt unsere Freunde sind."

„Vielleicht kannst du mit Komarow eine Lösung finden. Der hat doch sicher Möglichkeiten. Bedenke weiter: Wir erhalten doch jede Menge finanzieller Mittel von der EU. Wir müssen unseren Nachbarn nur schmackhaft machen, dass sie an diesen Milliarden entsprechend partizipieren könnten. Die Euros werden sie bestimmt nicht in den Wind schlagen, da sie das Geld bitter nötig haben. Bei deren Preis-Leistungs-Niveau ist der Unterschied zu uns nicht so gravierend. Schau mal, ich habe nachgesehen:

100 EUR sind derzeit 742,15 TL (Türkische Lira)
100 EUR sind derzeit 52.538,67 AMD (Dram)

In Ankara kosten derzeit
Wasser 1,5-Liter-Flasche     = 1,94 TL = 0,26 EUR
Milch 1 Liter     = 5,21 TL = 0,70 EUR
Kartoffeln 1 Kilogramm     = 3,30 TL = 0,44 EUR

In Jerewan kosten derzeit
Wasser 1,5-Liter-Flasche     = 239 AMD = 0,46 EUR
Milch 1 Liter     = 437 AMD = 0,83 EUR
Kartoffeln 1 Kilogramm     = 245 AMD = 0,47 EUR

Das sind, wie du siehst, Preise in der jeweiligen Hauptstadt, und wie wir beide wissen, ist es auf dem Land um einiges günstiger. Also, dieses Problem dürfte eigentlich gar keines sein. Was denkst du über meinen Vorschlag?“

„Im Prinzip nicht schlecht. Ich werde mir darüber Gedanken machen und mit Komarow sprechen. Aber du weißt ja: Zu jeder Hochzeit gehören zwei.“

Kaum ausgesprochen ging die Türe auf, und Akins Frau kam herein.

„Wer will heiraten?"

„Niemand. Hast du gelauscht?"

„Ich bin die Frau vom Lauscher …", Akins Frau konnte sich das Lachen nicht mehr verkneifen, „natürlich nicht mein Schatz."

„Na – fertig mit Einkauf?", wollte Akin wissen. „Fertig für heute", erwiderte seine Frau.

„Und wo sind die Kinder?"

„Sag nicht immer Kinder. Das sind, mit 24 und 25 Jahren, erwachsene Menschen. Deine ‚Kinder' bleiben noch in der Stadt und kommen später", erklärte Frau Aslan mit einem milden Lächeln ihrem Mann, den sie über alles liebte.

„Schön dich zu sehen, Damla. Alles gut? Habt ihr noch einen Kaffee für mich?"

„Na klar, es ist auch noch Kuchen da."

Nach kurzer Umarmung setzte sich Frau Aslan dazu.

„Konntet ihr alles besprechen, was nötig war?", wollte sie noch wissen.

„Ja", sagte Akin, „wir sind so weit fertig."

# Berlin

Es waren nur noch drei Tage bis Heiligabend. Axels Plan war, noch vor den Feiertagen seine Hausaufgaben zu machen und die fehlenden Ressorts zu bearbeiten. Er entschloss sich deshalb – Termine oder andere wichtige Besprechungen waren nicht mehr vorgesehen –, Urlaub zu machen.

„Frau Rose."

„Chef, was kann ich tun?"

„Haben wir in der Kühlbox noch Champagner, Sekt oder andere Getränke?"

„Ich denke schon, werde aber sofort mal nachsehen … Es sind noch je drei Flaschen Champagner und Sekt vorhanden. Dazu fünf Flaschen Wasser und zwei Orangensaft gekühlt. Eine Flasche Cognac wäre auch noch im Schrank."

„Gut", sagte Kühlkopf, „nehmen Sie eine Flasche Sekt, zwei Gläser und kommen Sie damit zu mir."

„Ohhhh", kam es über ihre schönen, dezent geschminkten Lippen. „Gibt es was zu feiern?"

„Nichts Besonderes", sagte Axel, „wir beenden einfach das Arbeitsjahr."

Frau Rose kam mit einem Tablett, auf dem der Sekt, Orangensaft und zwei Gläser standen. Nachdem Axel die Flasche geöffnet und die Gläser gefüllt hatte, wandte er sich Frau Rose zu:

„Liebe Frau Rose, ich möchte mich bei Ihnen für die gute und vertrauensvolle Zusammenarbeit im alten Jahr bedanken. Verbunden mit der Hoffnung und dem Wunsch zugleich, dass wir noch sehr viele Jahre zusammenarbeiten werden, obwohl – ich weiß es – ich nicht immer ganz einfach zu ertragen bin."

„Ach Chef", Frau Rose sagte meistens nur Chef, den Namen benützte sie nur in Anwesenheit anderer Personen, „Sie sollten das nicht so wichtig nehmen, nicht so eng sehen. Für mich sind Sie, wenn man den Stress berücksichtigt, ganz in Ordnung. Ich bin mit Ihnen zufrieden."

Das war mehr als Balsam für die empfindliche Seele von Kühlkopf. Etwas verlegen sagte er: „Vielen Dank für die Blumen. Das freut mich ganz arg, so etwas von Ihnen zu hören. Darauf sollten wir jetzt anstoßen. Darf ich Ihnen das Du anbieten?"

Frau Rose schoss bei dieser Gelegenheit etwas Blut in den Kopf, aber sie kam nicht aus dem Gleichgewicht.

„Das kann ich ja gar nicht abschlagen. Was für eine Ehre. Gut, ich bin, wie Sie ja wissen, Ursula."

„Und ich, Sie wissen es bereits, Axel. Na dann, Prost und zum Wohle."

Er beugte sich zu ihr hinüber und gab ihr ein zärtliches Küsschen auf die linke und eines auf die rechte Wange.

„Noch eine Bemerkung am Rande", kam von Frau Rose. Axel erschrak innerlich. Was kam jetzt?

„Meine Freunde nennen mich Uschi."

Erleichtert und mit einem schelmischen Grinsen im Gesicht sagte er: „Dann betrachte ich dich ab sofort als meine Freundin und sage auch Uschi. Okay?"

„Gerne, zum Wohl."

***

Abends in seinem Arbeitszimmer musste sich Axel mehr als sonst auf seine Arbeit konzentrieren, nachdem er sich entschlossen hatte, das sehr umfangreiche Ressort Gesundheit in Angriff zu nehmen.

Er schrieb:

### „Bundesministerium für Gesundheit:

» Zunächst ist wichtig, die gesetzlichen Krankenkassen strukturell zu verbessern und finanziell zu stabilisieren. Das heißt unter anderem, dass jeder Bürger der BRD gesetzlich versichert sein *muss*. Die Limitierung der Beitragsbemessungsgrenze muss wesentlich nach oben korrigiert werden, egal welchem Berufsstand der Versicherungspflichtige angehört, unabhängig davon ob angestellt, freiberuflich, selbstständig oder Beamter, in der freien Wirtschaft oder im öffentlichen Dienst. Alle. Private Krankenversicherungen werden ihr Angebot den neuen Gegebenheiten anpassen müssen.
Es wird in Zukunft keine Zweiklassengesellschaft mehr geben. Das Zeitfenster für den Übergang zur GKV bis zur endgültigen Änderung der PKV beträgt ein Jahr. Es ist mit den Arbeitnehmervertretern der PKV eine humane Lösung für die betroffenen Mitarbeiter zu vereinbaren. Dabei ist darauf zu achten, dass möglichst viele in die GKV übernommen werden können. Weitere Änderungen/Verbesserungen sind bei der Pflegeversicherung vorzunehmen. Dabei liegt der Fokus insbesondere auf den privaten Dienstleistern. Wie allgemein bekannt ist, hat der Betrug in dieser ‚Abteilung‘ ein Level erreicht, dem besondere Auf-

merksamkeit gilt. Pflegeeinrichtungen aller Art, auch jene mit ausländischen Muttergesellschaften, werden konsequent ins Visier genommen.

Auswüchse im Gesundheitswesen wie in den USA müssen mit allen Mitteln verhindert werden. Dies gilt allerdings auch in anderen Bereichen, wie zum Beispiel bei der Wohnungs- und Arbeitspolitik.

» Ein weiterer Punkt zur finanziellen Stabilisierung der GKV ist die strikte und permanente Kontrolle von Abrechnungssystemen der Ärzte und Apotheker. Systemideen zur Kontrolle liegen in meiner Schublade und müssen noch besprochen werden. Es ist notwendig – Fälle in der Vergangenheit beweisen es –, dass die Krankenkassen leider auch kontrolliert werden müssen. Bei dieser Gelegenheit ist zu klären, ob die Kassenärztliche Vereinigung – ein horrender Kostenfaktor – noch Sinn macht. Die Abrechnungskontrolle der KV könnten die GKV selbst übernehmen. Es ist erschreckend und frustrierend zugleich, dass selbst in unserem Staat Zustände herrschen, die jenen einer Bananenrepublik ähnlich sind. Jeder betrügt jeden, und die Dummen sind wie immer die Beitragszahler. Und wen interessiert das alles? Wie man annehmen muss – niemanden.

» Medikamente als Tabletten, Dragees, Kapseln etc. müssen nicht in großer Zahl verschrieben beziehungsweise vom Arzt ausgehändigt werden. Hier genügt mit Sicherheit eine kleine Verpackungseinheit von – je nach Bedarf – fünf, zehn oder maximal fünfzehn Stück. Auch hier könnten für die Krankenkassen riesige Beträge eingespart werden. Ein nützlicher Nebeneffekt wäre der Umweltschutz.

Hier sei in Erinnerung gerufen, welche Mengen an Medikamenten jährlich weggeworfen werden. Sei es in die Tonne oder in die Toilettenschüssel. Selbst wenn man den Anteil berücksichtigt, der zum Beispiel an den Arzt oder die Apotheke zurückgegeben wird, die Problematik ist hinreichend bekannt. Ein weiterer positiver Nebeneffekt: weniger die Umwelt belastender Verpackungsmüll bei intelligenter Einteilung/Dosierung und Verschreibung der Arzneimittel. Ich weiß natürlich, dass kleinere Verpackungseinheiten dieser Vorstellung widersprechen mögen, aber hier wird man, wie bereits bemerkt, mit der Pharmaindustrie nach intelligenten Lösungen suchen und diese auch finden müssen.

» Die Kosten für Medikamente – hier wird mehr als deutlich gezeigt, was die freie Marktwirtschaft anrichtet (mit schönen Grüßen an die Pharmaindustrie) – und Hilfsmittel (Brillen, Hörgeräte, Zähne, Krücken, Prothesen, Krankenbetten etc.) müssen gedeckelt werden. Diesbezüglich muss auch Druck auf die Industrie ausgeübt werden, dass Medikamente und Hilfsmittel jeglicher Art auch für arme Länder und deren Bevölkerung bezahlbar werden. Auch hier wird ersichtlich, wie egoistisch, krank und inakzeptabel unser System ist. Ich bin mir im Klaren darüber, dass es einen fürchterlichen Aufschrei verschiedener Institutionen und Lobbyisten-Verbände geben wird, einschließlich einiger Funktionäre, die ich hier nicht im Einzelnen und namentlich erwähnen will. Aber wie heißt es doch immer wieder: Da muss man durch. Exempel müssen statuiert werden, und wie steht es doch geschrieben? *Vor dem Gesetz sind alle gleich.*

» Für die Behandlung im Krankenhaus gilt dies natürlich schon nicht mehr.
Deshalb: Die Privatisierung der Krankenhäuser muss ebenfalls sofort gestoppt werden. Es kann nicht angehen, dass Menschen nur noch Renditeobjekte sind. Dieses System ist krank und korrupt. Kurz gesagt skandalös. Als abschreckendes Beispiel sei hier auf diverse Krankenhaus-Konzerne verwiesen. Die Presse hat in der Vergangenheit mehrfach von üblen Beispielen berichtet. Es ist ein offenes Geheimnis, wo hier die Prioritäten liegen: *Darf's ein bisschen mehr sein?*

» Im Milliardenbusiness Gesundheit wird der Arzt leicht zum Verkäufer. Haben die Pharmamanager und ihre Handlanger, die Pharmareferenten, nicht immer ein Bonbon bei ihren Arztbesuchen im Koffer? Das ist natürlich keine Korruption, das ist Kundenbindung par excellence.

» Viele Krankenhäuser haben heute für ihre Chefärzte konkrete Vorgaben, was sie an Fallzahlen bringen müssen. Hier kommen die Prioritäten der Krankenhaus-Konzerne wieder zum Vorschein. Dass hier die eine oder andere OP gemacht wird, die nicht unbedingt sein muss, ist anzunehmen, mit dem Ergebnis von Beitragserhöhungen der Krankenkassen. Das sind Vorgänge, die in Zukunft der Vergangenheit angehören müssen. Kleine Alibigesetzesänderungen helfen hier nicht wirklich. Mit diesen Minimalaktionen haben sich die Verantwortlichen systematisch aus der Verantwortung gestohlen.
Es ist nicht nachzuvollziehen, weshalb hier weggeschaut wird. Mit solchen Politikern hat man den Bock

zum Gärtner gemacht. Es ist leicht vorauszusagen, wie das enden wird, wenn nichts geschieht. Offensichtlich ist das alles etwas schwierig, vor allem mit dem Denken, oder man will es nicht erkennen, weil andere Gründe dagegen sprechen. Wir werden uns diesem Thema in besonderer Weise widmen müssen.

» Risikosport! Diverse Sportarten werden in Zukunft aus dem Krankenversicherungsschutz ausgeschlossen sein. Jedem Bürger bleibt es unbenommen, seine Lieblingssportart zu betreiben. Es muss jedoch gewährleistet werden, dass die Allgemeinheit der Krankenversicherungsbeitragszahler nicht für die Unfallfolgekosten einer unvernünftigen Minderheit von Risikofreudigen aufkommen muss. Eine noch zu bestimmende Liste solcher Sportarten wird erarbeitet. Dies gilt auch für verunfallte Sportler, die vorsätzlich oder in grobfahrlässiger Weise gegen Regeln und Bestimmungen verstoßen haben. Dazu wird dieser Risikosportgemeinde die Möglichkeit angeboten werden, sich über eine private Spezialkrankenversicherung abzusichern.“

„Das war es für heute“, dachte sich Kühlkopf und schloss seine Notizenmappe. „Den Rest werde ich morgen erledigen. Die Weihnachtstage werde ich dann mit Nichtstun ausfüllen.“

Er gönnte sich mit seiner Frau noch einige Drinks vor dem TV und beendete so seinen Arbeitstag.

Am nächsten Tag war erst einmal ausschlafen angesagt, bevor er sich wieder an seinen Schreibtisch setzte und sein letztes Ressort bearbeitete. Es war das

**„BUNDESMINISTERIUM FÜR BESONDERE AUFGABEN – BUNDESKANZLERAMT."**

Diese Behörde, dieses Amt wird in Zukunft, wie bei allen anderen Ressorts auch, nur noch an Personen vergeben, die der Aufgabe gewachsen sind beziehungsweise die eine geeignete, breitgefächerte Bildung haben, verbunden mit umfangreicher Fachkenntnis.

Der Leiter dieser Behörde wird die Aufgabe haben, sämtliche Ministerien und regierungsrelevante Behörden in Berlin zu etablieren. Diese Umzüge werden einiges an Kosten verursachen, können aber langfristig durch anderweitige Kosteneinsparungen kompensiert werden.

Dieses Ministerium wird auch – neben einer engen Zusammenarbeit mit dem BND – eine koordinierende Funktion gegenüber Brüssel wahrnehmen müssen, wobei die Interessen Deutschlands Priorität haben. Auf eine enge und reibungslose Zusammenarbeit mit dem Außenamt ist zu achten. Alle Veränderungen, EU-übergreifend, sind auf Herz und Nieren zu prüfen. Nationale Veränderungen sollten möglichst an das EU-Recht angepasst werden. Zur Not werden aber auch Alleingänge möglich sein müssen. Im Übrigen bleiben die Aufgaben dieses Ressorts unberührt.

In Zusammenarbeit mit den maßgeblichen Ministerien und Fachgremien sind Gedanken und Ideen zu entwickeln und umzusetzen, die einer schleichenden und nicht zu übersehenden Dekadenz in unserem Land entgegenwirken. Darüber hinaus sind Möglichkeiten zu prüfen, unser konföderiertes Gebilde zu vereinfachen, um es im Sinne einer optimalen Entscheidungshoheit zu verändern. Ich denke dabei an die Bereiche Bildung,

Justiz und Gesundheit. Die Einsparungen von Steuergeldern der einzelnen Bundesländer wären dabei nicht unerheblich (Personal- und Reisekosten etc.) und ein nützlicher Nebeneffekt.

Alle Veränderungen und Entscheidungen müssen sachbezogen sein. Parteiinteressen dürfen ebenso keinen Platz haben wie Lobbyisten-Büros in unseren Häusern.

Der absolute Hammer aber sind die Ausgaben für Beraterverträge. Hier können viele Euros eingespart werden, wenn, wie schon erwähnt, Personal mit entsprechender Kompetenz am richtigen Platz eingesetzt wird. Es ist meines Erachtens schon fast kriminell, wie hier Steuergelder verschleudert werden und die Verantwortlichen mit einem hämischen Grinsen dieses Vorgehen rechtfertigen. Wenn diese Kosten innerhalb von wenigen Jahren um hunderte Prozent steigen, muss die Frage erlaubt sein:

*Ist diese sogenannte Elite noch tragbar – noch wählbar?*
*Sind diese Menschen für diese Jobs geeignet?*
In abgewandelter Form könnte man auch sagen:
*Wer Krücken braucht, soll nicht zum Tanzen gehen.*
Es muss hinterfragt werden dürfen, weshalb der Sachverstand viel zu teuer eingekauft wird."

Um seinen „Arbeitstag" im Weihnachtsurlaub rundzumachen, fertigte Axel noch das Gesprächsprotokoll für seine drei Freunde an. Als er damit fertig war, atmete er einmal kräftig durch und sagte laut zu sich selbst: „So, lieber Axel – frohe Weihnachten."

# Gárdony

Dr. Antal, Akin Aslan und Michail Komarow trafen sich am 3. Januar in der Lobby des Vier-Sterne-Hotels am Velencer See. Es war später Nachmittag. Dunkelgraue Wolken überzogen das Land, und es roch eindeutig nach Schnee. Die drei gingen an die Hotelbar und stießen mit einem ausgezeichneten Wodka auf ein gutes Gelingen ihres Treffens an. Nach einigen belanglosen Sätzen schlug Komarow einen kleinen Spaziergang vor dem Abendessen vor. Eingehüllt in ihre dicken Wintermäntel und Pelzmützen machten sie sich auf den Weg. Dr. Antal kannte sich hier einigermaßen gut aus und wählte einen leicht zu begehenden Rundweg von etwa 30 Minuten. Kaum waren sie unterwegs, fing es bei null Grad kräftig an zu schneien, was die drei Herren aber in keiner Weise störte. Der Russe begann das Gespräch mit einem freundlichen „Spasibo" an Antal und Aslan für die spontane Zusage und das Kommen. Um keine Zeit zu verlieren, kam er sofort zur Sache.

„Kollegen, es hat sich in den letzten zehn Jahren – und auch davor – einiges ereignet, was nicht zum Besten für unsere Völker ist. Auf Dauer sind das unhaltbare Zustände, wobei darauf verwiesen sei, dass es nicht nur uns drei betrifft, sondern auch viele andere. Es ist mir bekannt – und euch ist es sicher nicht entgangen –, dass es sowohl im europäischen Raum als auch auf dem amerikanischen Kontinent vieles zu korrigieren gibt.

Ansatzweise habt ihr mir auch schon Hinweise darauf gegeben, dass euch einiges unter den Nägeln brennt. In einem vertraulichen Gespräch mit BND-Chef Klarmund erhielt ich von ihm die Zusage voller Unterstützung bei Bedarf. Bedarf heißt in diesem Fall eine mögliche Veränderung nationaler Ziele und Prioritäten. Wie schätzt ihr die Situation für euch ein?"

Dr. Antal meldete sich sofort zu Wort und meinte: „Auch für uns hier in Ungarn ist es erstrebenswert, manche Dinge zu revidieren beziehungsweise neu zu gestalten. Wie jeder erkennen kann, stehen wir – in negativem Sinn – mit einigen anderen Regierungen in der Nachbarschaft allein auf weiter Flur bezüglich der Wertegemeinschaft EU. Ich will dabei natürlich nicht übersehen, dass innerhalb der EU viele fast unüberbrückbare Hürden entstanden sind. Eine davon ist das Flüchtlingsproblem, das euch Russen allerdings weniger tangiert. Wenn wir auf geeigneter Ebene etwas erreichen wollen, müssen wir gemeinsam einen Konsens finden. Was bei uns in Ungarn derzeit passiert: eine Selbstermächtigung auf Kosten des Parlaments mit einer ‚Lange-Leine-Politik‘ der Brüsseler ‚Wertehüter‘. Keiner beziehungsweise keine von den angeblich Mächtigen ist im Stande, unserem Landesvater Einhalt zu gebieten. Aus welchem Grund auch immer."

„So ist es", warf Akin Aslan ein und strich sich mit der Hand über seinen inzwischen mit Schnee bedeckten Ziegenbart. „Abgesehen von diesen egoistischen, korrupten Machenschaften in unserem Land, die mich fürchterlich anekeln, habe ich den Eindruck, dass global derzeit viele Dinge nicht positiv beeinflusst werden können, da zu viele Egomanen an den Schalthebeln der Macht sitzen.

Teilweise auch Dumme und Ungeeignete. Wir können rund um den Globus schauen, und fast in jeder Ecke dieser Erde finden wir inhumane Zustände. Ich würde sehr gerne einiges verbessern, aber mir sind derzeit die Hände gebunden, zumal ich das alleine nicht stemmen kann. Wie Kollege Antal schon erwähnte, brauchen wir einen Konsens über unsere Grenzen hinweg. Auch ich habe mich mit dem Deutschen eingehend unterhalten und habe das Gefühl, dass wir uns auf der gleichen Wellenlänge befinden."

„Wen meinst du mit dem Deutschen?", fragte Komarow.

„Ich spreche von Johannes Klarmund", gab Aslan Auskunft. Vielleicht sollten wir den BND-Chef in unsere Konsultationen einbeziehen. Was haltet ihr davon?"

Komarow und Antal schauten sich fragend an. „Na ja", bemerkte Komarow, „immerhin seid ihr NATO-Partner. Das würde alles ein bisschen einfacher machen. Überlegt euch das gut, und lasst mich eure Entscheidung bald wissen."

Der Ungar und der Türke nickten zustimmend. Aslan blieb ruckartig stehen.

„Was ist los?", wollte Komarow wissen.

„Wir sollten etwas schneller gehen."

„Wieso? Ich verstehe nicht."

Der Türke grinste, wischte sich den Schnee aus dem Gesicht und sagte: „Ich habe einen Bärenhunger. Was empfiehlt man sich denn in Ungarn?"

„Natürlich Gulyás als kräftige Suppe", bemerkte Antal stolz, „oder Töltött Káposzta, also Kohlroulade mit gehacktem Schweinefleisch, Eiern und Reis gefüllt. Aber lassen wir uns überraschen, was der Koch im Hotel auf die Speisekarte geschrieben hat."

Die drei Geheimdienstler hatten es plötzlich eilig. Nicht nur wegen des Hungers, den auch Komarow und Antal inzwischen verspürten, sondern auch wegen des immer stärker werdenden Schneetreibens. Nach fünf Gehminuten hatten sie es geschafft und konnten sich der schneebedeckten Mäntel und Mützen entledigen.

In einer gemütlichen Ecke des Speiseraumes fanden sie Platz und bestellten erst einmal für jeden einen Aprikosenschnaps und die Speisekarte. Es war inzwischen 18 Uhr und Zeit für eine kräftige Mahlzeit. Antal bestellte sich Töltött Káposzta, Aslan entschied sich für Halászlé, eine pikante Flussfischsuppe auf Paprikabasis, und Komarow wollte unbedingt Gulyás.

Auf der Karte waren zwar noch andere Gerichte zu finden wie Húsleves, Paprikás Csirke und Lecsó, aber für den ersten Hunger war das genug. Dazu für jeden ein ungarisches Bier.

Während sie das Essen genossen, eröffnete Aslan wieder die Gesprächsrunde, indem er Antal fragte, weshalb die Ungarn keine Flüchtlinge aufnehmen wollten.

„Das ist so kompliziert wie einfach zugleich", antwortete Antal. „Es wird in unseren Regierungskreisen betont, dass es wichtig sei, die EU-Außengrenzen zu schützen. Ebenfalls ist man der Meinung, man müsse Ungarn und die Bevölkerung vor der Einwanderungswelle, die noch einige Zeit anhalten wird, schützen. Oder einfach erklärt – man will die Flüchtlinge einfach nicht haben. Deshalb hat man damals auch begonnen, den Grenzzaun zu errichten. Ausländerfeindliche Äußerungen – in welcher Form auch immer – sind bei uns permanent zu hören. Ich weiß auch nicht, wie die EU langfristig auf unsere Politik der Verweigerung reagieren wird. Es ist ein schwieriges Thema. Lassen wir uns darauf ein, Flüchtlinge aufzunehmen, heißt das noch lange nicht, dass andere Nachbarstaaten unserem Beispiel folgen. Lösen müssen wir das Problem auf jeden Fall. Wie sieht es denn bei euch aus?", fragte Antal und schaute zu Aslan.

„Wie ihr ja wisst", begann Aslan, hob sein Glas und prostete den Kollegen zu, „haben wir viel zu viele Flüchtlinge in unseren Lagern. Ja, wir bekommen Geld von der EU, aber auf Dauer kann das auch für uns keine Lösung sein. Mein Mitleid mit diesen Menschen hält sich in Grenzen – zumindest was die Wirtschaftsflüchtlinge angeht. Hier kann ich auch die Aufnahme-Gegner in der EU verstehen. Wie viele Millionen Flüchtlinge und Asylanten verträgt ein Land auf Dauer? Ich kokettiere mit dem Gedanken, die Grenzen zu Syrien, dem Irak und dem Iran zu schließen. Ausnahme: ein Übergang, der in Richtung Van nach Armenien führt. Ich denke, dass mit der armenischen Führung ein Deal möglich ist. Vielleicht habt ja ihr Interesse an Asylanten?", blickte er Komarow fragend an und grinste gleichzeitig.

Mit einem etwas konsterniertem Gesichtsausdruck schüttelte Komarow den Kopf. „Belästigt mich bitte nicht mit Flüchtlingen. Dieses Problem muss und kann anderweitig gelöst werden. Aber die Idee mit Armenien ist so schlecht auch wieder nicht. Sprecht mit der dortigen Führung. Wir können in diesem Fall bestimmt behilflich sein, aber wir sollten den heutigen Abend nicht mit diesem Thema ausfüllen. Lasst uns lieber über jene Sorgen sprechen, die uns gemeinsam betreffen. Komarow fasste für seine Kollegen all jene Punkte zusammen, die er in Moskau für sich notiert hatte. Das sind die vordringlichen Themen, die mir mehr als wichtig sind. Legt eure jetzt auf den Tisch."

Antal begann aufzuzählen: „Bei uns und für mich geht es um: Korruption, Einschränkung der Menschenrechte, Beschneidung der Pressefreiheit, Organisierte Kriminalität, Wirtschaftsfragen. Dies sind Dinge, die unser relativ kleines Land umso mehr belasten."

„Und wie sieht es bei euch in der Türkei aus?", wollte Komarow wissen. „Ich bestelle inzwischen noch drei Bier. Ist das in Ordnung?"

„Ist okay", Akin Aslan zupfte sich an seinem Bart, nahm noch einen Schluck aus seinem Bierglas und begann mit der Aufzählung jener Probleme, die seiner Meinung nach das Land lähmten und in eine Isolation führen würden, wenn nicht gegengesteuert würde.

„Also Freunde, bei uns sieht es – die Liste ist etwas länger – schlecht aus." Akin setzte seinen Kollegen die Themenfelder auseinander, die er zuvor mit Damla durchgegangen war. Wie ihr seht, ein Katalog der Missstände, die ich so schnell wie möglich beseitigt haben will."

Komarow und Antal nickten zustimmend.

„Viele gleiche und ähnliche Punkte bei uns dreien. Ich bin mir sicher, dass wir hier ein großes Maß an Einigkeit finden werden, um in eine bessere Zukunft schauen zu können."

„Das hoffe ich auch", sagte Antal.

„Nicht hoffen, sondern handeln", ergänzte Akin Aslan. „Ein türkisches Sprichwort sagt: Umut fakirin ekmeğidir – die Hoffnung ist das Brot der Armen. Andere sagen: Die Hoffnung stirbt zuletzt. Ich denke, wir sollten es nicht bei der Hoffnung belassen. Unsere Völker haben ein Recht darauf, fair behandelt zu werden und in eine relativ sorgenfreie und friedliche Zukunft zu blicken. Religionen, Egoismen und persönliche Eitelkeiten dürfen hierbei keine Rolle mehr spielen."

Komarow und Antal spendeten – der Umgebung angepasst – verhaltenen Applaus.

„Gut", meinte Antal, „ich sehe hier jede Menge Übereinstimmung. Jedoch sind wir drei, wie schon angedeutet, zu wenig. Wir müssen, wenn ihr einverstanden seid, unbedingt den Deutschen ins Boot holen. Nicht nur als Verstärkung, sondern auch als eventuellen diplomatischen Vermittler zu weiteren möglichen Verfechtern unserer Philosophie und späteren Verbündeten. Macht euch bitte Gedanken. Ich werde bei euch in einer Woche nachfragen, wie ihr euch entschieden habt. Aber jetzt habe ich Lust auf einen Kaffee und einen ordentlichen Nachtisch in Form einer Eszterházy torta. Was haltet ihr davon?" Komarow und Aslan stimmten begeistert zu. Während die Bestellung lief, sagte Komarow: „Da wir unser Treffen schon bald wieder beenden müssen und die Torte noch nicht da ist, hätte ich noch einen Witz zum Besten. Soll ich?"

„Ja, ja", kam es von Aslan.

„Also", fuhr Komarow fort, „am Rande eines Chirurgen-Kongresses kommen ein deutscher, ein amerikanischer und ein russischer Kollege ins Gespräch. Der Deutsche: ‚Ich habe neulich eine Herztransplantation in nicht ganz fünf Stunden durchgeführt!' Erstauntes Kopfnicken der anderen. Der Amerikaner: ‚Ich habe letzte Woche einem Unfallopfer Herz, Niere und Leber in etwas mehr als drei

Stunden transplantiert!' Bewunderndes Schweigen der anderen. Der Russe: ,Ich habe vorgestern einem Mann die Mandeln in nicht ganz elf Stunden herausgenommen!' Meint der Deutsche: ,Was soll das denn für eine Leistung sein, so etwas mache ich in nicht ganz zehn Minuten!' Der Russe: ,Irrtum, Brüderchen. Der Kerl war vom KGB, der durfte das Maul nicht aufmachen. Wir mussten rektal vorgehen!'"

Gelächter allseits.

Kaum erzählt, standen auch schon Kaffee und Torte auf dem Tisch. Aslan und Komarow hatten den ersten Flieger am nächsten Morgen gebucht. Deshalb löste sich die kleine Gesellschaft auch schon bald auf, jedoch nicht ohne das gegenseitige Versprechen, ihren Ideen schnellstmöglich Leben einzuhauchen. Antal beschloss das Treffen mit den Worten: „Ein letztes ,végképp szurkol', was so viel heißt wie ,Prost, zum Wohl', auf unsere Länder und unsere Völker. Wie heißt ein Sprichwort:

*Vox populi, vox Dei. Volkes Stimme – Gottes Stimme.*"

# Washington, D. C./Berlin

Das Telefon klingelte. Johannes beendete gerade seine niedergeschriebenen Ideen für das nächste Treffen mit Axel, Bernhard und Walter.

„Ja, bitte?"

„Here is Mike Jones. Johannes, how are you?"

„I'm good, thank you. And you?"

„Good as well. Shall we speak German?"

„If you like, sure."

„Also", fuhr Mike fort, „eine gute Nachricht als Information für dich. Die Täter von Columbia und Greenville sind alle gefasst und im Gefängnis. Es handelt sich bei allen um Mitglieder des Ku-Klux-Klans. So wie vermutet. Das war das eine. Das Zweite wäre ein Tipp von mir. Ruf doch einfach mal ganz unverbindlich Mark Renner an."

„Weshalb sollte ich das tun?"

„Du findest doch sicher einen Grund. Denke an den Betonklotz. Ich bin ganz sicher, er hat noch mehr Wichtiges für dich."

„Du machst mich neugierig."

„Dann ruf an. Ich beende jetzt. Alles Gute für dich bis zum nächsten Mal."

„Okay. Ciao Mike."

Johannes war etwas nachdenklich. Was könnte so wichtig sein, was Mark Renner ihm zu sagen hätte. Abgesehen vom Betonklotz. Johannes entschied sich, Renner erst nach dem Treffen mit seinen Freunden anzurufen. Vielleicht ergaben sich bis dahin noch andere Erkenntnisse.

# Berlin

Dienstag, 7. Januar, wieder einmal ein trüber, leicht feuchter Tag ohne Sonne. Axel saß in seinem Büro, schaute aus dem Fenster und sinnierte. Wie schön wäre es, jetzt in der Sonne zu liegen und unter Palmen einen Cocktail zu schlürfen. Einen Caipirinha, einen Mojito oder sonst etwas Leckeres. Mit Anja oder mit Uschi oder gar mit beiden? „Nützt alles nichts", dachte er. „Ich muss –. Was muss ich denn? Klar, meine Freunde anrufen, um einen Termin zu vereinbaren." Uschi hatte noch bis Ende der Woche Urlaub. Also griff er selbst zum Telefon und rief erst einmal Bernhard an.

„Hi Bernhard, gutes neues Jahr noch. Alles okay?"
„Alles okay. Ich hoffe, bei euch auch."

„Alles gut, mein Freund. Wie sieht es mit unserer nächsten Besprechung aus? Hast du deine Hausaufgaben schon gemacht?"

„Bin so weit fertig. Du weißt ja, ergänzen kann man immer noch. Wann wollen wir?"

„Wie wäre es am kommenden Freitag? Ich weiß, es ist etwas kurzfristig,"

„Geht schon. Bei mir auf jeden Fall. Frag mal bei unseren Kollegen nach. Wenn ich nichts mehr von dir höre, bleibt es bei Freitag. 18 Uhr bei dir?"

„Gut. 18 Uhr bei mir."

Axel hoffte, dass die beiden anderen ebenfalls Zeit haben würden. Er hatte Glück. Johannes und die graue Maus sagten zu.

Kaum den Hörer aufgelegt, klingelte es wieder.

„Erich Weinmann am Apparat. Wir sollten uns kurz treffen. Persönlich. Es geht um die Aktion Braunbär, die ich aber nicht am Telefon besprechen will. Wann wäre es möglich?"

„Morgen, 11 Uhr. In Ihrem Büro."

„Das ist super. Bis dann."

„Servus."

Am nächsten Tag war Axel pünktlich um 11 Uhr in Weinmanns Büro.

„Hallo, Herr Weinmann. Was gibt's denn an Unaufschiebbarem?"

„Guten Morgen. Es geht um die misslungene Aktion Braunbär im alten Jahr. Ich habe vom Verfassungsschutz und den Kollegen vom BND Hinweise erhalten, um die wir uns kümmern müssen."

„Und die wären?"

„Sie erinnern sich sicher an den Kollegen Jens Stark bei unserer letzten Besprechung."

„Ja, flüchtig."

„Es geht um den von Stark genannten verdächtigen Polizeiobermeister mit dem Namen Radolf Kippler. Er hat seine Dienststelle derzeit in Marzahn. War früher bei der Vopo in Strausberg. Wie unsere Kollegen herausfanden, ist Kippler eine zwielichtige Figur innerhalb der sogenannten Vereinigungskriminalität. Früher, als inoffizieller Mitarbeiter für das MfS, war er noch eingeschworener Linker. Mit der Wende änderte sich blitzartig auch sein politischer Geschmack. Plötzlich fand er Gefallen am Immobiliengeschäft. Durch seine Kontakte zur Stasi und zu ehemaligen NVA-Angehörigen war es für ihn ein leichtes Spiel, in der Wendezeit an Kredite und Immobilien zu kommen, die in Freundeskreisen weit unter dem üblichen Wert ‚verteilt' wurden. Ein Erfolgsmuster für die Seilschaften, die einwandfrei funktionierten und immer noch aktuell sind. Er ist – aus inzwischen bekanntem Grund – den Kollegen gegenüber relativ zurückhaltend."

„Wie ist denn sein Lebensstil? Weiß man etwas darüber?"

„Ja. Klugerweise hält er sich auch hier zurück bis bedeckt, obwohl er, wie wir inzwischen wissen, einen sehr ordentlichen Geldbetrag bei einer Großbank in der Schweiz angelegt hat."

„Wisst ihr schon etwas über die Höhe des Betrages und die Geldquelle?"

„Haben wir geprüft. Es handelt sich um einen mittleren sechsstelligen Betrag. Die Quelle ist ebenfalls bekannt. Bei der Auflösung beziehungsweise Übernahme der NVA durch die Bundeswehr entstand ein fürchterliches Durcheinander. Die Definition einzelner Gerätschaften war ebenso unterschiedlich und ungenau wie die zahlenmäßige Auflistung des technischen Bestandes. Also keine protokollierte Inventur. Dies machten sich gut informierte Kreise zunutze und verkauften oder verramschten Militärbestände in großem Stil.

Wir gehen davon aus, dass wir über Kippler auch an den Rest der Verschwörung kommen, denn – wie bekannt – spielt sich in dieser Szene einiges ab, was wir unter Kontrolle bringen und auflösen müssen."

„Gut", sprach Kühlkopf, „was habt ihr genau vor?"

„Wir werden ihn morgen in der Früh um 6 Uhr zu Hause abholen. Ich verspreche mir auch Aufklärung in Sachen Braunbär."

„Benötigen Sie irgendwelche Unterstützung?", fragte Kühlkopf.

„Nein, vielen Dank. Wir kommen zurecht. Ich wollte nur, dass Sie über den Stand der Dinge informiert sind."

„Das freut mich. Ich erwarte dann die Info, wie es gelaufen ist. Danke und auf Wiedersehen."

Erich Weinmann war froh, dass der Tag recht gut für ihn gelaufen war. Er machte es sich abends mit Renate vor dem Fernseher gemütlich und genoss den nicht selbstverständlichen ruhigen Feierabend. Trotzdem wirkte er auf seine Lebenspartnerin angespannt und nervös.

„Schatz, was ist mit dir? Hast du Kummer?"

„Nein."

„Was ist es denn? Hat es etwas mit mir zu tun?"

„Nein."

„Könntest du vielleicht etwas ausführlicher antworten? Deine momentane Mundfaulheit macht mich nicht nur stutzig, sondern auch nachdenklich bis wütend."

„Es hat nichts mit dir zu tun. Ich hab nur Sorge, ob morgen alles gut geht und unser Fisch nicht durchs Netz schlüpft."

„Eine größere Sache?"

„Ja. Muss morgen sehr früh aufstehen."

„Um was geht es denn?"

„Sorry, aber darüber kann ich nicht sprechen. Auch nicht mit dir."

„Okay."

Es war zwar erst 23 Uhr, aber Weinmann stellte sich den Wecker auf 4 Uhr und ging ins Bett.

Am nächsten Morgen um 5:15 Uhr traf er sich mit zwei weiteren Kollegen vom LKA sowie mit jeweils einem Mitarbeiter vom BKA und BND. Kurze Besprechung, dann fuhren sie ohne Blaulicht und Tatütata nach Marzahn.

Kippler wohnte in einem etwas größeren, insgesamt aber doch unauffälligen Einfamilienhaus in Marzahn, Siegmarstraße. Das Haus sah recht gepflegt aus, umgeben von einer kleinen Grünanlage mit Sträuchern, Blumen und einer Doppelgarage. Es war punkt 6 Uhr. Weinmann und ein Kollege vom BKA standen an der Haustüre und klingelten. Die restlichen drei verteilten sich ums Haus, um jegliche Fluchtmöglichkeit auszuschließen. Nach mehrfachen Versuchen, Kippler aus dem Schlaf zu klingeln, öffnete sich die Türe und eine noch sehr müde aussehende Frau Mitte 50 stand im Bademantel vor ihnen. Eine für ihr Alter noch recht attraktive Frau. Schlanke Figur, hübsches Gesicht und blond. Der Traum vieler Männer.

„Frau Kippler?", hörte sie einen der Herren fragen.

„Ja. Was wollen Sie?"

„Mein Name ist Erich Weinmann vom LKA. Dies ist mein Kollege vom BKA."

Während Weinmann mit der Hand auf den BKA-Mitarbeiter zeigte, wollte Frau Kippler die Türe zuschlagen, aber der BKA-Mann war schneller und stellte seinen Fuß zwischen Türe und Rahmen.

„Es wäre ratsam, wenn Sie uns jetzt umgehend zu Ihrem Mann führen würden, ohne dass wir Sie dazu zwingen müssten."

„Hat er Unrechtes getan?"

„Ich könnte mir vorstellen, dass Sie wissen, um was es geht", kam von Weinmann, „und jetzt vorwärts und keine Mätzchen."

Frau Kippler ging widerwillig und mit lautem Gemecker über die Treppe voran in das obere Stockwerk. Die Männer hinterher. Der BKA-Mann mit gezogener Waffe, einer P229 9 mm von Sauer. Weinmann mit einer HK SFP9. Der Weg ging direkt in Kipplers Schlafzimmer. Frau Kippler schaute ihrem Mann mit großen Augen ins Gesicht. Er stand da, im Schlafanzug, in jeder Hand eine Feuerwaffe. In der Rechten eine kleine Faustfeuerwaffe, Pistole ČZ Kaliber 6,35, und in der Linken eine kleine MP 61 Škorpion Kaliber 7,65. Weinmann wusste sofort Bescheid. Er kannte die Waffen der NVA. Es waren Modelle, die beide circa 1990 außer Dienst gestellt wurden und mit an Sicherheit grenzender Wahrscheinlichkeit aus gestohlenen Beständen stammten. Beide Schusswaffen ordnete er tschechischer Produktion zu.

„Herr Kippler, legen Sie die Waffen weg und ziehen Sie sich etwas an. Sie sind vorläufig festgenommen. Ein Fluchtversuch ist zwecklos. Das Haus ist umstellt."

„Was wird mir vorgeworfen?"

„So, wie Sie sich hier präsentieren, wissen Sie bestimmt genau, weshalb wir hier sind", hörte Frau Kippler Erich Weinmann leise, aber bestimmt sagen, „und bringen Sie jetzt Ihre Frau nicht unnötig in Gefahr."

Kippler machte nicht den Eindruck, als wolle er sich kampflos ergeben.

Weinmann weiter: „Herr Kippler, Sie sind vorläufig festgenommen wegen Zugehörigkeit zu einer kriminellen Vereinigung, wegen unerlaubten Waffenbesitzes, wegen illegalen Waffenhandels, wegen Diebstahls von Staatseigentum und wegen staatsfeindlicher Agitation. Ich fordere Sie hiermit nochmals auf: Legen Sie die Waffen weg und ziehen Sie sich etwas an."

„Nichts werde ich tun. Lassen Sie meine Frau hier und verschwinden Sie, bevor Blut fließt."

„Wir lassen Ihre Frau hier. Sie jedoch kommen mit. Ich gebe Ihnen genau drei Minuten Zeit."

„Tu, was die Leute sagen", kam von Kipplers Frau mit zittriger Stimme.

„Nichts, aber auch gar nichts werde ich tun. Ich lasse mir von den arroganten Arschgeigen aus dem Westen nicht in die Suppe spucken."

Stille im Raum. Die drei Minuten waren um. „Herr Kippler, ich komme jetzt langsam zu Ihnen, und Sie werden mir die Waffen aushändigen." Weinmann bewegte sich langsam einen Schritt in Richtung des Polizisten. Kaum hatte er diesen getan, feuerte Polizeiobermeister Kippler aus seiner Pistole zwei Schüsse ab. Der erste traf Weinmann am linken Oberarm, der zweite landete im Wandspiegel oberhalb der Schlafzimmerkommode. Vermutlich galt dieser Schuss dem BKA-Mann, der neben Weinmann Stellung bezog, aber blitzschnell reagierte und zurückschoss. Offensichtlich war er der bessere Schütze, denn Kippler schwankte und fiel rücklings mit einem lauten Schrei ins Bett. Es vergingen nur Sekunden, da waren auch die anderen Kollegen im Haus und verteilten sich auf das untere und obere Stockwerk, während sich der BKA-Mann auf Kippler stürzte und ihm die Waffen aus den Händen riss. Frau Kippler stand wie angewurzelt in ihrem rosafarbenen Bademantel mitten im Raum. Kein Wort, kein Schrei. Schockstarre. Der BND-Mann kümmerte sich um Erich Weinmann, der viel Glück hatte, denn die Kugel aus der tschechischen Pistole riss nur ein Stück Fleisch aus seinem Oberarm. Der BND-Kollege nahm ein in der Nähe liegendes Handtuch und wickelte den verletzten Oberarm ein, während der andere den Rettungsdienst informierte. Kippler hatte es zwischen Bauch und Herz erwischt. Röchelnd lag er da. Weinmann schaute zu den Kollegen und meinte: „Ich hoffe nur, dass er uns nicht über den Jordan geht. Wir brauchen ihn noch. Und zur Anklage kommt jetzt auch noch zweifacher Mordversuch."

Nach circa acht Minuten war auch der Rettungsdienst vor Ort. Die Sanitäter versorgten Kippler mit dem Nötigsten und warteten, bis der Notarzt eintraf. Der ließ nicht lange auf sich warten und ordnete eine sofortige Not-OP im Krankenhaus an. Nachdem Notarzt und Rettungsdienst, begleitet vom BKA-Mann, davonfuhren – Frau Kippler ging es inzwischen wieder besser –, machten sich auch die anderen Kollegen auf den Weg. Vorher wandte sich jedoch Weinmann noch an Kipplers Ehefrau.

„Frau Kippler, Sie halten sich bitte ab sofort zur Verfügung und verlassen den Stadtteil Marzahn-Hellersdorf nicht. Guten Tag."

„Und dich", so hörte Weinmann seinen BND-Kollegen sagen, „bringe ich jetzt in die Notaufnahme, damit deine Wunde ordentlich versorgt wird. Und keine Widerrede."

„Okay, wenn es sein muss. Mir fehlt ja nichts außer ein bisschen Fleisch."

Erich Weinmann, der hartgesottene, von vielen Einsätzen geprägte Kämpfer, fuhr nach seiner Behandlung sofort ins Büro. Die erste Maßnahme war die Ablösung seines BKA-Kameraden im Krankenhaus durch einen Beamten aus seiner LKA-Truppe. Da er die Bürozeiten von Axel Kühlkopf kannte, wusste er, dass dieser jetzt erreichbar sein würde, und widmete sich seiner zweiten Maßnahme. Axel Kühlkpof anrufen.

„Kühlkopf hier. – Guten Morgen, Herr Weinmann. Was gibt es Neues?"

„Wir haben ihn. Zwar verletzt im Krankenhaus, aber unter Aufsicht."

„Glückwunsch. Weshalb Krankenhaus?"

Weinmann erzählte kurz den Verlauf der Aktion und versprach Kühlkopf eine Kopie seines Berichts.

„Also dann, gute Besserung und bis bald."

„Danke. Ich werde Sie dann über die erste Vernehmung von Kippler informieren."

„Wann wird das ungefähr sein?"

„Weiß ich nicht. Kommt auf die Mediziner an. Ich hoffe, in circa zwei Tagen."

# Budapest

Attila Antal betrat sein Büro und schaute auf seine Agenda. Es war der 10. Januar, also eine Woche nach seinem Treffen mit dem Russen und dem Türken. Er las: „K. und A. anrufen." „Gut", sagte er sich, „dann werde ich mal." Er griff zu seinem speziellen abhörsicheren Telefon und rief zuerst Komarow an.

„Hallo, Kollege. Eine Woche ist um. Haben Sie sich bezüglich des Deutschen entschieden?"

„Ja, habe ich."

„Und?"

„Im Prinzip ja, aber wir müssen uns nochmals treffen und Klarmund dazu einladen. Wir müssen sicher sein, dass unsere Strategie erfolgreich sein wird. Vielleicht hat er noch Ideen."

„Verstehe. Ich werde jetzt Aslan kontaktieren, und wenn er einverstanden ist, ein weiteres Treffen organisieren. Ist das in Ordnung?"

„Gut so. Bis dann."

„Viszontlátásra."

Antal bevorzugte es immer, das Gesprochene, das Versprochene und das für ihn Wichtigste sofort umzusetzen. Deshalb hatte er auch innerhalb der nächsten fünf Minuten den Türken am Apparat.

„Jó nap, Kollege Aslan. Wie haben Sie sich entschieden? Wollen wir den Deutschen ins Boot holen?"

„Ich habe nichts dagegen. Was meint der Russe?"

„Der ist auch dafür. Wir müssen uns aber demnächst nochmals treffen und Klarmund dazu einladen."

„Okay. Organisieren Sie das wieder?"

„Wird von mir erledigt. Ich gebe Bescheid."

„Teşekkürler ve yakında görüşürüz."

„Viszlát."

# Berlin

Freitagabend. Wieder mal ein grauer Wintertag. Axel war froh, die Woche ohne Uschi überstanden zu haben, obschon sie einigermaßen störungsfrei verlaufen war. Jeden Handgriff selbst machen, sich um jeden Furz selbst kümmern – nein, das war nicht sein Ding. Gott sei Dank hatte er zu Hause seine Frau Anja, sonst hätte er die Semmeln, nein, nicht Semmeln – dieses in seiner Heimat gebräuchliche Wort stammte ja ursprünglich aus dem Assyrischen –, sondern Schrippen selbst einkaufen, schneiden und belegen müssen. Anja richtete die Canapés und Schrippen in gewohnter Weise auf den Platten her. Lecker und fürs Auge ein Hingucker. Da sah man Mortadella, Fenchelsalami, Prosciutto cotto, geräucherten Schwarzwälder Schinken, Leberkäse in feinen Scheiben, gegrillte Putenstreifen, Mozzarella di bufala, Pecorino – einen berühmten Schafsmilch-Hartkäse aus Italien – und Camembert. Ein kleines Festessen für Freunde der italienischen Küche.

Es war genau 18 Uhr. Als hätten sich die drei Freunde auf Pünktlichkeit geeinigt, standen sie vor Axels Haus. Anja ging eilig zur Türe und öffnete. Die drei schauten sie freundlich, aber doch etwas merkwürdig an. Sofort bemerkte sie, dass sie noch ihre Küchenschürze anhatte, und bat hektisch um Entschuldigung.

„Kommt rein, Axel erwartet euch schon. Ihr kennt ja den Weg."

Nach kurzer Begrüßung fragte Axel gleich:

„Habt ihr eure Unterlagen dabei?"

Alle bejahten die Frage und nahmen in Axels Arbeitszimmer Platz.

Johannes Klarmund hielt, bevor der noch etwas sagte, den hoch gestellten Daumen vor Axels Nase.

„Was willst du mir damit sagen?"

„Ich sage nur: Kippler."

„Okay. Ich weiß Bescheid. Weinmann hat mir schon berichtet."

Mit breitem Grinsen setzte sich Johannes, und die anderen taten es ihm gleich.

Axel wollte gerade beginnen, da trat Anja ein und servierte die Verpflegung für den Abend.

„So", sagte Axel „jetzt geht's los."

Er berichtete nochmals in kurzer Form über das Geschehene seit dem letzten Treffen.

„Falls keine weiteren Fragen zum Vergangenen anstehen, wollen wir uns unseren Hausaufgaben widmen. Wer möchte beginnen?"

Johannes meldete sich.

„Wenn es passt, beginne ich."

Alle nickten.

„Dann hätte ich als Erstes das

## BUNDESMINISTERIUM FÜR WIRTSCHAFT UND ENERGIE.

Meine Vorstellungen sind:

» Sofortiger Stopp von Übernahmen deutscher Firmen durch außereuropäische Konzerne, Schein- und sogenannte Briefkastenfirmen sowie sonstige Firmen mit nicht einwandfrei nachvollziehbarem Ursprung. Bei Übernahmen durch europäische Konzerne muss vertraglich vereinbart sein, dass ein Weiterverkauf an außereuropäische Investoren ausgeschlossen ist. Es ist in jedem Fall die Genehmigung sowohl beim Wirtschaftsministerium als auch beim Kartellamt einzuholen. Hierzu sind die Bestimmungen/Verordnungen und Gesetze für Konzern- und Gewerbezulassungen im Allgemeinen und nach deutschem Recht zu ändern oder anzupassen.

» Banken erhalten ab sofort keine staatlichen Mittel mehr. Bei Misswirtschaft und entsprechender finanzieller Schieflage – auch aus anderen Gründen – wird, soweit es die Bank nicht mehr aus eigener Kraft schafft, der Betrieb vorübergehend vom Bund übernommen, bis ein geeigneter Investor gefunden ist.

Gehälter, Boni, Abfindungen werden – auch für alle anderen maßgeblichen und vergleichbaren Betriebe und Konzerne – gedeckelt. Dies soll unter anderem auch zum sozialen Frieden in der Hierarchie von oben nach unten beitragen. Es kann und darf nicht sein, dass Dividenden und Boni in Millionenhöhe vergütet werden und gleichzeitig Personal entlassen wird. Hier fühlt sich die Gesellschaft zu Recht verarscht.

Die Bürger müssen aus der Geiselhaft der Banken befreit werden. Negativzinsen, Verkauf von Derivaten, Hedgefonds, Geschäfte mit Schrottimmobilien, Wetteinsätze auf Lebensmittelpreise und weitere dem Allgemeinwohl nicht dienliche Geschäfte und Dienstleistungen werden der Vergangenheit angehören."

Axel meldete sich zu Wort.

„Wie soll man das umsetzen, ohne die Investoren zu vergraulen und einen Mangel an Führungskräften zu riskieren?"

„Lieber Axel, es ist inzwischen bekannt, dass hohe Regierungsbeamte diverse Bankgeschäfte anbieten. Selbst Banker geben und gaben hinter vorgehaltener Hand zu – „Wir verkaufen einen Haufen Schrott". Das Ergebnis war zum Beispiel der letzte Crash. Welche Banken und Banker zu diesem Desaster maßgeblich beitrugen, ist hinlänglich bekannt. Leider gingen wohl die meisten straffrei nach Hause. Das Einwirken von Banken und deren Häuptlinge auf die Regierungen muss wohl Früchte getragen haben. Um auf deine Frage noch einzugehen, so bin ich der festen Überzeugung, dass auch mit weniger Gehalt, Boni und Abfindung kluge und seriöse Manager gefunden werden. Aber jetzt weiter:

» Manager, die die Karre beziehungsweise das Unternehmen an die Wand fahren, dürfen keine Abfindungen erhalten.

Kriminelle Aktivitäten von Banken beziehungsweise deren Managern sind aufzudecken, transparent zu machen und strafrechtlich gnadenlos zu verfolgen. Der Begriff soziale Marktwirtschaft muss wieder einen entsprechenden Sinn bekommen.

» Straffe, *unangemeldete* Kontrollen im Lebensmittelbereich – in der Produktion, im Groß- und Einzelhandel, in landwirtschaftlichen Betrieben mit und ohne Viehhaltung, bei Importwaren –, um Skandale wie in der Vergangenheit weitestgehend auszuschließen. Hier ist auch auf das Ministerium für Ernährung einzuwirken. Mit dem Justizministerium sind Vereinbarungen zu treffen, die das Strafmaß bei Vergehen drastisch erhöhen.

Ich erinnere an: Dioxin im Tierfutter, mit dem Schimmelpilzgift Aflatoxin belasteten Mais, verbotene wachstumsfördernde Hormone für Schweine, Eier-Skandal, Wein-Skandal sowie diverse Fleischskandale – mit antibiotikaresistenten Keimen belastetes Puten-, Hähnchen- und Grillfleisch –, Gammelfleisch- und Pferdefleisch-Skandal. Fleischwaren mit längst abgelaufenem Verfallsdatum wurden umetikettiert und verkauft. Das verbotene Unkrautvernichtungsmittel Nitrofen wurde in Hähnchen- und Putenfleisch, in daraus hergestellten Wurstwaren sowie in Eiern nachgewiesen.

Bei Lebensmitteluntersuchungen wurde festgestellt, dass auch Fleisch zum Einsatz kam, das wegen einer Belastung mit dem Medikament Phenylbutazon ungeeignet für den menschlichen Verzehr ist.

Für solche Fälle, ich wiederhole mich gerne, werden in Zukunft – in Absprache mit dem Justizministerium und durch Gesetzesänderungen – die Strafen empfindlich nach oben korrigiert. Von empfindlichen Geldstrafen bis zum dauerhaften Entzug der Gewerbelizenz.

In diesem zuständigen Ministerium, so scheint mir, haben die Lobbyisten besonders große Zelte aufgeschlagen und für ihre Brötchengeber ‚gute Arbeit‘ geleistet.

Ebenfalls werden wir verstärkt die Etikettierungs- und Auszeichnungspflicht überwachen und mit wachsamen Augen gesundheitsgefährdende Lebensmittel aus den Regalen verbannen. Die Lebensmittelampel wird für alle gesetzlich verpflichtend – *Nutri-Score*. Auf freiwilliger Basis wird nichts mehr gehen, da sich dieses Angebot an die Wirtschaft nicht bewährt hat. Die Gesundheit der Bevölkerung hat absoluten Vorrang vor Profit.

» Bauskandale wie BER – der Flughafen heißt:

*Flughafen Berlin Brandenburg ‚Willy Brandt‘*, eigentlich müsste er den Namen *Flughafen potius* bekommen –, Elbphilharmonie, Stuttgart 21 und viele kleinere Skandälchen, über die manche Politiker lächelnd hinwegsehen und die sie als Lappalie betrachten, werden in Zukunft genauestens untersucht und bei strafrechtlich relevanten Verstößen so geahndet, dass sich jeder Involvierte dreimal überlegen wird, ob er ein Risiko – egal welcher Art – eingehen wird oder nicht. Es geht hier letztendlich um die Verschwendung von Milliarden von Steuergeldern. Man kann es als strafbares Delikt ansehen –

*Veruntreuung!*

Wenn, wie zum Beispiel bei BER von Beginn an eine ganze Reihe von Fehlern bei Planung und Organisation begangen wurden, ausgelöst von diversen Verantwortlichen, die keine Ahnung haben, aber an Selbstüberschätzung leiden, wobei Arroganz und Selbstherrlichkeit ihren Charakter widerspiegeln, muss man sich nicht wundern, wenn das Markenzeichen ‚made in Germany' zur Farce wird. Die Kostensteigerung von zwei auf über sechs Milliarden Euro will ich gar nicht diskutieren. Wenn dann die verantwortliche ‚*Elite*' die Szene verlässt und zum Teil noch riesige Summen abkassiert – na ja, ich könnte nur noch kotzen. Einsperren müsste man die ganze Bagage."

Johannes musste seinen Redeschwall erst einmal unterbrechen, um einen großen Schluck aus seinem Bierglas zu nehmen. Diese kleine Pause nutzten auch die Freunde, um sich der belegten Schrippen zu bemächtigen.

„Wie ich sehe, hast du dir ja eine Menge Arbeit gemacht", konstatierte der General.

„Stimmt. Aber es gibt ja auch vieles, was nicht in Ordnung ist. Zum Beispiel:

» Allen Parteien und Gewerkschaften wird es in Zukunft untersagt sein, Eigentümer oder Teileigentümer von Unternehmen zu sein. Dadurch soll die Neutralität der Politik wiederhergestellt und Interessenkonflikte – zum Beispiel bei Gewerkschaften, die ja Arbeitgeber sind und gleichzeitig Arbeitnehmer-Interessen zu vertreten haben – vermieden werden. Ausnahmen bilden Eigentum und Teileigentum durch den Bund. Beispiel: Deutsche Bahn.

» Energiekonzerne haben ab sofort keinen Anspruch auf irgendwelche Zahlungen des Staates bei Auflösung (Rückbau) von Reaktoren und Einstellung des Kohleabbaus. Dies gilt ebenso für alle den Konzernen – auch durch Verflechtungen – angegliederte Unternehmen. Es muss das Ziel sein, in Zukunft nur noch Energie mit Wind, Wasser und Sonne zu erzeugen. Atomreaktoren, Kohle und Ähnliches sind dauerhaft nicht mehr tragbar. Fracking ist aus Natur- und Umweltschutzgründen keine Alternative und wird nicht zugelassen.

» Das Benehmen der USA gegenüber deutschen Firmen – siehe Nord Stream 2 – darf nicht reaktionslos hingenommen werden. Eine Frechheit sondergleichen mit durchsichtigem Hintergrund.

» Es werden neue und weitere Gesetzesvorlagen zur Müll- und Plastikvermeidung sowie gegen den Verpackungswahnsinn erarbeitet.

» Es wird in Zukunft darauf zu achten sein, dass der sogenannte Black Friday in der BRD keinen Platz mehr findet. Dieser Import aus den USA ist unerwünscht, zumal er in einer Weise zusätzlichen Müll bzw. Verpackungsmüll produziert, der weit über das akzeptable Maß hinausgeht.

» Das Abschöpfen und der Verkauf von jeglichen persönlichen Daten der Bürger werden mit sofortiger Wirkung untersagt. Zuwiderhandlungen werden mit empfindlichen Strafen geahndet: Geldstrafen nicht unter 500.000 Euro und Haftstrafen von fünf bis zehn Jahren ohne Bewährung werden sicher zum Erfolg beitragen. Bei Beschwerden der Verbraucher hat der Anbieter/Werber nachzuweisen, von wem er die Daten bekommen hat. Betriebe und Personen, denen Geschäfte mit und durch Betrug nachgewiesen werden, werden in einer jeder Person zugänglichen Liste dauerhaft veröffentlicht. Dies ist mit dem Justizministerium zu vereinbaren.

» Die Ambitionen zum Bau von Lufttaxis werden in keiner Weise unterstützt, und diese, wenn überhaupt, nur in speziellen Fällen durch besondere Ausnahmegenehmigungen zugelassen. Es ist abzusehen, dass mit dieser Art von Fortbewegungsmitteln der Luftraum in gefährlicher und unverantwortlicher Weise überlastet wird.

Dies gilt ebenso für die Zulassung von Drohnen. Das Spielzeug Drohne darf in keiner Weise zur Bedrohung der zivilen und militärischen Luftfahrt werden.

Aus diesem und weiteren Gründen, etwa ziviler Personenschutz, Umwelt- und Naturschutz sowie Entsorgungsproblematik für Akkus – ein als Lufttaxi eingesetztes Fluggerät benötigt beispielsweise 36 Elektromotoren –, werden diese Flugkörper für den privaten Gebrauch nicht mehr zugelassen. Ausgenommen sind Militär, Polizei- und Rettungsdienste sowie die Verwendung zur medizinischen Versorgung und zur Wissenschaft."

„Bist du dir darüber im Klaren, dass du dich in puncto Lufttaxi mit einem mächtigen Konzern anlegst?", wollte Bernhard wissen und argumentierte weiter: „Ich gehe davon aus, dass die Konzernchefs nicht bereit sind, ihre Kosten für Forschung und dergleichen in den Sand zu setzen. Von entgangenem Gewinn will ich erst einmal gar nicht reden."

„Da liegst du natürlich nicht falsch, mein lieber Bernhard, jedoch muss es möglich sein, mit dem Luftfahrt-Bundesamt, dem Luftfahrtamt der Bundeswehr, dem Konzern beziehungsweise den Konzernen und den weiteren relevanten Behörden und Organisationen eine Vereinbarung zu treffen, die eine möglichst gefahrlose und umweltschonende Lösung beinhaltet. Ziel muss trotzdem sein, diese Art von Fortbewegungsmittel nicht zuzulassen. Das bedeutet ja nicht, dass die Produktion und der Verkauf nicht stattfinden können. Es gibt sicher genug Regierungen auf dieser Erde, die Lufttaxis benötigen und auch kaufen werden. Was ebenfalls beachtet werden muss, ist das Ziel der Hersteller, autonome Flugtaxis einzusetzen. Da schreien alle ‚Hurra' und ‚Wie toll'. Ich will mir diverse Szenarien nicht mal im Traum vorstellen. Das vorerst zu diesem Thema. Aber weiter:

» Angebote für öffentliche Aufträge – Kommunen, Land und Bund – sowie die Abwicklung derselben sind in Zukunft extrem genau zu prüfen, um dem Verdacht entgegenzuwirken, dass öffentliche Aufträge bewusst dazu benützt werden, Steuergelder abzuschöpfen.

» Es werden – und dies soll für alle Ressorts Gültigkeit haben – Cyber- und Hackerspezialisten eingestellt, um Wirtschaftsspionage und andere Cyberattacken abzuwehren. Die derzeitige Situation ist nicht annähernd befriedigend. Deshalb: schnelle Förderung beziehungsweise Ausbau eines mobilen IT-Einsatzkommandos für Cyberoperationen und -abwehr.

» Weiteren Produktionen von E-Autos, Bikes, Pedelecs, Segways, E-Rollern etc. wird nur eine Genehmigung erteilt, wenn eine für Mensch und Umwelt gefahrlose und nachhaltige Entsorgung der Batterien/Akkus gewährleistet ist. Dabei darf nicht außer Acht gelassen werden, dass schon bei der Produktion von Akkus (zum Beispiel in China) gewaltige Mengen an $CO_2$-Ausstoß erzeugt werden.

Das Verschieben von Müll jeder Art in einen anderen Staat, Kontinent oder in Gewässer jeder Art kommt als Alternative nicht infrage. Gleichzeitig sind auch Übernahmen von entsprechendem Müll aus anderen Ländern nicht zulässig, es sei denn, es handelt sich um recycelbare Materialien.

Zuwiderhandlungen werden, nach Änderung von Gesetzen durch das Justizministerium, mit nicht unter 20 Jahren Haft ohne Bewährung geahndet. Dies gilt auch für die illegale Entsorgung von Problemmüll durch das Militär oder ausländische Militärbasen in Deutschland.

» Prämien für Autokäufe wird es nicht mehr geben. Dieses Zugeständnis an die Autobauer ist eine Ungleichbehandlung/Bevorteilung. Zudem macht es keinen Sinn, Unternehmen, die betrügen, auch noch finanziell zu unterstützen. Eine meines Erachtens höchst perverse Vorgehensweise.

Die Beschäftigtenzahl im Automobilbau betrug in Deutschland 2019 circa 830.000. Die Beschäftigtenzahl im gesamten Gastgewerbe betrug 2018 über eine Million Sozialversicherungspflichtige. Prämien für das Hotel- und Gastgewerbe?! Noch Fragen?

» Mit unseren engsten Freunden und Partnern werden wir einige Vereinfachungen in die Wege leiten.

Zum Beispiel einheitliche Führerscheine, Anpassung der Fahrschulen und des Lernmaterials, Personalausweise und Reisepässe, Bankkarten, Karten der Krankenkassen etc.

Was ebenfalls mit dem Ministerium für Arbeit, den Industrie- und Handelskammern sowie den Handwerkskammern abgesprochen werden muss, ist die Vereinheitlichung der Ausbildungsvorgaben in allen Lehrberufen. Ziel soll sein, dass die jungen Arbeitnehmer/Auszubildenden in den Partnerländern die gleichen Chancen haben – auch nach der Ausbildung und bei möglichen Unternehmensgründungen. Eine zusätzliche Voraussetzung für die Inanspruchnahme dieses Angebotes ist selbstverständlich die Beherrschung der jeweiligen Landessprache in Wort und Schrift. Mitgliedstaaten der EU können sich unserem Modell anschließen. Extrawürste werden nicht gebraten. Rosinenpicker haben keine Chance.

» Beiträge dürfen von den Kammern nur noch von jenen Selbstständigen/Freiberuflern erhoben werden, die diese Institutionen auch als Dienstleister in Anspruch nehmen und einen Nutzen daraus ziehen.

» Knebelverträge von Unternehmen für Vertreter, freie Handelsvertreter, Generalvertreter etc. werden nicht mehr zugelassen. Hier sind entsprechende Änderungen im Handelsgesetzbuch vorzunehmen.

» Es wird in Zukunft dem Bund, den Ländern, den Städten und Gemeinden untersagt werden, Einrichtungen, die dem öffentlichen und allgemeinen Wohl dienen, an fremde private Investoren zu veräußern. Weder ganz noch in Teilen. Dazu gehören beispielsweise Betriebe für die Versorgung mit Energie und Wasser.

Das Wasser – im Visier der Finanzhaie und Lebensmittel-
konzerne – darf keine Ware zur Bereicherung Einzelner
sein und zum Spekulationsobjekt verkommen. Hier sei das
Unwort Wasserderivate erwähnt. Wasser ist Allgemeingut.
Das Recht auf freien Zugang zu sauberem Wasser muss für
alle Menschen gewährleistet sein – ohne Wenn und Aber.

*Wasser ist Leben.*

Wer hier zuschaut, ohne gegenzusteuern, ist charakter-
los, unmenschlich und versteht die einfachsten Lebens-
regeln nicht.

Hier müssen wir Vereinbarungen und Verträge mit unseren zukünftigen Partnern und Freunden anstreben, um
diese Schweinereien abzustellen. Das heißt:

**keine Liberalisierung der Wasserwirtschaft.**

Grund und Boden, Immobilien der Deutschen Bahn einschließlich aller Gleisanlagen, Krankenhäuser und Pfle-
gestationen jeglicher Art dürfen nicht veräußert werden.
Es muss das Ziel sein, bereits veräußerte Unternehmen
über einen Rückkauf wieder in das Eigentum der staatlichen oder kommunalen Behörden zurückzuführen. Entsprechende Aktionen sind mit dem Finanzministerium
abzusprechen.

Die betroffenen Betriebe müssen innerhalb von drei
Jahren an Kommunen, Land und Bund zurückverkauft
werden. Der Zuschlag auf die ursprünglichen Kaufprei-
se für die betreffenden Unternehmen darf mit maximal
fünf Prozent pro Jahr verrechnet werden.

Dies gilt nach Prüfung auch für die Immobilienkonzerne. Ab sofort dürfen keine Wohnungen mehr von Bund, Land und Kommunen an private Investoren veräußert werden. Ausnahmen: Wenn sich die Investoren verpflichten, ausschließlich sozialen Wohnraum zu erstellen und dauerhaft zu vermieten. Die Mietpreise dürfen sich nur in zulässiger Höhe bewegen. Egal, wer als Bauherr oder Vermieter auftritt.

Dazu wird per Gesetz die mangelhafte Mietpreisbremse im Sinne sozial verträglicher Mieten geändert. Wir werden zwar in bestehende Verträge eingreifen müssen, aber das wird mit dem Justizministerium in die Wege geleitet. Dieser Punkt wird auch mit dem Ministerium für Inneres und Bau abzusprechen sein.

» Computerspiele mit gewalt- und kriegsverherrlichendem Inhalt sind innerhalb von drei Monaten vom Markt zu entfernen. Dies gilt auch für jegliches Spielzeug nicht digitaler Art.
» Es wird in Zukunft darauf zu achten sein, dass Abhängigkeiten von ausländischen Produzenten auf ein Minimum begrenzt werden. Hierbei ist insbesondere die Pharmaindustrie bei Medikamenten-Engpässen angesprochen. Die Haftung bei Versagen ist ausschließlich auf die Pharmakonzerne zu übertragen.

Wir werden Anreize schaffen für Firmen, die nicht mehr im Ausland, etwa in China oder Indien, produzieren, sondern in Deutschland.

Die Versorgung mit Rohstoffen muss mit Hilfe der Politik gesichert werden, wobei darauf zu achten ist, dass die heimische Wirtschaft vor Dumpingpreisen ausländischer Unternehmen weitestgehend geschützt wird – zum Beispiel Stahl aus China. Sicher eine nicht ganz einfache Herausforderung. Aber für jedes Problem gibt es eine Lösung.

» Verbraucherschädliche Waren sowie Importwaren jeglicher Art, die weder den EU- noch den deutschen Vorschriften entsprechen, dürfen nicht mehr auf unserem Markt vertrieben oder verkauft werden. Die Kontrollen hierfür werden verstärkt.

Werden diese Bestimmungen ignoriert oder umgangen, verliert der Verkäufer/das Unternehmen dauerhaft die Berechtigung, in Deutschland ein Gewerbe zu betreiben. Technische Geräte, wie zum Beispiel TV, Smartphones, Kühlschränke, PCs etc., müssen eine Haltbarkeit von mindestens zehn Jahren haben und reparabel sein.

» Beschleunigung der Wasserstofftechnik. Anstatt sich ausschließlich auf Wasserstoff zu konzentrieren, bejubelt man das E-Auto, obwohl absehbar ist, dass dies keine Zukunft haben kann. Hier wird dem Verbraucher etwas vorgegaukelt, was unterm Strich teuer zu bezahlen sein wird. Der Gipfel dieser Abartigkeit besteht in dem Ansinnen, diese Technik auch noch zu subventionieren.
» Insgesamt müssen die Außenwirtschaftsgesetze geändert beziehungsweise angepasst werden.

Das waren meine Ausführungen und Gedanken zum Thema Wirtschaft und Energie. Ich weiß, und das will ich noch hinzufügen, dass viele genannte Probleme zu Überschneidungen mit anderen Ministerien führen. Zum Beispiel mit Ernährung und/oder Gesundheit. Die letztendliche Zuständigkeit wird im Einzelfall geprüft. Das betrifft auch das Thema PFAS, um das man sich verstärkt kümmern muss. Die Anwendungen von perfluorierten Chemikalien sind leider allzu häufig. Man findet sie in vielen Produkten, die wir im Alltag entweder benützen oder verzehren. Wir dürfen nicht zulassen, dass dieses Problem von den Konzernen kleingeredet wird.

Hat jemand dazu noch Fragen?"

„Ich hätte noch eine Frage", sagte Bernhard vom BKA.

„Wie willst du die Sache mit dem Datenverkauf in den Griff bekommen? Das wird nicht einfach sein, denn viele beziehungsweise die meisten Firmen in diesem Geschäft sind im Ausland."

„Darüber bin ich mir im Klaren. Ich habe mir jedoch schon einige Gedanken gemacht, die zielführend sein könnten."

„Da bin ich mal sehr gespannt", brummte die graue Maus und fragte gleich: „Was hast du denn als Nächstes anzubieten?"

„Das nächste Thema – mit Axel vereinbart – betrifft das

### AUSWÄRTIGE AMT.

Hierzu meine niedergeschriebene Auffassung:

» Wir werden uns – und das wird unumgänglich sein –, mit einigen Regierungen zusammensetzen müssen, um eine Strategie der langfristigen Sicherheit für uns, für Europa und den Rest der Welt zu entwickeln. Das Aufmerksamkeitsdefizit unserer und vieler anderer Regierungen lässt keinen zeitlichen Aufschub des Handelns mehr zu.

» Die Vorherrschaft von China in vielen Bereichen muss ‚neutralisiert' werden. Beispiele: das chinesische Engagement in Afrika oder die Beteiligungen beziehungsweise Aufkäufe an und von wichtigen kleinen und großen Betrieben.

» Wir brauchen viele Problemlösungen, wie etwa für Pakistan/Indien, China/Taiwan, China/Hongkong (wer immer noch nicht begriffen hat, dass China die neue Weltmacht sein will, der darf sich gerne die fünfte Adventskerze anzünden), Nordkorea, Türkei/Griechenland (Zypern; Rohstoffe im Mittelmeer, Festlandsockel-Diskussion – hier bin ich der Meinung, dass entweder gar keine Bohrungen zugelassen werden dürfen oder eine gerechte Beteiligung beider Länder an den Ausbeutungen gewährleistet werden muss, wobei dem Umweltschutz eine wichtige Bedeutung zukommt. Auf einen entsprechenden Druck von EU und NATO wird man nicht verzichten können.), Türkei/Syrien, Türkei/IS, Türkei/Kurden, Syrien, Libanon/Syrien/Iran/Israel, Serbien/Kosovo, Libyen, Saudi-Arabien/Iran/Irak/Jemen, Afghanistan, Somalia, Belarus, Brasilien, Israel/Palästina (Westjordanland und Gaza) – hier habe ich die Befürchtung, dass mit den Verantwortlichen, unter anderen der EU, ein Friedensvertrag nicht einfacher wird. Ein quälendes Herumlavieren in diesem Prozess – ohne greifbare Ergebnisse in Sicht – ist ja nicht zu übersehen. Wer hier die Verantwortung trägt, ist allgemein bekannt.

Weitere Lösungen müssen erarbeitet werden für Israel/
Iran, USA/Dänemark (Grönland und die Bodenschätze), USA/Kuba, USA/Russland, USA/Europa – und viele
weitere Brennpunkte, die uns in der nächsten Zeit noch
kolossal beschäftigen werden, etwa die Problemzonen
innerhalb der EU mit den bekannten Themen.

» Die nukleare Situation in Deutschland und Europa sowie das damit verbundene vage Mitspracherecht für
die BRD. Da muss noch verbessert werden.
» Stoppen der Genozide – weltweit.
» Einwirkung auf diverse Regierungen, die Lebensumstände ihrer Bevölkerung nach Möglichkeit rasch und
effizient zu verbessern. Dazu gehören auch – in Absprache und Zusammenarbeit mit den Ministerien –
Wirtschaft, wirtschaftliche Zusammenarbeit und
Entwicklung sowie das Reduzieren der Kinderarbeit.
Mittelfristig sollte sie global verboten werden, wobei
die Altersgrenze meines Erachtens bei 14 Jahren liegen muss. Bei Verstößen müssen auch die Konzerne
in Haftung genommen werden. Beispiele: Afrika, Südamerika, Indien, um nur einige zu nennen. Hier sind
in Absprache mit den Ministerien für Wirtschaft, für
Bildung sowie wirtschaftliche Zusammenarbeit geeignete Vorschläge zu erarbeiten.
» Die UN gleicht einem zahnlosen Tiger, dem man auch
noch die Krallen gezogen hat. Ein Verein, der aufgrund
seiner kulturellen, geschichtlichen, religiösen, wirtschaftlichen und egoistischen Vielfalt nichts zustande
bringt. Weder in der Befriedung weiter Teile dieser Welt
noch im Klima- und Umweltschutz oder in Bezug auf

andere anzugehende Probleme. Eine Alibiinstitution mit viel Blabla. Ein aufgeblasenes, teures Instrument mit vielen aufgeblasenen Akteuren, aber mit wenig Durchschlagskraft, das lediglich ein Fass ohne Boden darstellt – rein finanziell gesehen. Man spricht miteinander und übereinander. Viel mehr aber auch nicht.

Hier müssen Wege gefunden werden, um die anstehenden Herausforderungen relativ rasch und effizient zu bewältigen. Dazu brauchen wir starke und zuverlässige Partner, die alle am selben Strang ziehen.

Auch die ‚Spielchen' im UN-Sicherheitsrat müssen auf ein Minimum reduziert werden. Blauhelme müssen in ihrer Wirksamkeit gestärkt werden.

» Es ist darauf hinzuwirken, dass weitere EU-Mitgliedschaften vermieden beziehungsweise ausgeschlossen werden. Die zwar gutgemeinte europäische Allianz EU beweist aber täglich, dass sie zur Erhaltung der sogenannten Wertegemeinschaft nicht fähig ist und wenn, dann nur mit erheblichen Abstrichen. Beste Beispiele sind Großbritannien (Brexit), Polen und Ungarn sowie noch einige andere Kandidaten. Auch die Niederlande, Griechenland und Italien können ihre Probleme nicht unkenntlich machen.

Die EU nur zum Abkassieren zu benützen, kann nicht im Sinne des Erfinders sein. Die vielfältigen Probleme, mit denen die EU konfrontiert ist und nicht fertigwird, lassen den Schluss zu, dass es schwachsinnig ist, sich weitere Probleme einzukaufen.

Beispiel: Türkei, Ukraine, Albanien.

So, das war's zum Außenamt. Irgendwelche Fragen oder Anmerkungen von euch?"

„Nein", sagte Axel, „im Gegenteil. Ich finde deine Ausführungen sehr bemerkenswert. Aber Idee und Umsetzung sind doch zwei verschiedene Dinge."

„Du hast natürlich recht. Aber das gilt für alle Ideen und Vorschläge, die wir gemeinsam einbringen. Und im Übrigen habe ich bereits bei unserer ersten Sitzung angedeutet, dass ich mit einigen Kollegen anderer Staaten in guter Verbindung stehe und über diese Kontakte langfristig positive Veränderungen möglich sind. Jetzt möchte ich aber noch bitte meine zwei letzten Ressorts präsentieren. Ist das okay?"

„Okay."

„Super. Dann weiter im Text. Als Nächstes hätte ich das

## BUNDESMINISTERIUM FÜR
## ARBEIT UND SOZIALES

mit folgenden Überlegungen anzubieten:

» Eliminierung von Leiharbeiterfirmen und Zeitarbeitsfirmen. Diese Firmen sind Auswüchse asozialer Ausbeuter und sind schädigend für alle Beteiligten. *Für die Arbeiter*, die mit einem inakzeptablen Lohn abgespeist werden, um dann irgendwann eine Rente zu erhalten, die jenseits von Gut und Böse ist. *Für den Staat*, der dann soziale Leistungen erbringen muss, die aus Töpfen finanziert werden, in die die Inhaber der Leiharbeiterfirmen und andere oft nichts oder zu wenig einzahlen. Sozialversicherungs- und Subventionsbetrug sind sehr ertragreiche Hobbys. Darüber hinaus steht bei diesen Beschäftigungsmodellen die Menschenwürde nicht an erster Stelle. Dabei heißt es doch in Artikel 1 des Grundgesetzes:

*Die Würde des Menschen ist unantastbar.*

Dieser Spruch wird zum Treppenwitz, wenn man diverse Vorgänge in unserem Land betrachtet. Zum Beispiel Verstöße gegen die Bezahlung von Mindestlöhnen. Zum Beispiel Zweit- und Drittjobs mit Löhnen, die den Gang zum Sozialamt im Rentenalter programmieren. Es muss wohl Parteien geben, die das toll finden, da es bisher nicht geändert wurde.

» Jedes Unternehmen darf maximal nur noch eine Subunternehmerfirma beauftragen, die monatlich die Anzahl der Beschäftigten mit den persönlichen Daten an das zuständige Arbeitsamt zu melden hat. Dem Subunternehmer ist es nicht gestattet, einen weiteren Subunternehmer zu beauftragen. Der Subunternehmer haftet wie jeder Unternehmer für alle ausgeführten Arbeiten sowie für die sozialversicherungspflichtigen Abgaben aller Mitarbeiter. Entsprechende Nachweise der bezahlten Haftpflicht und sonstiger Versicherungen sind jährlich dem Gewerbeamt vorzulegen.
» Sonstige Zeitarbeits- und Arbeitsvermittlerfirmen werden nicht mehr zugelassen. Diese Tätigkeiten werden in Zukunft ausschließlich von den Arbeitsämtern oder den

Jobcentern unter staatlicher Aufsicht ausgeführt. Die Maßnahmen dieser Einrichtungen, die für die Arbeitslosen angedacht sind, müssen auf den Prüfstand. Ebenso die Statistiken, die nicht immer glaubwürdig erscheinen.

» Das Rententhema muss generell neu geregelt werden. Da der Generationenvertrag nicht mehr in der ursprünglichen Idee funktioniert, müssen alternative Lösungen konzipiert werden.

Beispiel: Jeder Arbeitnehmer, jeder Unternehmer, Freiberufliche, Beamte und dergleichen wird künftig in die gesetzliche Rentenversicherung einzahlen müssen. Die Beitragsbemessungsgrenze wird tabellarisch, der Höhe des Einkommens entsprechend, festgelegt. Bereits bestehende Rentenversicherungsträger werden berücksichtigt. Zum Beispiel Knappschaft. Befreiungen von der Einzahlungspflicht gibt es nicht.

Es wird eine staatliche Renten-/Lebensversicherung installiert mit einer Verzinsung von maximal drei Prozent über der jeweiligen Inflationsrate. Die Garantie und die Überwachung werden von der Bundesbank übernommen. Eine vorzeitige Auszahlung des Kapitals aus diesem Anlagevermögen ist nicht möglich. Ausnahme: Teilauszahlung von maximal 40 Prozent zum Erwerb einer eigengenutzten Immobilie, die jedoch nicht verkauft werden darf. Details zu diesem Thema werden von Fachkräften ausgearbeitet, ebenfalls praktikable Lösungen für eine notwendige Übergangszeit.

Die Ergebnisse der letzten Rentenkommission, für die man zwei Jahre gebraucht hat, gleichen eher einem Schildbürgerstreich oder gar einem schlechten Witz. Bei immer sinkendem Rentenniveau kann man die Renten-empfänger gut mit Erhöhungen blenden.

Zusätzliche, vom Arbeitnehmer bezahlte Rentenver-sicherung oder Altersvorsorge darf bis zu einem noch festzulegenden Betrag nicht besteuert werden. Alters-vorsorgemodelle, die ein Ex-Politiker in einer TV-Sen-dung als Betrug bewertet hat, bedürfen einer Korrektur.

» Arbeiter, die vorübergehend von Unternehmen ange-heuert werden – Erntehelfer und Ähnliche –, müssen in zumutbaren Unterkünften untergebracht werden. Diese Unterkünfte werden regelmäßig und unange-meldet von den dafür vorgesehenen Behörden kon-trolliert.
» Altersarmut darf langfristig kein Thema mehr sein. Dazu beitragen soll die bereits erwähnte Rentenre-form. Das Ziel muss sein, in Zukunft die Leistungen der Sozialämter auf ein vertretbares Maß zu reduzie-ren und dem Bürger in der Rentenzeit ein Leben in Würde zu bieten.

Das waren meine Ideen zum Sozialen, und nun noch zu-letzt Anmerkungen und eventuelle Änderungen für das

## BUNDESMINISTERIUM FÜR BILDUNG UND FORSCHUNG

» Um einen einheitlichen, soliden und dem Fortschritt gemäßen Bildungsstand in *allen* Bundesländern zu gewährleisten, werden diese Ministerien in die Ver-antwortung des Bundes übertragen.

» Es ist in Zukunft darauf zu achten, dass es keinen Investitionsstau in diesem Ressort mehr gibt.

Desolate bauliche Zustände in Schulen, Turnhallen, Schwimmbädern etc. sind in Absprache mit den Gemeinden umgehend zu beseitigen. Hierfür müssen ausreichend Mittel zur Verfügung gestellt werden.

Computer und sonstige Endgeräte sind unverzüglich und in ausreichendem Maße den Schulen zur Verfügung zu stellen. Die Schulen haben die Verpflichtung zur Abnahme und zur Bereitstellung von ausgebildeten Pädagogen. Dies soll generell für alle Schulen gelten, unabhängig davon, wer diese betreibt.

» Sport, Musik und Ernährungslehre sind in der Planung der Unterrichtseinheiten wesentlich mehr zu berücksichtigen. Wesentlich soll heißen: mindestens eine Unterrichtsstunde pro Schultag.

Zusätzliche Stunden des Lehrpersonals müssen mit Neueinstellungen ausgeglichen werden. Es ist nicht vertretbar, dass in unserem Land beispielsweise eine große Zahl junger Menschen nicht schwimmen kann, junge Menschen durch falsche Ernährung immer dicker und krank werden.

» Verhaltensauffällige Schüler sollen – in Zusammenarbeit von Pädagogen, Eltern, Psychologen und eventuell Medizinern – besondere Aufmerksamkeit erhalten.
» Weitere notwendige Veränderungen, wie zum Beispiel flächendeckende Unterrichtseinheiten mit PC, Smart-

phone etc., sind mit einem Fachgremium zu beraten und zügig umzusetzen.

» Bei der Vergabe von Steuergeldern für die Forschung muss auf mehr Ergebnisorientierung geachtet werden. Wer Forschungsgelder annimmt, wird verpflichtet, entsprechende Leistungen vorrangig an den Staat zurückzugeben. Verträge, etwa mit Pharmakonzernen, müssen transparent sein. Es geht um Steuergelder, über die Rechenschaft abgelegt werden muss.

Es ist erstrebenswert, in diesem Ressort eine globale Führungsrolle einzunehmen. Dazu ist die Rekrutierung von Spitzenkräften eine unumgängliche und ebenso vordringliche Maßnahme.

Nun, Kameraden, das war's von meiner Seite. Ich denke, wenn Walter und Bernhard ihre Ressorts noch vortragen, wird der Katalog an Änderungen und Neuerungen so dick sein, dass für die nächste Zeit genügend zu tun wäre. Am liebsten würde ich heute damit anfangen. Aber zuerst erhält jetzt jeder von euch eine Kopie meiner Themenliste."

„Sehr gut", meinte der General mit einem breiten Lachen, „die lege ich mir jetzt unters Kopfkissen als Gedächtnisstütze. Prost."

Bernhard wollte gerade beginnen, seine Ideen zu erläutern, als das Handy von Johannes klingelte.

„Ja, bitte?"

„Attila Antal. Können Sie sprechen?"

„Ja."

„Es geht um Folgendes: Die Kollegen Komarow, Akin Aslan aus Ankara und ich haben demnächst eine Besprechung und würden Sie gerne dabeihaben. Also eine Einladung."

„Um was geht es dabei?"

„Das Thema ist so komplex, dass es mit wenigen Worten nicht zu erklären ist. Falls Sie mit dem Begriff Systemänderung etwas anfangen können, betrachten Sie das als Headline für den Inhalt unserer Gesprächsrunde."

„Klingt ja richtig wichtig und dramatisch."

„Könnte am Ende auch so werden. Was darf ich meinen Kollegen melden? Haben Sie Interesse? Kommen Sie?"

„Wann und wo wäre dieses Treffen?"

„Wir treffen uns in Ungarn. Datum und Zeit muss ich noch abklären. Sind Sie kurzfristig abkömmlich?"

„Im Prinzip ja."

„Gut, Sie erhalten eine Nachricht. Entweder auf ihrem Handy oder verschlüsselt per E-Mail. Was ist Ihnen lieber?"

„Haben Sie meine Adresse?"

„Hab ich."

„Dann per E-Mail."

„Okay und bye."

„Meine lieben Freunde, es tut sich etwas."

„Was denn?", wollte Bernhard wissen.

„Nun, Kollege Antal aus Budapest hat angerufen und mich zu einer Besprechung eingeladen."

„Oha", entfuhr es Axel, „was ist der Grund?"

„Kann ich nicht genau sagen. Es hat anscheinend mit Systemveränderungen zu tun, denn der Russe und der Türke sind auch dabei."

„Wirst du hingehen?", wollte der General wissen.

„Ich denke schon. Mit Sicherheit werde ich da erstens einiges erfahren, zumal mir Komarow und Aslan schon einige vertrauliche Informationen zukommen ließen. Zweitens spielen sie uns möglicherweise in die Karten. Mal sehen, wie es läuft. Aber jetzt zu dir, Bernhard."

„Danke. Ich werde versuchen, es so kurz wie möglich zu machen. Beginnen will ich mit einem Ressort, das auch mit meiner Abteilung zu tun hat, dem

### BUNDESMINISTERIUM DER JUSTIZ UND FÜR VERBRAUCHERSCHUTZ.

Auch hier gibt es einiges zu erneuern beziehungsweise zu ergänzen.

» Drastische Erhöhung der Strafen für Pädophile.
» Der Kindesmissbrauch innerhalb der Clankriminalität muss unterbunden werden. Kinder, die nachweislich zu kriminellen Handlungen angestiftet und missbraucht werden, sollten im Wiederholungsfall den Eltern entzogen, in entsprechenden Heimen untergebracht und bis zum 18. Lebensjahr versorgt und betreut werden.
» Schlägertrupps oder einzelne Straftäter, die Mitbürger bestehlen, verprügeln, krankenhausreif schlagen, werden in abschreckender Weise verurteilt. Dazu können in besonderen Fällen auch Straflager im Ausland benützt werden."

Axel meldete sich zu Wort und fragte: „Was haltet ihr eigentlich von der viel zitierten und fast schon inflationär geforderten Zivilcourage?"

General Schütz hob die Hand, um etwas dazu zu sagen.

„Nichts. Rein gar nichts. Dieses stupide Blabla von Leuten, die abends nicht alleine auf die Straße gehen, die sich nicht in dubiosen Wohngegenden bewegen müssen, die möglicherweise noch Bodyguards um sich haben, die werden nie in die Situation kommen, Zivilcourage zeigen zu müssen. Ist das nicht vielmehr ein Aufruf, sich in Geschehnisse einzumischen, um sich anschließend beim Staatsanwalt oder bei anderen Behörden wiederzufinden? Wer von den Klugscheißern würde sich denn auf die Fresse hauen lassen, wenn er jemals eine Schlägerei oder Ähnliches sehen würde? Keiner. Niemand. Opferschutz oder Täterschutz? Was ist bei uns eigentlich wichtiger?"

Der General war so in Fahrt, dass er am liebsten einige Richter und Staatsanwälte niedergemacht hätte. Wenn sie da gewesen wären. Der BKA-Chef applaudierte dem General mit den Worten:

„Walter, ich sehe das genauso. Hinzu kommt, dass wir uns den Hintern aufreißen, um diese Idioten von der Straße zu holen, und andere lassen sie wieder laufen. Mit wir meine ich sowohl den Streifenpolizisten als auch die Leute von LKA, BKA und der Bundespolizei. Aber lasst mich einfach weitermachen.

» Bei allem Respekt vor der Arbeit von Vereinen und sonstigen Initiativen ist es doch insgesamt viel zu wenig, was präventiv gegen Gewalt von jungen Menschen getan wird.

» Es wird nicht mehr hingenommen, dass dem Treiben rechter und linker Chaoten, einschließlich den dazu gehörenden Gruppierungen, jahrelang zugeschaut wird. Beobachten, bis die Augen feucht und die Kinder in den Brunnen gefallen sind, ist keine Lösung.

» Bei antisemitischen und rassistischen Straftaten werden Haftstrafen nicht unter fünf Jahren ausgesprochen – ohne Bewährung.

» Im Sinne einer effizienten und schnellen Ermittlungstätigkeit wird die Telefonüberwachung erleichtert.

» Da die Cyberkriminalität ein fast nicht mehr überschaubares Ausmaß angenommen hat, ist es an der Zeit, mehr Computerspezialisten (Hacker) bei den Exekutivkräften und der Justizbehörde einzustellen.

» Das Ausufern von Beleidigungen, übler Nachrede, Verbreitung von Hass und Gewalt, das Bedrohen von Politikern, rechts- oder linksextreme Entgleisungen jedweder Art im Internet beziehungsweise in sozialen Netzwerken (zum Beispiel glorifizierende und gewaltverherrlichende Musik und Videos) müssen sofort unterbunden werden. Ohne Wenn und Aber. Diesbezügliche Internetseiten, Chats und Ähnliches werden umgehend von dafür autorisierten Stellen gelöscht. Dies gilt auch für entsprechende Seiten von Hetze und Anmache religiöser Herkunft. Selbstverständlich gilt dies auch für Mobbing im Internet durch Schüler, egal welchen Alters. Ebenfalls nicht zu akzeptieren sind körperliche Angriffe von Schülern auf das Lehrpersonal, gelegentlich auch mit Messern und anderen Gegenständen. Wenn fast bei der Hälfte der Grundschulen solche Vorfälle festgestellt und gemeldet werden, einschließlich Verleumdungen und Psychoterror, ist das Fass bereits übergelaufen. Dies gilt auch für das heimliche Filmen des Unterrichts, um es dann ins Netz zu stellen oder über WhatsApp zu präsentieren. Es kann und darf nicht übersehen und/oder unterbewertet werden, dass die Eltern in den meisten Fällen ein Teil des Problems sind, indem sie das Fehlverhalten ihrer Kinder auch noch rechtfertigen und decken. Der Gipfel dieses Fehlverhaltens von Kindern und Eltern ist der Gang zum Rechtsanwalt, wenn sich die Pädagogen beschweren. Hier müssen die Rechte der Schulleitungen eindeutig gestärkt werden, denn das Wegschauen oder gar Kleinreden durch manche Politiker und Psychofuzzis ist nicht mehr hinnehmbar. Dadurch züchtet man eine verkommene Gesellschaft. Das Justiz- und das Ministerium für Bildung und Forschung haben künftig die Aufgabe, enger zusammenzuarbeiten, um für die Zukunft Mittel und Wege zu finden, die solche Entwicklungen möglichst auf ein Minimum beschränken.

» Das Internet, auch Terra incognita genannt, ist ein Tummelplatz für Rassisten, Verbrecher, radikale Fanatiker, Verleumder etc. Diesen Auswüchsen muss mit aller Entschiedenheit begegnet werden.

» Justizvollzugsanstalten müssen in Zukunft einer straffen externen Kontrolle unterzogen werden. Es kann nicht sein, dass Häftlinge – übertrieben gesagt – den Tagesablauf in der Anstalt bestimmen. Sollten derartige Vorgänge nicht abgestellt werden können, sind die betroffenen Häftlinge und nachweislich korruptes JVA-Personal in eigens dafür zu erstellende Sonderbauten einzuweisen. Sicherheit in allen Belangen hat Priorität.

» Verträge, die über Telefonwerbung zustande kommen, haben in Zukunft generell keine Gültigkeit mehr.

» Das Rücktrittsrecht von sogenannten Haustürver-
trägen/-geschäften wird auf 90 Tage erweitert.

» Dubiose, unverständliche und nicht nachvollziehbare
Urteile, etwa von Amtsgerichten, sollten in Zukunft
von einer übergeordneten Stelle geprüft, gegebenen-
falls verworfen und an ein anderes Gericht zur Neu-
verhandlung übergeben werden. Dieses Gremium
muss von Fall zu Fall neu zusammengestellt werden.

» Um die Flut von Anklagen und die sich daraus erge-
benden Prozesse arbeitstechnisch in den Griff zu bekommen, wird die Ausdehnung von weiteren Schnell-
gerichtsverfahren beziehungsweise kurzen Prozessen
geprüft und umgesetzt. Dazu ist auch die Aufstockung
von Personal in den Bereichen Justiz und Exekutive
in Erwägung zu ziehen. Ein Wegschauen und ‚Weiter
so' ist nicht mehr zu akzeptieren.

» Intensivere Zusammenarbeit mit den Justizbehör-
den der Partnerländer und der EU. Das besondere
Augenmerk liegt hier auf Geldwäsche, Geldfälschung,
Menschenhandel, Prostitution, Drogenhandel, Anti-
quitätenschmuggel, Schmuggel von exotischen Tieren, Cyber- und Clankriminalität, Bau- und Entsor-
gungsfirmen für Müll und Sondermüll. Insbesondere
auch für Gefahrenmüll jeder Art. Es muss deutlich
gemacht werden, dass die BRD ab sofort kein Para-
dies mehr für Kriminelle sein kann. Was sich seit
der Wende in unseren östlichen Bundesländern abspielt – und nicht nur dort –, ist mit Worten nicht
auszudrücken. Hier wurden alle Augen zu und alle
Türen aufgemacht.

Die Unfähigkeit der Politik wird bei diesem Thema augenscheinlich. Ich denke hier an die allseits bekannten drei Affen. Was ich an dieser Stelle ausdrücklich bemerken will, ist, dass die genannte Unfähigkeit nicht pauschal zu verstehen ist. Es gibt Gott sei Dank auch Personen in politischen Ämtern, die fähig und seriös sind. Leider fallen diese nicht so sehr auf oder werden ausgebremst. Was könnte die Ursache der Untauglichkeit sein? *Angst? Korruptes Verhalten?* Genau diese Inkompetenz nützt die OK auf brutalste Weise aus, wobei man inzwischen weiß, dass Geld alleine nicht mehr das wichtigste Motiv ist – davon haben sie inzwischen genug –, sondern Macht und Einfluss auf die Politik in ihrem Sinne. Politiker sollen zu Toy-Boys der Wirtschaft gemacht werden.

Hier müssen erst einmal die Gesetze geändert beziehungsweise den neuen Situationen angepasst werden. Es muss möglich sein, die Mitgliedschaft zu *jeglicher* kriminellen Vereinigung unter Strafe zu stellen, Konten permanent zu überwachen und zu sperren, Immobilien zu beschlagnahmen und die Beweislast umzukehren. Bankgeheimnis darf kein Tabu sein. Banken, die sich im Kampf gegen die OK verweigern, müssen mit Entzug ihrer Lizenz rechnen.

Zu diesen Maßnahmen gehört auch die Limitierung von Bordellen, Animationslokalen und dergleichen. Spielhallen, Wettlokale und ähnliche Einrichtungen sind Brut- und Aufenthaltsstätten für Kriminelle.

» Höhere Bestrafung der Korruption. Dieses Unwesen (unter anderem auch dank des geduldeten Lobbyismus) hat dazu geführt, dass die BRD derzeit in dieser ‚Rennliste' immerhin auf circa Platz neun steht. Mafiastrukturen in Wirtschaft und Politik tragen zu diesem zweifelhaften Wettbewerb erheblich bei. Siehe Lobbyismus in der BRD und in Brüssel!"

„Wie groß ist eigentlich die Anzahl der Lobbyisten bei uns in Deutschland?", wollte General Schütz wissen.

„Ich kann dir das nicht genau sagen, aber man spricht von circa 5.000 bis 7.000 Lobbyisten allein in Berlin. Davon haben annähernd 900 direkten Zugang in den Bundestag. Eine mangelnde Regelung und fehlende Transparenz dieser Unart machen es möglich. Ein gläserner Abgeordneter ist eben etwas anderes als ein gläserner Bürger. Der feine Unterschied macht's."

„Und wie viele haben wir zurzeit in Brüssel?", wollte Schütz noch wissen.

„Auch das ist schwer zu sagen", meinte Bernhard, „laut Schätzungen, aber das ist ein unverbindlicher Wert, kann man davon ausgehen, dass sich zwischen 15.000 und 25.000 dieser Damen und Herren in Brüssel tummeln und sich in die Politik einmischen."

„Sauber, hervorragend, super", kommentierte die graue Maus diese Zahlen. „Man wird sie nicht verbieten können, aber im Bundestag haben diese Burschen nichts zu suchen."

„Du kennst doch sicher den Spruch", ergänzte Bernhard des Generals Meinung,

*„wer andern in den Hintern schlüpft,*
*meist eine Hoffnung daran knüpft."*

158

„Nein", sagte die graue Maus. „Diesen Spruch kannte ich nicht, aber er trifft den Nagel auf den Kopf. Wir sollten diese Bande so schnell wie möglich rauswerfen. Aber jetzt mach du erst einmal weiter."

„Okay, mach ich. Zu diesem Thema habe ich mir noch aufgeschrieben:

» Das islamische Rechtssystem ist mit unserer Kultur nicht vereinbar. Deshalb müssen wir hier unseren Staat zum Beispiel vor Infiltration schützen und zusätzliche Maßnahmen ergreifen, unter anderem Schläfer aufspüren und sofort ausweisen. Auch hier bin ich nicht mehr bereit abzuwarten, bis das Kind in den Brunnen gefallen ist. Sogenannte Ehrenmorde sind auch ein Thema. Mindestens 20 Jahre Haft ohne Bewährung und anschließende Ausweisung sind meines Erachtens angemessen. Alternativ wäre die sofortige Ausweisung mit der gesamten Familie eine sinnvolle Möglichkeit. Natürlich mit Entzug der deutschen Staatsbürgerschaft, falls diese besteht.

Genitalverstümmelungen sind generell nicht akzeptabel und müssen mit drakonischen Strafen belegt werden.

» Die ‚umgekehrte Beweislast' muss neu definiert werden.
» Schlampereien innerhalb von Polizei und Justiz, aber auch bei sonstigen Behörden müssen gnadenlos aufgeklärt werden. Ohne Rücksicht auf Position und Ansehen (siehe diverse dokumentierte Fälle).
» Bei aufgedeckten Fällen durch investigativen Journalismus, veröffentlicht durch TV oder Printmedien,

sind die dafür vorgesehenen Behörden einzuschalten. Sofort. Diese Journalisten müssen einen besonderen Schutz erhalten.

Bei nachgewiesenen Falschmeldungen durch Medien aller Art haben diese sich öffentlich in geeigneter Form zu entschuldigen. Printmedien werden verpflichtet, Richtigstellungen in gleicher Größe und Aufmachung zu veröffentlichen, in der die Falschmeldungen erschienen sind.

» Es darf in Zukunft nicht mehr möglich sein, dass Versicherungen, Banken und ähnliche Institute – auch Social-Media-Unternehmen – einseitig in bestehende Verträge eingreifen und Geschäftsbedingungen und Vertragsinhalte nach ihrem Gusto per Brief oder anderweitig ändern. Es wird hierzu immer die Zustimmung des Kunden/Vertragspartners in schriftlicher Form notwendig sein. Einseitige Kündigungen der Verträge bei Nichtzustimmung durch den Vertragspartner sind nicht zulässig.
» Bürger mit doppelter oder mehrfacher Staatsangehörigkeit (Doppelpass) dürfen in keinem Parlament vertreten sein. Weder in den Kommunen noch im Land- oder im Bundestag.
» Nicht zuletzt will ich noch erwähnen, dass mir das sogenannte Jugendstrafrecht nicht mehr zeitgemäß erscheint.“

„Weshalb?“, wollte Axel wissen.

„Meine Erklärung dazu bekommst du sofort, lieber Axel:

Das Jugendstrafrecht darf nur noch bis zum 18. Lebensjahr angewendet werden, also bis zur Erreichung der Volljährigkeit. Es kann nicht angehen, dass wir die jungen Menschen ab dem 18. Lebensjahr für voll geschäftsfähig erklären, den Führerschein machen lassen, zur Bundeswehr rekrutieren, zur Wahlurne gehen lassen, heiraten lassen, Alkohol trinken lassen, rauchen lassen und in die Casinos zum Spielen lassen, also als Erwachsene bezeichnen und damit die Mündigkeit bestätigen, jedoch demselben Personenkreis diese Mündigkeit wieder absprechen, wenn durch ihn Menschen halb tot oder zum Krüppel geschlagen werden oder er in sonstige kriminelle Taten involviert ist. Dann halte ich diese Vorgehensweise für nicht mehr angebracht. Ich kenne die Argumente, die für die bisherige Praxis herangezogen wurden, halte diese aber in keiner Weise für sinnvoll und vertretbar. Die Ereignisse, mit denen unser Personal täglich konfrontiert wird, sprechen eine eindeutige Sprache.

» Beseitigung von Rechtsunsicherheiten in den Berufen Gesundheit und Rettungsdienste.
» Änderung des Erbrechtes.

Das war Justiz, jetzt komme ich zum Verkehr. Nein, nicht zu jenem, an den du vielleicht gerade denkst" – Bernhard sah das Grinsen in Axels Gesicht –, „sondern zum

**BUNDESMINISTERIUM FÜR VERKEHR UND DIGITALE INFRASTRUKTUR.**

Hier sind meiner Meinung nach viele Dinge schiefgelaufen und reparaturbedürftig:

» Zunächst muss das leidige Thema Autobahnmaut auf eine unanfechtbare rechtliche Grundlage gestellt werden. Was hier seit Jahren in diesem Ressort verbockt wurde, ist unter aller Kritik. Da wurden/werden Entscheidungen getroffen, die den Steuerzahler unnötige Millionen kosten, aber anderweitig dringend gebraucht würden. Führungspersonen, denen man Missbrauch, Veruntreuung, Mystifikation unrechtmäßiger Vorgänge, Falschaussagen vor dem Parlament, vor Ausschüssen oder anderen Gremien etc., nachweisen kann, müssen ihres Amtes sofort enthoben werden bei gleichzeitiger Kürzung oder Streichung der Rentenbezüge. Eine Behandlung, die übergreifend für alle Bediensteten im öffentlichen und Beamtendienst gelten muss. Die schützende Hand von Parteioberen ist mitnichten hilfreich – im Gegenteil. Sie schadet unseren sogenannten Werten und macht Politik unglaubwürdig.

» Auch das Thema Lufttaxi und Drohnen sei nochmals erwähnt, was bereits im Ressort Wirtschaft beschrieben wurde. Hier möchte ich nichts hinzufügen, da ich die Ansicht von Johannes teile.

» Es ist in kürzester Zeit ein Tempolimit von 120 oder 130 Stundenkilometern auf Autobahnen umzusetzen. Generell.

» Die Städte und Gemeinden sind aufzufordern, mehr geeignete Wege für Fahrräder, Rollstuhlfahrer und andere einfache Fortbewegungsmittel, die nicht auf

Straßen zugelassen werden können, zu bauen beziehungsweise bereitzustellen.

» Fahrräder erhalten in Zukunft ein Nummernschild. Die versicherungstechnische Seite ist mit jenen Gesellschaften abzusprechen, die dieses Geschäft übernehmen. Der Sinn dieser Änderung liegt in der Möglichkeit der Identifikation jener Verkehrsteilnehmer, die sich nicht an die Verkehrsregeln halten oder halten wollen. Zum Beispiel Fahren bei Rot über die Ampel, Fahren auf der falschen Seite der Straße, Fahren in der Fußgängerzone trotz Untersagung, Fahren ohne Licht etc.

» An allen Fortbewegungsmitteln, die auf öffentlichen Straßen und Wegen benützt werden, sind dauerhaft und sichtbar die vorgeschriebenen Beleuchtungsanlagen anzubringen. Ohne Ausnahme.

» Der Bußgeldkatalog wird neu gestaltet, wobei die Untergrenze generell bei 50 Euro liegen wird.

» Autorennen auf öffentlichen Straßen und Wegen werden mit nicht unter 10.000 Euro und Führerscheinentzug für mindestens zwei Jahre geahndet.

» Generelles Aufenthaltsverbot von über drei Fahrzeugen in Gruppen für Poser in geschlossenen Ortschaften.

Das nächste Ressort, das ich bearbeitet habe, ist das

**BUNDESMINISTERIUM FÜR UMWELT,
NATURSCHUTZ UND NUKLEARE SICHERHEIT.**

Dazu habe ich Folgendes notiert:

» Dem Umwelt- und Naturschutz ist in Zukunft eine größere Bedeutung beizumessen. Es ist anzustreben, dass für diese Themen Fachleute und Wissenschaftler sowohl in die Regierungsarbeit als auch in die Entscheidungsprozesse einbezogen werden. Mehr als bisher geschehen. Die Erhaltung unserer Erde mit ihrer Einzigartigkeit und der gesamten Vielfalt von Pflanzen, Tieren und Menschen muss oberste Priorität erhalten.

Alte und neue Technologien müssen auf Verbesserungsmöglichkeiten und/oder verstärkt auf Alternativen geprüft werden.

Wie bereits in unseren Vorgesprächen erwähnt, müssen wir auch auf andere Länder und deren Regierungen Einfluss nehmen und klarmachen, dass die illegale und unprofessionelle Entsorgung von Gefahrenmüll kein Kavaliersdelikt ist. Radioaktiver Müll und sonstige Gifte gehören weder ins Meer noch sonst irgendwohin, wo Natur und Mensch dem Verderb, etwa durch Tritium oder Mikroplastik, ausgesetzt sind. Staaten, die sich nicht daranhalten, müssen sanktioniert werden.

Ich will an dieser Stelle an bereits Erwähntes anknüpfen und nochmals feststellen, dass auch Haushaltsbatterien in zu großen Mengen verkauft werden. Die nicht verbrauchten Mengen liegen oft im Schrank, werden alt und sind irgendwann nicht mehr zu gebrauchen. Fazit: unnötiger Müll. Einige werden bemerken, dass es sich doch nur um kleine Mengen handelt. Selbst wenn es so wäre, ist es zu viel.

» Auch dem Klimaschutz wird eine maximale Bedeutung zukommen. Es sind dabei alle Anstrengungen zu unternehmen, diese Ziele global zu verfolgen. Wischiwaschi-Absichtserklärungen und -Vereinbarungen wie in der Vergangenheit sind nicht mehr zu akzeptieren. Die Klimaschutzabkommen (zum Beispiel Accord de Paris) bedürfen einer Verbindlichkeit und einer entsprechenden Kontrolle. Bei Nichteinhaltung der Verträge dürfen Sanktionen kein Tabu sein.

» Unverhältnismäßig teure Neu- und Umbauten, etwa Brücken für Frösche und Kröten, werden nicht mehr genehmigt. Umsiedlungsaktionen für zum Beispiel Eidechsen und andere Tierarten werden finanziell nicht unterstützt, wenn keine Aussichten auf nachweisbare und nachhaltige Erfolge bestehen. Hier müssen die entsprechenden Organisationen die Finanzierung respektive Vorfinanzierung selbst regeln. Bei nachweisbaren und dauerhaften Erfolgen wird die finanzielle Unterstützung zugesichert.

» Der Handel mit exotischen Tieren muss komplett verboten werden. Tiere, die nicht in unseren Regionen heimisch sind, gehören auch nicht hierher.

Ausnahmen: Zoologische Gärten.

Missbräuche werden immer wieder durch ausgesetzte Tiere sichtbar. Das Strafmaß bei entsprechenden Vergehen muss um ein Vielfaches nach oben korrigiert werden, damit auch der Schwarzhandel auf ein mögliches Minimum eingedämmt wird.

» To-go-Becher und andere umweltbelastende Produkte werden nach und nach aus dem Verkehr gezogen. Der Zeitraum bis zum totalen Vollzug wird auf drei Jahre festgesetzt.

Das war's zum Umweltthema. Weitere Verbesserungsmöglichkeiten würde ich mit einer Expertengruppe ausarbeiten lassen.

Nun zu meiner letzten Arbeit, zum:

### BUNDESMINISTERIUM FÜR WIRTSCHAFTLICHE ZUSAMMENARBEIT.

» Auch diesem Ministerium wird in Zukunft eine Schlüsselrolle zufallen. Aufgrund der Kolonialpolitik diverser Länder – auch Deutschland –, die ihre schlimmste Zeit vom 15. bis ins 19. Jahrhundert hatten, gilt es, hier einiges zu reparieren. Die Spätfolgen der falschen Kolonial- und Entwicklungshilfepolitik spüren wir heute deutlich genug. Erschwerend hinzu kommt die egoistische Verhaltensweise der Industrieländer und deren Konzerne. Es gab und es gibt Regierungen, die keine Stabilität gefunden haben beziehungsweise finden, und Regierungsmitglieder, denen die Gier über den Kopf wuchs und immer noch wächst. Zig Millionen wurden verschleudert ohne Kontrolle, was damit geschah –, mit dem Ergebnis wirtschaftlicher Schwäche des Empfängerlandes. Ethnische Konflikte trugen und tragen immer noch zu einem unhaltbaren Zustand bei. Spätfolgen, die sich unter anderem in der Flüchtlingsproblematik bemerkbar machen.

Deshalb wird es in diesem Ressort künftig kein *Verteilen* von Steuergeldern nach dem Gießkannenprinzip mehr geben. Es wird viel mehr darauf hinzuwirken sein, dass etwa Projekte, die eine Förderung verdienen, nach ‚Baufortschritt‘ unterstützt werden. Dies betrifft vor allem Vorhaben von staatlichen Organisationen. Aber auch bei Projekten von nichtstaatlichen Organisationen wird die Außenrevision stärker als bisher gefordert sein. Hier sei auch auf EU-Gelder und -Subventionen hingewiesen.

» Mit der Industrie sind Vereinbarungen zu treffen, die auf ein verstärktes Engagement auf dem afrikanischen Kontinent und in Südamerika zielen. Die Agenda 2030 ist zwar ein wichtiger Schritt in die richtige Richtung, jedoch ist am Begriff ‚soziale Gerechtigkeit‘ noch einiges zu verbessern. Es macht zusätzlich keinen Sinn, einen Kontinent anderen – insbesondere den Chinesen – zu überlassen.

Nun will ich zum Schluss noch eine Bemerkung loswerden, die nichts mit den genannten Ressorts zu tun hat, sondern mit einer außerordentlichen, dreisten und ignoranten Verhaltensweise von Regierungsmitgliedern bezüglich der Ausgabenpolitik. Es werden – und dies kam in den verschiedenen Ausführungen von euch und mir immer wieder zum Ausdruck – in unverantwortlicher Weise Steuergelder verschwendet, um nicht zu sagen veruntreut. Dies fängt bei den Kommunen an und zieht sich durch bis in die obersten Behörden. Ein skandalöses Verhalten ohne Ende in Sicht. Stichwort: Bundesrechnungshof.

Ein weiteres Ärgernis: Ein Freund von mir hat sich vor längerer Zeit mit einem Brief an den Bund der Steuerzahler gewandt mit der Bitte, man möge doch die Frage beantworten, wie es sein könne, dass bei der Ausgabenpolitik von Bund und Land kaum Besserung zu verzeichnen ist. Die relativ bescheidenen Erfolge sind im sogenannten Schwarzbuch *Die öffentliche Verschwendung* unter ‚Erfolge' nachzulesen.

Die Antwort war mehr als erschreckend. Auf einen kurzen Nenner gebracht:

*Die Einsicht der handelnden Verantwortlichen ist zu bescheiden.*

So, liebe Freunde, das war mein Beitrag zu meinen Vorstellungen für die genannten Ressorts. Auch ich habe für euch eine Kopie meiner Ausführungen gefertigt."

Während Bernhard die Kopien verteilte, meldete sich die graue Maus und meinte:

„Über mein Hauptthema Verteidigung habe ich ja schon einiges gesagt. Deshalb komme ich gleich zu den anderen Ministerien. Ich habe mir Folgendes notiert:

### BUNDESMINISTERIUM FÜR ERNÄHRUNG UND LANDWIRTSCHAFT.

» Strengere Regeln für die Nahrungsmittelindustrie. Wie unter anderem im Ressort Wirtschaft schon erwähnt, müssen die Zutaten der Lebensmittel gut leserlich auf Etiketten sichtbar sein. Falls dies aufgrund einer kleinen Verpackungseinheit nicht möglich ist, ist ein Beipackzettel dem Produkt anzuheften, aufzukleben oder einzustecken, wie wir es von der Pharmaindustrie kennen. Kindernahrungsmittel werden einer besonderen und verstärkten Kontrolle unterzogen.

» Das sicher nicht einfache Thema Landwirtschaft muss in Absprache und Verhandlungen mit der EU vereinfacht werden. Es müssen für den Verbraucher gut verständliche Regelungen geschaffen werden, dass unter anderem Milch-Seen, Wein-Seen, Butter-Berge etc. vermieden werden. Einem vernünftig denkenden Menschen sind solche Vorgänge nicht vermittelbar, wenn einerseits Lebensmittel gehortet oder entsorgt werden und andererseits Millionen Menschen verhungern. Ein ebenfalls krankes System.

» Dass nachweislich für den Menschen schädliche Stoffe in der Landwirtschaft zum Einsatz kommen, kann man schon als vorsätzliche Körperverletzung werten. Wenn dann verantwortliche Personen einer Verlängerung/Zulassung des Gebrauches dieser Stoffe zustimmen, ist das eigentlich eine strafbare Handlung, die geahndet werden müsste.

Verstrickungen zwischen Industrie und Behörden müssen gnadenlos aufgedeckt und ausgemerzt werden.

Selbst die Erkenntnis einer nur wahrscheinlich krebserregenden Substanz in Produkten der Landwirtschaft beziehungsweise der Lebensmittel insgesamt muss schon Grund genug sein, diesen Produkten keine Zulassung zu erteilen. Hier muss in Zukunft der Hersteller die Unbedenklichkeit lückenlos nachweisen. Studien und ähnliche Nachweise, Zertifikate und dergleichen dürfen nicht vom Produzenten in Auftrag gegeben beziehungsweise

ausgestellt werden. Diese werden über ein neutrales Institut in Zusammenarbeit mit dem Ministerium erstellt.
Mir drängt sich hier die Frage auf:
Ist Immunität ein Freibrief für strafbare Handlungen?

» Die Vergabe von Subventionen muss neu geregelt werden.
» Es wird eine Fach-Arbeitsgruppe zur Erarbeitung neuer Landwirtschaftsstrukturen installiert mit unter anderem mehr Unterstützung und Erhaltung von kleinen Landwirtschaftsbetrieben.
» Verbot jeglichen Schredderns lebender Tiere.
» Kontrolle von unerlaubten Pestiziden/Düngemitteln.

Der Ist-Zustand ist gelinde gesagt skandalös. Die Agrarlobby verhindert es vehement, gesteckte und notwendige Ziele zu erreichen, ohne dafür die Verantwortung zu übernehmen.
Dies gilt übrigens für das *gesamte* Lobbywesen.
Das war's kurz und bündig zur Landwirtschaft. Nun noch zu den Familien, also zum

### BUNDESMINISTERIUM FÜR FAMILIE, SENIOREN, FRAUEN UND JUGEND.

» Dieses Ressort soll unter anderem die Aufgabe haben, in Zusammenarbeit mit Pädagogen, Elternvertretern und Vereinsvorständen Programme zu entwickeln, um die Jugendlichen so zu beschäftigen, dass diese wieder mehr Freude und Spaß an gemeinschaftlichen Aktivitäten in Vereinen und Verbänden haben. Dabei soll auch die Integration von jungen Menschen mit Migrationshintergrund eine wichtige Rolle spielen.

» Mit dem Ministerium für Wirtschaft sind die Ladenschlusszeiten neu festzusetzen, damit mehrheitlich der Zusammenhalt der Familie wieder gestärkt wird. Ladenschlusszeiten, wie sie heute praktiziert oder gar für die Zukunft angedacht sind, wird es nicht beziehungsweise nicht mehr geben. Verhältnisse wie in den USA sind unerwünscht.

Die Sonntagsruhe wird nicht angetastet, weder für den Handel noch für die Industrie. Dafür sprechen einige Gründe. So zum Beispiel die Pflege des Familienlebens. Ich weiß, dass es genügend Berufe gibt, bei denen diese Forderung nicht möglich ist. Es kann aber kein Fehler sein, das Familienleben weitestgehend zu fördern.

» In Zusammenarbeit mit dem Justizministerium sind Korrekturen für Unterhaltszahlungen jeglicher Art neu zu regeln. So zum Beispiel Unterhaltszahlungen nach Scheidung, sowie die Zahlungsverpflichtungen von Eltern an Jugendliche und Studierende.

Und schon bin auch ich fertig. Solltet ihr noch Einwände oder Ideen haben, werde ich diese gerne in mein Konzept einarbeiten. Prost. Ich hab jetzt Durst."

Axel war froh, dass jetzt erst einmal die Konzepte abgearbeitet waren, und wandte sich seinen Freunden mit den Worten zu:

„Kollegen und Freunde, ich danke euch nochmals recht herzlich für euer Kommen und für die rege Mitarbeit.

Ich hoffe, dass wir unsere Gedanken und Ideen so rasch wie möglich umsetzen können. Ich bin mir darüber im Klaren, dass wir auf einige Widerstände stoßen werden. Das sollte uns aber nicht davon abhalten, die gesteckten Ziele mit einer guten Organisation und dem dafür notwendigen Engagement zu erreichen. Dafür wird es aber auch notwendig sein, diverse Gesetze und Passagen in der Verfassung zu ändern. Ein Vorgang, der nicht alltäglich sein darf. Jedoch sollte man nicht außer Acht lassen, dass bei der Ausarbeitung dieser Werke und bei Gründung der BRD die Gesellschaft in vielen Punkten eine andere war. Das heißt, was damals zutreffend und richtig war, ist heute in Teilen nicht mehr passend und zeitgemäß. – Vielen Dank nochmals."

Axel nahm den Telefonhörer in die Hand. Nach drei Sekunden – „Du kannst jetzt. Danke."

Bernhard, Johannes und Walter schauten sich fragend an.

„Was kommt jetzt?", wollte Johannes wissen.

„Nur ein minimales Dankeschön."

Kurz darauf kam Anja mit zwei Flaschen Champagner und Gläsern ins Zimmer.

„Aufmachen müsst ihr die Flaschen aber selbst", sagte sie in einem auffordernden und gleichzeitig bestimmenden Ton.

Johannes, nie um einen Kommentar verlegen, sagte sofort: „Liebe Anja, da du dich deiner schicken Küchenschürze inzwischen entledigt hast, kannst du gerne hierbleiben und ein Glas mittrinken. Was meinst du dazu?"

„Oh, das Angebot nehme ich doch gerne an."

Axel, Anja und die drei Freunde beendeten den Tag um Mitternacht mit einem guten Schluck.

# Berlin

Johannes war am Montag der neuen Woche schon sehr früh in seinem Büro, um die teilweise liegen gebliebene Korrespondenz aufzuarbeiten. Während er seinen Neun-Uhr-Kaffee genoss, fiel ihm plötzlich ein, dass er Mark Renner anrufen sollte. Er wollte gerade Marks Nummer wählen, legte den Hörer aber sofort wieder aufs Gerät. „Nein, mit dem Anruf warte ich noch", dachte er. „Möglicherweise habe ich neue Infos und Erkenntnisse, wenn ich von Budapest zurück bin. Aber den Weinmann, den muss ich anrufen. Mal hören, wie es mit Kippler aussieht." Gedacht – getan.

„Weinmann am Apparat."

„Hier Klarmund. Herr Weinmann, was gibt es Neues in Sachen Kippler?"

„Bis jetzt nichts. Wir können ihn aber laut Auskunft der Mediziner morgen verhören."

„Gut so. Habt ihr euch schon um die Telefonnachweise – Handy etc. – der Kipplers gekümmert?"

„Wir sind dabei. Wird wohl heute noch erledigt."

„Das muss vordringlich geschehen. Ich traue diesen Leuten nicht. Totale Telefonüberwachung, und vergesst nicht, Frau Kippler zu beschatten. Ebenfalls empfehle ich Ihnen, sofort wenn möglich, eine Hausdurchsuchung bei Kippler. Den Beschluss können Sie ja nachreichen. Es besteht meiner Meinung nach bei Frau Kippler Fluchtgefahr. Wenn Sie Hilfe benötigen – einfach bei mir anrufen."

„Danke. Sie haben recht. Die Durchsuchung habe ich schon veranlasst. Werde Ihnen Bescheid geben."

„Okay. Bis dann."

Weinmann war etwas stinkig wegen der „Einmischung" von Klarmund in sein Geschäft. Er wusste, dass es gut gemeint war, hielt sich aber zurück, da der BND-Chef sonst ein angenehmer Zeitgenosse war.

\*\*\*

Noch während Johannes mit Weinmann telefonierte, traf sich Herta Kippler mit ihrer besten Freundin, deren Mann ebenfalls einer der Drahtzieher in diesem unseligen Verbund war. Treffpunkt: ein unscheinbares Café mitten in Marzahn.

„Hallo, Marianne, schön, dass du dir Zeit genommen hast."

„Klar doch. Was gibt es denn so Dringendes, liebe Herta?"

„Ich mach es kurz. Das LKA war da und hat Radolf verhaftet."

„Oh je. Auch das noch. In welchem Knast sitzt er?"

„In keinem. Er ist im Krankenhaus Hellersdorf. Angeschossen von einem Polizisten."

„Wie? Einfach so?"

„Natürlich nicht. Sie wollten ihn festnehmen. Er stand im Schlafanzug da und in beiden Händen eine Wumme. Der Idiot hat zuerst rumgeballert und traf einen LKA-Mann."

„Mist. Wie blöd ist der denn? Und was soll *ich* jetzt tun?"

„Meine Idee ist, dass du ihn besuchst und ihm ein Handy bringst. Du hast doch aus deiner Zeit als Krankenschwester sicher irgendwo noch einen weißen Arztkittel und eventuell eine – wie heißt denn das Ding? – Patientenkladde oder so ähnlich."

„Ich weiß, was du meinst. Ich habe solche Sachen noch bei mir im Keller. Weiße Kittel, Stethoskope und andere Dinge. Aber was soll ich damit?"

„Nun, ich denke, dass Radolf bewacht wird und fremde Personen keinen Zutritt ins Krankenzimmer haben werden. Wenn ich ihn besuche, werde ich bestimmt von oben bis unten gefilzt. Du könntest aber, als Ärztin verkleidet und mit entsprechenden Utensilien versehen, unbehelligt ins Zimmer gehen und Radolf das Handy bringen. Ich dachte auch schon an eine Schusswaffe. Was meinst du?"

„Na ja, mit dem Handy könnte ich es versuchen, aber eine Schusswaffe – nein, das ist mir doch zu gefährlich. Nein. Viel zu heiß."

„Du hast recht, ich will dich auch nicht unnötig in Gefahr bringen. Wann könntest du gehen?"

„Morgen."

„Okay. Wir treffen uns morgen wieder hier. Gleiche Zeit. Ich bringe das Handy mit. Danke dir."

„Okay. Bis morgen."

***

Vier LKA-Leute machten sich in einem unauffälligen Kleintransporter auf den Weg nach Marzahn in die Siegmarstraße. Als nach zweimaligem kräftigem Klingeln

175

niemand öffnete, verschafften sie sich Zutritt zum Haus und begannen sofort mit der Durchsuchung aller Räume die, die Einrichtung betreffend, auf einen leicht gehobenen Lebensstil schließen ließen. Zwei Kollegen im oberen Stockwerk, zwei Kollegen im Erdgeschoss – immer die Eingangstüre im Blickfeld. Nachdem im oberen Geschoss einiges an Aktenordnern, Smartphones und zwei PCs gefunden und eingepackt werden konnte, verlief die Durchsuchung im Erdgeschoss nicht erfolgreich.

Zwei der vier Polizisten machten sich jedoch noch auf den Weg in die Kellerräume.

Was sie hier fanden, machte sie doch einigermaßen sprachlos.

Neben zwanzig Handfeuerwaffen fanden sie auch noch einige Maschinengewehre diverser Hersteller, Panzerfäuste, Uzis, Handgranaten und Sturmgewehre. Drei der Kollegen beeilten sich, das – nach ihrer Meinung – vorhandene Hehler- und Diebesgut sowie die restlichen Gegenstände sofort in ihren Kleintransporter zu laden. Der Vierte telefonierte mit Weinmann und erstattete vorab schon Bericht.

„Sollen wir auf die Kippler warten und sie verhaften?"

„Nein", sagte Weinmann, „vorerst nicht. Wir beschatten sie ja. Möglicherweise erhalten wir durch sie weitere Erkenntnisse. Nach Ende der Aktion sehen wir uns auf der Dienststelle."

„Gut. Bis dann."

Nachdem alle Teile im Fahrzeug waren, fuhren die vier in die LKA-Zentrale zurück.

\*\*\*

Johannes sah in seinem PC die Ankunft einer verschlüsselten E-Mail. Seine Vermutung, dass es Antal sein könnte, bestätigte sich sofort.

Er las: „Treff 25.1., 15 Uhr, bis 26.1. – Velencei-tó/Vier-Sterne-Hotel/Gárdony – Flug Budapest gebucht – Zimmer reserviert – Sie werden abgeholt – Bitte Bestätigung – Üdvözlet Antal."

„Na dann", dachte sich Johannes, „dann testen wir doch mal die Lage." Er schrieb zurück: „O. k. – Ich komme – 25.1., 15 Uhr – Bitte Flugdaten übermitteln – Gruß Klarmund."

***

In Axels Büro ging es schon früh am Montag drunter und drüber. Telefon hier, Telefon da. Axel hatte nicht die Zeit, Uschi an ihrem ersten Arbeitstag im neuen Jahr herzlich zu begrüßen.

„Gott sei Dank bist du wieder da", hörte sie ihn irgendwann aus seinem Büro rufen. „Ich hoffe, du hast dich gut erholt."

„Alles gut" war die Antwort. „Was machen wir zuerst?"

„Die Termine mit meinen Freunden kannst du abhaken. Ist erledigt. Was ist noch notiert?"

„Außer den Terminen in deiner Agenda steht bei mir noch für heute: ‚Fall Rabbi, Botschafter Dr. Kühn (IS – Islamisten und Rechtsanwalt).'"

„Dann verbinde mich doch bitte mit dem BKA." Nach kurzer Zeit – „BKA – Walter."

„Hallo, Bernhard, ich bin's. Kurze Frage, kurze Antwort: Wie sieht es mit dem Fall Rabbi aus? Habt ihr schon etwas Greifbares?"

„Nein, noch nicht. Aber morgen steht die Vernehmung von Kippler an. Hoffentlich ergibt sich da etwas. Weinmann oder ich werden dich informieren."

„Okay. Das war's. Tschüss."

„Bye-bye, Kumpel."

„Uschi, kannst du mich noch mit Botschafter Dr. Kühn verbinden? Bitte."

„Mach ich sofort."

Nach wenigen Minuten – „Hallo, Dr. Kühn, hier Kühlkopf. Haben Sie in Sachen Islamisten-Rückführung und Anwalt etwas erfahren können?"

„Es ist, wie Sie erahnen können, in diesen Fällen alles sehr, sehr schwierig. Meistens blockieren die Türken. In der Islamistenfrage ist kein Einlenken in Sicht. Es ist anzunehmen, dass sich die Führungsriege aus der Verantwortung ziehen und sich nicht die Finger verbrennen will. Beim Anwalt bestehen ebenfalls keine Aussichten auf Erfolg.

Die sensiblen Daten, die dem Geheimdienst vermutlich in die Hände gefallen sind, können wir auf Dauer abschreiben. Zudem wird die Situation durch immer mehr Verhaftungen deutscher Bürger zunehmend prekärer. Es ist, einfach gesagt, nicht mehr auszuhalten, dass diesem Treiben ohne nachhaltige Konsequenzen zugeschaut wird. Aber so ist das eben, wenn man sich ohne Not in eine Abhängigkeit manövriert. Ich sage nur Flüchtlingsdeal. Abhängigkeiten fördern die Schwäche. Aber wem sag ich das. Sie wissen das genauso gut wie ich. Ebenfalls sollte man das Thema Fahndungsersuchen der Türken beim BKA genauer unter die Lupe nehmen. Sprechen Sie einmal mit Ihrem BKA-Chef einerseits und mit der Abteilung Wirtschaft andererseits. Es gäbe einiges auf der

Klaviatur, was zu spielen wäre. Nur ein Beispiel: Kündigung von Bürgschaften. Duckmäuserei und Zugeständnisse von Berlin und Brüssel an Despoten sind der falsche Weg. Aber da fehlen wohl die Einsichten und das Rückgrat. Zudem verstärkt sich der Eindruck, dass Geld wichtiger ist als Menschenrechte. Sind das die sogenannten Werte der EU? – Ich selbst kann hier, wie Sie wissen, nicht tätig werden. Das wäre vorläufig einmal alles von meiner Seite."

„Ich habe verstanden und danke Ihnen für heute. Sie hören wieder von mir. Bis dann und servus."

***

Herta Kippler ging einigermaßen nervös und zerstreut sofort nach Hause, um das Handy ihres Mannes zu suchen und es eventuell noch aufzuladen. In ihrem derzeitigen Zustand von Fahrigkeit und Unkonzentriertheit suchte sie das Handy vergebens und bemerkte nicht einmal das Fehlen von Aktenordnern und Notebooks. Sie sah sich veranlasst, umgehend in einen Telefonladen zu gehen, um ein neues Smartphone mit neuer Telefonnummer zu kaufen. Gedacht, getan. Abends saß sie in ihrem Fernsehsessel, stierte in die Glotze, ohne zu registrieren, was der Sender anbot.

Nebenbei beschäftigte sie sich mit dem Eingeben der wichtigsten Telefonnummern in das neue Handy. Am nächsten Tag traf sie sich pünktlich mit ihrer Freundin Marianne Kohler im Café.

„Hast du alle Utensilien gefunden?", war die erste Frage von Herta.

„Selbstverständlich. Du weißt doch – das Haus verliert nichts. Hast du das Handy dabei?"

„Ja, hier, nimm es. Ziehst du dich gleich um oder erst im Krankenhaus?"

„Es wird das Beste sein, wenn ich mir meinen Arztkittel schon gleich auf dem Parkplatz überziehe. Gibt es sonst etwas Neues? Etwas, was ich wissen muss?"

„Nein, mir ist nichts aufgefallen. Doch, natürlich, die Zimmernummer. Er liegt auf B12. Das hat man mir gesagt. Und denke daran: Krankenhaus Hellersdorf."

„Okay", sagte Marianne „dann trinken wir jetzt unseren Espresso, und anschließend fahre ich los. Ich funke dich an, wie es gelaufen ist."

Marianne Kohler fuhr auf direktem Weg ins Krankenhaus. Auf dem Parkplatz zog sie sich ihren weißen Kittel an, hängte sich das Stethoskop um den Hals, nahm die Kladde in die Hand, steckte sich das Handy in die Kitteltasche und ging mit flotten Schritten ins Gebäude, als wäre sie hier zu Hause. Direkt zum Aufzug. Sie drückte „B" und schaute unauffällig nach links und rechts. Nichts. Auf der Etage B sah sie recht schnell, in welche Richtung sie laufen musste, denn vor einem Zimmer saß eine Person, die sie noch nicht erkennen konnte. Eine uniformierte Gestalt war nicht auszumachen. Stattdessen leere Krankenhausbetten, die mit transparenten Folien überzogen waren, Infusionsständer und Rolltische fürs Geschirr. Sie spürte, dass Puls und Herz plötzlich heftiger schlugen als gewöhnlich und die Kladde anfing, an den Händen zu kleben. Ein eindeutiges Zeichen für Schweißausbruch. Mund und Rachenraum wurden immer trockener, sodass sie kaum noch in der Lage sein würde, mit Kippler zu sprechen. In Bruchteilen von Sekunden ging ihr durch den Kopf, die Aktion abzubrechen. Aber sie hatte es Herta doch versprochen. Gleichzeitig fühlte sie sich stark genug, den angenommenen Auftrag zu Ende zu bringen. Noch wenige Schritte bis B12. Selbstbewusst und mit ernster Miene ging sie zur Türe und trat ins Krankenzimmer ein, ohne den Wachmann eines Blickes zu würdigen. Es entging ihr dabei, dass zwei weitere Männer in Richtung B12 unterwegs waren. Den Wachmann vom LKA machte die Unfreundlichkeit der Ärztin stutzig. Nach kurzer Überlegung stand er auf und ging ebenfalls ins Zimmer. Er konnte gerade noch erkennen, wie die Ärztin dem Patienten einen Gegenstand in die Hand gab und dieser die Hand blitzartig unter der Bettdecke verschwinden ließ.

„Was haben Sie eben unter der Bettdecke versteckt?", hörte Kippler den LKA-Mann fragen.

„Das geht Sie nichts an", war die Antwort von Kippler.

„Es ist ein Medikament", ergänzte die Ärztin und war im Begriff, das Zimmer fluchtartig zu verlassen. Sie wollte gerade die Türe öffnen, als diese wie ein Hammer ihre Stirn traf. Der Aufprall war so gewaltig, dass die Ärztin rückwärts gegen die Wand geschleudert wurde. Weinmann hatte noch die Klinke in der Hand, als vom Wachmann der Zuruf kam: „Haltet sie fest! Hier stimmt etwas nicht!"

Die Ärztin kam mit erstaunlicher Geschmeidigkeit wieder auf die Füße und schmetterte Weinmann ins Gesicht: „Dieses unerhörte Benehmen werde ich melden! Ich werde mich bei Ihrem Chef beschweren!"

„Das können Sie sofort erledigen. *Ich* bin der Chef", schnauzte Weinmann zurück. „Und jetzt will ich, dass Sie sich ausweisen. Wie ist Ihr Name, und wer ist *Ihr* Chef?"

Mit funkelnden Augen und kaltem Blick schaute sie Weinmann und dessen Kollegen an. Keine Antwort – keine Reaktion. Weinmann bat einen der LKA-Männer, die Stationsleitung zu informieren, um eine Gegenüberstellung und eine Identitätsprüfung zu veranlassen. Es dauerte nicht lange, bis der LKA-Mann mit dem Chefarzt kam.

„Nein, diese Dame ist mir nicht bekannt. Da ich das Personal kenne, kann ich Ihnen mit neunundneunzigprozentiger Sicherheit sagen, dass sie hier nicht beschäftigt ist."

„Vielen Dank", sagte Weinmann. „Sie haben uns sehr geholfen." Der Chefarzt verließ das Zimmer, und Weinmann wandte sich an die vermeintliche Ärztin: „Sie werden jetzt mit meinem Kollegen das Haus in Richtung Präsidium verlassen, wo wir uns zu gegebener Zeit unterhalten werden. – Und jetzt zu Ihnen Herr Kippler. Wie mir mein Kollege angedeutet hat, haben Sie unter Ihrer Bettdecke etwas versteckt. Wollen Sie mir nicht verraten, um was es sich handelt?"

„Um ein Medikament – wie Frau Ärztin schon sagte."

„Weshalb muss man ein Medikament verstecken? Darf ich es einmal sehen?"

„Muss nicht sein. Das ist Privatsache."

„Ich will es jetzt sehen. Sofort."

„Nein."

Blitzschnell schlug Weinmann die Bettdecke auf, sah das Handy und griff danach.

„Oha, ein wirklich interessantes Medikament. Das werden wir wohl genauer betrachten müssen."

Weinmann steckte es in einen Asservatenbeutel – von diesen Beuteln hatte er immer einige dabei –, um es bei der KTU auf Fingerabdrücke untersuchen zu lassen. „So,

Herr Kippler, nun wollen wir uns mal über viele Details Ihrer Lebensgeschichte unterhalten. Sie haben die Wahl, entweder mit uns zu sprechen und damit Ihre Gesamtsituation zu verbessern oder zu schweigen, was Ihnen letztendlich aber nichts nützen wird. Zu Ihrer weiteren Information – was Sie eigentlich wissen müssten: Dies ist eine formlose informatorische Befragung und nach Strafprozessordnung möglich.

Erste Frage: Wer ist die Person, die heute das Handy brachte? Zweitens: Woher stammen die Waffen in Ihrem Keller? Drittens: Haben Sie Kenntnisse über die Aktion Braunbär an Dritte weitergegeben?"

Nach mehrfachen Versuchen Weinmanns, etwas von Kippler zu erfahren, und dessen mangelnder Bereitschaft, auszusagen, entschied sich Weinmann zu gehen.

„Sie bleiben hier", wandte er sich an seinen Kollegen, „und passen auf den ‚Schwätzer' auf. Ich schicke Ihnen eine Ablösung. Ciao."

Mit einer Portion Wut im Bauch – dem Kippler hätte er am liebsten die Fresse poliert – fuhr der LKA-Boss in Richtung Tempelhofer Damm ins Präsidium, wo er für sich sein zweites Zuhause sah. Dort angekommen erkundigte er sich zunächst nach der Pseudoärztin. Da er emotional dermaßen aufgeladen war, hielt es nicht für sinnvoll, die Dame selbst zu vernehmen. Er beauftragte deshalb seinen ersten Stellvertreter Manfred Schraube mit diesem Job. Schraube, ein kleines, gewitztes Männlein. Unscheinbar, aber höchst intelligent. Seine Fragetechnik bei Vernehmungen war geschickt und listig. Er ließ nie los, bis er ein Ergebnis hatte, was ihm den Spitznamen Wadenbeißer einbrachte. Deshalb passte auch sein Name *Schraube* gut zu ihm.

# Ankara/Istanbul

Akin Aslan bemühte sich stets – und das auch mit Erfolg –, nach außen den Loyalen darzustellen. Es war deshalb umso wichtiger, einige Vertrauensleute zu haben, mit denen er sich über seine Ideen austauschen konnte. Aufgrund seiner Menschenkenntnis und jahrzehntelanger Zusammenarbeit mit einigen anderen Führungskräften war es ihm gelungen, außer Dr. Damla Özcan noch zwei weitere für ihn wichtige Personen ins Boot zu holen. Dies waren Marschall Dilhan Can, der Chef der Landstreitkräfte, und Konteradmiral Doruk Güler, Chef der Küstenwache.

Aslan wollte, bevor er nochmals nach Budapest reiste, mit seinen beiden Intimi in ziviler Atmosphäre die derzeitige Lage des Landes und die Zukunft besprechen. In etwas schlampiger und unverfänglicher Kleidung trafen sie sich an einem Fischstand am Hafen von Istanbul – Punkt 14 Uhr. Hier war Aslan zu Hause. Hier fühlte er sich wohl. Hier kannte er sich aus. Es war Samstag, ein idealer Tag, um unerkannt durch die stark belebten Straßen zu schlendern. Mützen, Sonnenbrille und aufgeklebte Bärte trugen ebenfalls zur Tarnung bei. Zuerst stärkten sich die drei mit leckeren Fischbrötchen, die laufend an diversen Ständen frisch zubereitet wurden. Sie einigten sich darauf, über die Galata Köprüsü zum Galata Kulesi zu laufen. Die Galatabrücke war ein beliebter Ort für Freizeitangler. Es gab wohl wenige Tage im Jahr hier keine Fischer zu sehen. Auch der untere Teil der Brücke war ein beliebter Treffpunkt mit seinem üppigen Angebot an Cafés und Restaurants. Weiter ging es am Jüdischen Museum der Türkei vorbei, die Hacı Ali Sok entlang zum Galataturm. Während des recht entspannten Spazierganges hatte Aslan genügend Zeit, seine Vorstellungen und Ideen nochmals in kompakter Form darzulegen. Als er spürte und hörte, dass seine Kollegen voller Zustimmung waren, unterrichtete er sie auch über das bevorstehende Treffen mit Komarow, Antal und Klarmund. Er konnte die beiden davon überzeugen, dass sie auch von deutscher Seite die volle Unterstützung hätten.

„Nun habe ich viel geredet. Das macht Durst", bemerkte Aslan.

„Und Hunger", kam von Güler, der immer Hunger hatte, nur – man sah es ihm nicht an. Ein passendes Restaurant war schnell gefunden. Im Angebot gab es zum Beispiel an Vorspeisen Kısır (türkischen Bulgursalat) und türkischen Kichererbsensalat, an Hauptspeisen: Lahmacun (türkische Pizza), Hackbällchen-Spinat-Pfanne, Nudelauflauf, gefüllte Weinblätter, Tas Kebabı (Fleischeintopf) und dazu ein Efes Pilsen, als Dessert Baklava, Lokma und Revani. Zum Schluss einen Türkischen Mokka.

Nach dem ersten kräftigen Schluck Bier waren die leichten Anstrengungen zum Galataturm hinauf wieder vergessen. Die Wintertemperaturen in Istanbul waren zum Glück recht gering – in der Regel zwischen fünf und zehn Grad –, was das Wandern erträglich machte.

„Wollt ihr noch in den Kapalı Çarşı?", fragte Aslan scheinheilig. Güler und Can schauten sich an und schüttelten gleichzeitig den Kopf.

„Im Großen Basar habe ich immer den Eindruck, als würde sich dort gefühlt halb Istanbul aufhalten", sagte Can und ergänzte grinsend, „und das wären dann immerhin so circa acht Millionen. Aber eine Frage hätte ich noch zum Treffen in Budapest. Wann soll das stattfinden?"

„Ende Januar", antwortete Aslan, „ich werde euch informieren."

„Okay", sagte Can, „ich werde nach dem Essen wieder nach Hause fahren. Was macht ihr?"

Doruk Güler deutete an, dass er noch in Istanbul bleiben würde, um Inspektionen vorzunehmen. Auch Aslan wollte noch einen Tag bleiben, um einen familiären Besuch abzustatten. Da Can noch circa fünf Stunden Fahrzeit vor sich hatte, verabschiedete er sich unmittelbar nach dem Essen mit den Worten „Arkadaşlar, benim için zevkti. Şimdilik hoşçakal", was in etwa heißen soll: „Freunde, es war mir ein Vergnügen. Bis bald!"

# Rom

Verteidigungsminister Adriano Gallo hatte es sehr eilig an diesem Morgen. Er war innerlich mächtig aufgewühlt, und schlecht geschlafen hatte er auch. Tausend Gedanken raubten ihm den Schlaf. Szenarien, die ihm gar nicht gefielen, gingen ihm durch den Kopf. Horrorbilder. Kreuzfahrtschiffe mit Flüchtlingen in Lampedusa. Abgeordnete, die im Parlament spritzten und koksten. Geschäftsleute, die sich in vornehmen Villen erschossen. Solche und weitere düstere Vorstellungen kreisten in seinem Hirn, das im Normalfall ausschließlich mit rationalem Gedankengut gefüllt war. Er griff zum Telefon und rief seinen Intimus Dr. Paolo Mazza an.

„Paolo, come stai?"

„Gut. Und dir?"

„Male, molto male. Schlecht, sehr schlecht."

„Weshalb? Müssen wir reden?"

„Si."

„Wann?"

„Heute oder morgen."

Dr. Mazza kannte seinen Freund seit der gemeinsamen Studienzeit in Genua. Adriano studierte Biologie und Chemie, absolvierte seinen Militärdienst und ging dann auf die Accademia Militare di Modena. Paolo studierte erfolgreich Rechtswissenschaften und bewarb sich dann bei den Carabinieri, die organisatorisch zum Verteidigungsministerium gehören. Wenn Adriano ihn in diesem Tonfall anrief, wusste er sofort Bescheid. Es konnte sich nur um Wichtiges handeln.

„Dann heute. Um 18 Uhr?"

„Bene. Und wo?"

„Bei mir im Büro. Etwas Flüssiges habe ich da."

„Wir könnten auch einen Spaziergang am Wasser machen."

„Könnten wir. Komm aber erst mal in mein Büro."

„Okay – bis dann."

Relativ pünktlich ging Adriano in das große Gebäude der Carabinieri und in Paolo Mazzas etwas altmodisch wirkendes Büro. Paolo ließ gerade einen Espresso aus der Maschine, als Adriano eintrat und den verführerischen Duft in seine Nase sog.

„Du auch einen?", fragte Paolo.

„Es ist zwar spät dafür – aber trotzdem – ja. Wenn es geht, einen Corretto."

„Du kennst mich doch. Espresso – immer. Was gibt's denn?", wollte Paolo Mazza wissen. „Komm gleich auf den Punkt."

„Du weißt ja, dass mich, genauso wie dich, viele Dinge maßlos aufregen. Meine Gedanken kreisen hin und her und wieder zurück. Immer mit dem Ziel, eine dauerhafte Lösung für unser Land zu finden. Viele Ideen haben wir in der letzten Zeit durchdiskutiert. Einiges hat mich in der letzten Nacht wieder um den Schlaf gebracht. Zusätzlich hat mir unser spanischer Freund Manuel Ramirez vor einigen Tagen eine verschlüsselte Nachricht zukommen lassen, die einiges über die Situation in Madrid aussagt. Offensichtlich planen einige

Kollegen dort drüben grundsätzliche Veränderungen. Er bat mich um strengste Diskretion, die ich ihm auch zugesagt habe. Jedenfalls ist er der Meinung, dass wir Bescheid wissen sollten, um möglicherweise ihr Vorhaben – zumindest moralisch und politisch – zu unterstützen, falls dies auch in unserem Interesse wäre. Was meinst du dazu?"

„Generell ja. Wir müssen uns natürlich erstrangig um unsere Belange kümmern. Hast du nochmal mit Andrea Conte über die Probleme und unsere Idee gesprochen?"

„Ja, hab ich. Ich bin der Ansicht, dass wir unseren Freund und Minister für europäische Angelegenheiten über jedes Detail informieren müssen. Er unterstützt uns ja auch in allen Belangen und ist nicht zuletzt ein wichtiges Bindeglied zu unseren Nachbarn und eventuell neuen Partnern."

„Und? Wie ist seine Meinung?"

„Er liegt voll auf unserer Linie. Ist aber auch der Überzeugung, dass wir hier Hilfe benötigen und Alleingänge zu gefährlich wären."

„Er sieht es also genauso wie Ramirez. Wie ich weiß, hast du doch als Verteidigungsminister einen guten Kontakt zu General Schütz in Berlin. Welche Qualität hat dieser Kontakt?"

„Auf einer Skala von eins bis zehn sehe ich ihn bei 9,5. Er ist sehr italophil geprägt und ein absoluter Freund unseres Landes."

„Sehr gut. Kannst du mal ganz vorsichtig ein Gespräch mit ihm arrangieren?"

„Möchtest du dabei sein?"

„Gerne."

„In Ordnung. Ich sag dir Bescheid. Gehen wir noch eine Runde? Ich brauche dringend etwas frische Luft und anschließend ein Bier."

„Sorry, hab ich ganz vergessen. Also, laufen wir ein paar Takte." Paolo und Adriano gingen über die Piazza Bligny in den gegenüber liegenden Park und erzählten sich Anekdoten aus vergangener Zeit. Nach zwanzig Minuten drängte Adriano in Richtung Bistro, das in der Nachbarschaft von Paolos Büro noch geöffnet hatte.

# Berlin

Weinmann war wegen des Vorfalles im Krankenhaus immer noch frustriert und entschied deshalb – er hatte gute Verbindungen zur Leitung des Bundeswehrkrankenhauses –, Kippler dorthin verlegen zu lassen. Diesen Ort beurteilte er als weitaus sicherer. Wer wusste schon, was der Kippler-Bande noch alles einfiel. Er hatte Glück. Es waren noch Betten in einer dafür vorgesehenen Sicherheitszone frei. Während Kippler noch am selben Tag ‚umgebettet' wurde, vernahm Weinmanns Kollege Frau Kohler. Nach Feststellung der Personalien und einer Überprüfung der Person stellte sich heraus, dass die Familie Kohler in der Nachbarschaft von Kippler wohnte. Ebenfalls wurde festgestellt, dass der Ehemann – Manfred Kohler – als Immobilienmakler tätig war und zwei Büros unterhielt. Eines am Kurfürstendamm und ein zweites in Strausberg in der Badstraße.

„Ich will sofort meinen Mann sprechen und einen Rechtsanwalt anrufen!", keifte sie den Polizisten an.

„Immer schön langsam und eines nach dem anderen", erwiderte dieser mit ruhiger Stimme, „jetzt werden Sie mir erst meine Fragen beantworten, dann sehen wir weiter. In welcher Beziehung stehen Sie zur Familie Kippler, und wer hat Sie beauftragt, Herrn Kippler das Smartphone zu bringen?"

„Ich will einen Anwalt."

„Den werden Sie vermutlich auch benötigen und bekommen. Aber jetzt nicht. Sie können sprechen und alles wird einfacher, oder Sie lassen es, und alles wird schwieriger. Vor allem für Sie. Wo hält sich Ihr Mann – Herr Kohler – derzeit auf?"

„Das weiß ich nicht. Er ist sehr oft geschäftlich unterwegs."

„Okay. Wir werden ihn finden. Nochmals: Weshalb haben Sie das Handy ins Krankenhaus gebracht?" Frau Kohler antwortete mit gedämpfter Stimme „Ich wollte Frau Kippler nur einen Freundschaftsdienst erweisen."

„Ich entnehme aus Ihren Worten, dass Sie befreundet sind. Ist das richtig?"

„Ja."

„Was haben Sie darüber hinaus mit der Familie Kippler zu tun?"

„Nichts Besonderes. Nur im normalen privaten Rahmen."

Weinmann holte seinen Kollegen kurz aus dem Vernehmungsraum und bat ihn, die Kohler noch ein Weilchen hinzuhalten.

„Weshalb?"

„Ich habe soeben einige Kollegen in Marsch gesetzt, um Manfred Kohler aufzuspüren. Ich denke, dass wir hier auf einem guten Weg sind. Zwei fahren zum Ku'-damm-Büro, zwei nach Strausberg und zwei zur Adresse in Marzahn, Siegmarstraße. Sie werden vor Ort warten, bis er irgendwo auftaucht. Wie läuft es mit ihr?"

„Zäh. Sehr zäh."

„Okay. Mach weiter."

Als Weinmann vom Büro in Strausberg hörte, wurde er stutzig. Da schrillten bei ihm die Alarmglocken. Strausberg und Immobilien – das passte zusammen. Aber im negativen Sinne. Es war ihm sofort klar, dass sich hinter der Freundschaft zwischen Kippler und Kohler mehr verbarg als nur Privates. Es war ihm auch bekannt, dass in der Wendezeit eine gewaltige Menge krimineller Energie freigesetzt wurde. Da wurden Immobilien und Grundstücke für ein ‚Taschengeld‘ zwischen den Seilschaften hin und her verschoben. Betrügerische Grundstücksgeschäfte, Untreue, Dokumentenfälschungen, Subventionsbetrug etc. waren keine seltenen Vorgänge. Es war dem LKA-Boss klar, dass er sofort die zuständige Staatsanwaltschaft und einen Richter einschalten musste, um unverzüglich einen Durchsuchungsbeschluss für alle Büros und Wohnungen von Kohler zu erwirken. Er informierte den Staatsanwalt und den Richter über die Hintergründe, was sein Vorhaben beschleunigte. Gleichzeitig ergingen auch Infos an den BKA-Chef sowie Dr. Kühlkopf vom Innenministerium.

Die LKA-Männer, die nach Strausberg fuhren, staunten nicht schlecht, als sie das anspruchsvolle Anwesen mit einer feudalen Villa am Straussee mit direktem Seeanschluss und eigener Bootsanlegestelle betraten. Was auffallend war: zwei Doppelgaragen. Eventuell für geheime Besucher?

Noch am selben Abend fuhr Manfred Kohler in sein Haus in Marzahn, um seinen Feierabend zu genießen. Da es sich um einen Wochentag handelte, fuhr er nicht nach Strausberg. Dort verbrachten er und seine Frau lediglich die Wochenenden oder Feiertage. Kohler drückte den Knopf am elektronischen Garagentoröffner, lenkte seinen Mercedes in die Doppelgarage und stieg aus seinem Wagen. Das Garagentor schloss sich, während er sich umdrehte und ins Haus gehen wollte. Abrupt blieb er stehen, da zwei groß gewachsene Männer ihm den Weg versperrten.

„LKA Berlin" – sie zeigten ihm die Ausweise – „wir bitten Sie, uns aufs Präsidium zu begleiten."

„Weshalb? Was liegt gegen mich vor? Um was geht es?"

„Ihre Gattin ist bei uns. Den Rest klären wir zusammen."

„Muss ich meinen Anwalt anrufen?"

„Im Moment nicht. Es wird nur eine kurze Befragung sein."

Kohler stieg widerwillig in das Auto der LKA-Männer und war gespannt, was auf ihn zukam.

Noch während der Fahrt zum Präsidium rückten neun Männer mit drei Fahrzeugen aus, um alle Räumlichkeiten von Kohler zu durchsuchen. In den relativ geschmacklos eingerichteten Räumen der Kohlers in Strausberg – in neutralen Farben (Weiß und Grau) gehaltene, einfallslose Regale, Sitzgarnituren in Leder und Teppiche aus dem Kaufhaus, die wie teure Perser aussahen, viele Bücher, Nippes und eine große Figur aus Elfenbein, ein moralisch äußerst fragwürdiges Artefakt – fanden sie Brauchbares in Hülle und Fülle: Kaufverträge, Grundbuchauszüge, Akten mit verdächtigem Schriftverkehr, Computer und Notebooks, Handys und – als hätte es Weinmann geahnt – jede Menge Waffen, Munition, Handgranaten etc. in den Häusern in Strausberg und Marzahn. Unverzüglich wurde über das Gefundene Meldung erstattet. Kaum hatte Weinmann das Ergebnis der Durchsuchungen – im Büro am Ku'damm fand man nichts Relevantes –, informierte er Kohler und hielt ihm den Durchsuchungsbeschluss unter die Nase. Er sah sich auch veranlasst, den Haftrichter zu bemühen, da seiner Meinung nach erhöhte Fluchtgefahr bei den Kohlers bestand.

„So, Herr Kohler, wenn Sie möchten, können Sie jetzt einen Anwalt anrufen. Sie und Ihre Frau werden sicher einen benötigen, da wir einiges mit Ihnen zu klären haben."

# Rom

Adriano Gallo war sichtlich verärgert über die für ihn unbefriedigende Situation, mit der er sich gemäß seiner Stellung zwar nicht beschäftigen musste, jedoch ließen ihn sein Ehrgeiz und seine moralischen Vorstellungen nicht zur Ruhe kommen. Nach dem Gespräch mit Paolo Mazza wollte er nicht länger warten und rief seinen Ressortkollegen in Berlin an.

„Hallo – Walter Schütz am Apparat?"

„Ja, Schütz hier."

„Hier spricht Adriano Gallo – Rom."

„Oha – sorpresa. Was ist passiert, dass Sie mich anrufen? Wollen Sie mir etwa einen Italienurlaub anbieten?"

„Nicht ganz, aber eine Reise zu Ihren römischen Freunden könnte doch ganz nützlich sein."

„Wie darf ich das verstehen?"

„Mein Freund Dr. Mazza, Sie haben ihn ja schon kennengelernt, und ich haben einiges zu besprechen und würden Sie gerne dazu einladen. Das Ganze würde ausschließlich im privaten Rahmen stattfinden. Machen Sie mit Ihrer Gattin doch ein paar Tage Urlaub bei uns. Was halten Sie davon?"

Schütz war zwar ein ausgezeichneter Planer, er konnte aber auch recht spontan sein. Sofort hatte er eine Idee, wie er seine Frau von einem Kurztrip überzeugen könnte. Ein nachträgliches Geschenk zum Hochzeitstag würde sie sicher nicht abschlagen.

„Wann sollte es denn sein?"

„Wenn möglich innerhalb der nächsten vierzehn Tage. Rom ist auch im Winter reizvoll."

„Ich weiß, Rom ist immer eine Reise wert. Ich werde mit meiner Frau darüber reden und Bescheid geben. Auf dem üblichen Weg. Ist das okay?"

„Nein. Bitte kontaktieren Sie mich privat. Sie haben ja meine Handynummer hoffentlich noch."

„Hab ich."

„Va bene ci vediamo."

# Budapest

Johannes Klarmund kam mit guter Laune und bei bestem Wetter in Budapest an. Dr. Attila Antal ließ es sich nicht nehmen, Klarmund persönlich am Flughafen abzuholen. Die restliche Fahrt über circa 50 Kilometer zum Velencer See dauerte ungefähr eine Stunde. Das Wetter hatte sich nicht geändert. Sonne und klare Sicht über den See ließen Johannes' Herz höherschlagen. Als Hamburger freute es ihn immer, wenn Wasser in seiner Nähe war. Das steigerte den Wohlfühlfaktor um einiges. Unter diesen Vorzeichen konnte es eigentlich nur ein guter und erfolgversprechender Aufenthalt werden. Dachte er. Kaum im Hotel angekommen, warteten schon der Russe und der Türke mit einem etwas frühen Apéro in der Hand. Es war ein Hotel im modernen Stil. Direkt am See mit Außenpool, Innenpool und einer gepflegten Grünanlage. Die Zimmer waren ebenfalls modern und sachlich eingerichtet – alle mit Blick auf den See.

„Das fängt ja gut an", witzelte der Deutsche mit einem breiten Lachen und begrüßte die Kollegen mit einem lauten „Egészségére, was gibt's denn Leckeres?"

Antal hielt seine Nase kurz an Komarows Glas und stellte fest: „Eindeutig unser Nationalgetränk. Unicum – ein Kräuterlikör. Aber bevor wir in *dieses* Thema einsteigen, gibt es noch einige andere, über die wir uns heute unterhalten wollen. Wie wäre es wieder mit einem kleinen Spaziergang?", fragte Antal in die Runde. „Keine

Einwände. Gut so. Dann schlage ich vor, wir treffen uns in 15 Minuten im Foyer."

Die Örtlichkeit ließ den vier Geheimdienstlern – sie kannten sich alle von diversen Treffen in der Schweiz – keine andere Wahl, als an diesem sonnigen Tag am See entlangzulaufen.

„Kollegen", begann Antal das Gespräch, „ich habe das Gefühl, dass unser Treffen eine historische Bedeutung erlangen kann. Voraussetzung dafür sind natürlich Ehrlichkeit, Vertrauen und der unabdingbare Wille, gemeinsam eine bessere Zukunft für unsere Völker zu gestalten. Damit meine ich national und international. Globalisierung muss eine neue Qualität erreichen, denn der Ist-Zustand ist mehr als bedauernswert. Wir – das heißt meine Kollegen aus Russland, der Türkei und ich – haben uns bereits beim letzten Treffen mit diversen Themen auseinandergesetzt. Wir kamen zu der Erkenntnis, dass Sie, Herr Klarmund, ein wichtiger Bestandteil in unseren Überlegungen und eventuell bei unseren Vorhaben sein sollten. Erstens sind Sie eine geeignete Schnittstelle zu anderen Regierungen und zweitens ein NATO-Partner, den wir nicht übergehen wollen. Was halten Sie davon?"

Klarmund überlegte kurz und antwortete:

„Zuerst danke ich Ihnen allen nochmals für die Einladung und das Vertrauen. Bevor ich mich zu irgendwelchen Dingen äußere, sollte ich im Detail wissen, was Sie vorhaben. Was ich bis jetzt aus Ihren Worten entnehmen kann, lässt den Schluss zu, dass die Richtung vermutlich stimmt."

„Sie haben recht", mischte sich Komarow ins Gespräch ein. „Wir sollten die Details im Hotel besprechen. Lassen Sie uns noch etwas die Natur genießen, bevor wir in medias res gehen.“

„Ein guter Vorschlag“, meldete sich Akin Aslan und deutete an, dass der Kräuterlikör ihn auf seltsame Weise Hunger verspüren ließ.

Nach Kaffee und Kuchen zogen sich die vier in die Suite von Komarow zurück, die, wie könnte es anders sein, zuvor auf ‚Sauberkeit‘ untersucht wurde.

„Also, Genosse Klarmund“, begann Komarow, „wir haben Sie eingeladen, um Ihre Meinung zu unseren Ideen zu hören. Bei uns in Russland läuft so einiges schief. Wir könnten ein weitaus besseres Land sein. Sei es, was die Menschenrechte betrifft, etwa in Bezug auf die Respektierung von Minderheiten, sei es die Wirtschaft oder das Gesundheitssystem. Auch bei den Beziehungen zu anderen Ländern ist noch viel Luft nach oben. Das hat mich in der Vergangenheit veranlasst, darüber nachzudenken, wie eine Veränderung beziehungsweise Verbesserung der Situation herbeigeführt werden kann. Das Gleiche gilt für Ungarn und die Türkei. Darüber haben wir, wie schon angedeutet, bereits ausführlich gesprochen. Sie können sich bestimmt an unser letztes vertrauliches Gespräch in Berlin erinnern. Auch Akin Aslan hat sich, wie ich inzwischen weiß, mit Ihnen über Diverses unterhalten. Was für uns derzeit noch nicht abschätzbar ist, ist der Umfang Ihrer Bereitschaft, uns zu unterstützen. Gilt diese Zusage immer noch?“

„Im Prinzip ja. Bezüglich des Umfanges müssen Sie konkreter werden.“

„Kann ich.“

Komarow griff in seinen Aktenkoffer, zog ein Papier heraus und legte es auf den Tisch. Antal und Aslan taten das Gleiche.

„Bitte, Herr Klarmund, lesen Sie. Konkreter geht es nicht."

Der BND-Chef las die Papiere. Eines nach dem anderen.

„Abgesehen von den national spezifischen Problemen sehe ich hier doch viele Überschneidungen. Auch ich habe mich vorbereitet und eine sogenannte To-do-Liste erstellt. Also eine Liste dringender, zu erledigender Aufgaben. National und international."

Klarmund legte seine Liste auf den Tisch mit den Worten: „Ich hoffe, meine Herren, Sie können sich damit identifizieren. Das sind Anforderungen an eine Politik mit Zukunft. Hier wollen und dürfen wir keine Kompromisse machen, vor allen Dingen keine faulen."

Nachdem alle Klarmunds Liste studiert hatten, nahm er nochmals den Faden auf und sagte: „Den Inhalt dieser vier Listen in die Praxis umzusetzen bedarf einer ungeheuren Energie. Dass ein Staat dies alleine nicht schaffen kann, wissen wir. Deshalb sollten Sie zur Kenntnis nehmen, dass wir bemüht sind, unseren Kreis um zwei bis drei Partner zu erweitern. Wären Sie damit einverstanden?"

Kurzes Stillschweigen.

„An wen denken Sie?", wollte Aslan wissen.

„Wir denken, um unsere europäische Südflanke zu schützen, an Italien und Spanien."

„Haben Sie diese beiden schon kontaktiert?", fragte Dr. Antal.

„Nein, noch nicht. Ich habe aber Infos, die auch dort in unsere Richtung laufen. Wenn Sie wollen und wenn das Ihre Interessen nicht beeinträchtigt, werde ich Ergebnisse an Sie weitergeben."

Ein sichtlich erleichterter Komarow meldete sich und ließ ein „Gerne" über seine Lippen huschen.

„Eine Frage hätte ich noch", meldete sich Klarmund. „Wie viele und welche Personen sind in Ihre Pläne eingeweiht, Herr Komarow?"

„Es sind drei Personen. Mein IT-Experte Igor Petrow, der Politikwissenschaftler Prof. Sergej Orlow und unser Marschall der Landstreitkräfte Jegor Sokolow."

„Und bei Ihnen, Herr Aslan?"

„Bei mir sind es ebenfalls drei. Der Oberkommandierende der Landstreitkräfte Generalleutnant Dilhan Can, der Oberkommandierende der Küstenwache Doruk Güler und meine IT-Chefin Dr. Damla Özcan."

Zuletzt meldete sich noch Dr. Antal: „Es sieht aus, als hätten wir uns abgesprochen. Auch bei mir sind es drei vertrauenswürdige Personen. Es sind der stellvertretende Ministerpräsident László Farkas, unser Minister für öffentliche Verwaltung und Justiz Zoltán Szalai und Generalleutnant Tamás Jakab."

„Ich gehe davon aus, dass Sie alle eine gute Wahl getroffen haben. Auch wir haben uns in diesem Sinne unsere Leute ausgesucht. Es sind außer meiner Person unser parlamentarischer Staatssekretär im Innenministerium Dr. Axel Kühlkopf, der Brigadegeneral des Heeres Walter Schütz, BKA-Chef Dr. Bernhard Walter und unser IT-Chef im Bundestag Friedman Öztürk. Alle ebenfalls hundert Prozent sichere Männer."

„Meine Herren", schaltete sich wieder Dr. Antal ein, „ich danke Ihnen nochmals recht herzlich für Ihr Kommen und vor allen Dingen für Ihre Offenheit. Offenheit, Ehrlichkeit und Vertrauen sind grundlegende Pfeiler für unsere Pläne und eine gemeinsame sichere Zukunft. Offensichtlich sind dies Tugenden, mit denen einige Herren auf dieser Welt nichts anfangen können. Egomanie und Narzissmus vernebeln den Geist. Damit will ich unsere erste Besprechung, die sicher nicht die letzte sein wird, beenden. Ich habe im Restaurant eine gemütliche Ecke für uns reserviert. Wenn Sie einverstanden sind, treffen wir uns dort in 30 Minuten. Wir können uns dann näher mit unserem Unicum befassen." Ein schelmisches Grinsen überzog Antals Gesicht, während er genüsslich mit der Zunge über seine Lippen strich.

# Berlin

Es war der letzte Montag im Januar und mit acht bis neun Grad minus bitterkalt. Johannes ging in sein Büro und überflog die Post, die ihm seine Sekretärin bereits auf den Schreibtisch gelegt hatte. Eigentlich wollte er in Wiesbaden sein, aber er hatte es sich anders überlegt, denn das vergangene Wochenende am Velencer See war doch recht aufschlussreich und ergab Gesprächsbedarf mit Axel. Beim weiteren Sondieren seiner E-Mails entdeckte er eine Nachricht von Mark Renner:

*„Dear Johannes, please call back. Monday or Tuesday. Important. Greetings, Mark."*

„Oi, oi, oi", dachte Johannes. „Jetzt wird's langsam spannend." Zuerst aber Axel. Er nahm den Hörer in die Hand und wählte.

„Hallo und guten Morgen, Johannes. Was gibt's denn zu früher Stunde?", röhrte Axel ins Telefon, als hätte er am Abend zuvor zwei Fässer Bier leer gesoffen.

„Erstens: Ungarn – alles gut verlaufen. Details dann persönlich. Zweitens: Mark Renner hat mir eine Nachricht hinterlassen mit der Bitte, mich zu melden. Hast du etwas in diesem Zusammenhang, was ich beachten oder wissen müsste?"

„Nein, nicht direkt. Mach mal. Wir besprechen dann alles zusammen."

„Okay. Bis dann."

Johannes sah in seinem persönlichen Westentaschentelefonbuch nach der Nummer von Mark und wählte ihn an.

„Hi Mark, can you speak?"

„Yes."

„Du wolltest mich sprechen. Was gibt's denn?"

„Ich bin drei Tage in London. Könnten wir uns treffen? Es gibt einiges, was ich von dir wissen müsste, und einiges, was ich dir zu sagen hätte. Allerdings nur persönlich und vertraulich."

„Moment mal, ich schau in meine Agenda ... Okay. Es geht nur am Sonntag."

„That's great. Ich habe in unserem bekannten Hotel beim Hyde Park gebucht. An der Park Lane. Kann ich für dich reservieren?"

„Ja, aber nur eine Übernachtung."

\*\*\*

Weinmann war mit Kippler und Kohler inzwischen so weit, dass er sich ein ziemlich klares Bild von den befreundeten Familien machen konnte. Kohler war früher NVA-Major in der Abteilung Verwaltung und hatte sowohl Einblicke als auch Zugriff auf viele sensible Dateien und Materialien, etwa auf die Bestände von Waffen, Munition, Militärfahrzeugen und sonstigem Zubehör. Ebenfalls war er über die Örtlichkeiten der jeweiligen Depots eingeweiht, was ihn veranlasste, zwei nahe gelegene Bunker zu erwerben, die ihm als ideales Versteck für die von ihm ,verwalteten' Kriegswaffen dienten. Frau Kohler war inoffizielle Mitarbeiterin beim MfS und zeitweise Krankenhausangestellte mit Verantwortung für die Materialbestände gewesen. Radolf Kippler war Leutnant in Diensten der Volkspolizei gewesen, kurz Vopo genannt. Frau Kippler spielte keine wichtige Rolle in dieser Vierergemeinschaft. Sie war überwiegend als Hausfrau tätig. In der Info an Axel Kühlkopf, Klarmund und BKA-Chef Walter stand Folgendes:

„Nach den Vernehmungen der Familien Kohler und Kippler ergeben sich folgende Erkenntnisse:

Kohler und Kippler sind die Köpfe alter Seilschaften und einer kriminellen Vereinigung. Sie bedienten sich während der Wendezeit aufgrund ihrer Funktionen im alten System und den entsprechenden Kenntnissen sowohl materiell als auch finanziell in großem Stil. Startkapital für dubiose Geschäfte waren unter anderem Gelder aus Kombinatskassen und Verkäufe von diversem entwendetem Material aus dem Bestand der NVA. Die Erlöse wurden unter verschiedenen Decknamen bei etlichen Banken – auch im Ausland – untergebracht.

Details werden noch genauer geprüft.

Wie aus diversem Schriftwechsel und verschiedenen Dokumenten ersichtlich ist, hat Kohler zwei alte Bunker erworben, in denen wohl eine noch nicht feststehende Zahl von Armeematerial versteckt ist.

Fall Rabbi: Hier scheint es so zu sein, dass Kohler und Kippler eine rechtsradikale Gruppe finanziell unterstützten mit dem Ziel, die Linken zu demontieren. Geständnis von Herrn Kippler und Frau Kohler im Fall Braunbär und Anstiftung zu einer Straftat im Fall Rabbi.

Kippler und Kohler lehnen jedoch Anstiftung zu Mord ab. Wird vom Gericht zu klären sein.

Ein weiteres Ziel der alten Clique ist – wie vermutet – die Zersetzung der BRD, um langfristig wieder alte DDR-Zustände herzustellen. Dieses Vorhaben steht meines Erachtens im Widerspruch zur Unterstützung der Rechten. Man könnte aber davon ausgehen, dass die rechte Bande lediglich benützt wird.

Mit dem Fall Betonklotz scheinen sie allerdings nichts zu tun zu haben.

Die genauen Geldsummen auf den verschiedenen Konten müssen noch eruiert werden. Weitere Vernehmungen folgen."

\*\*\*

General Schütz, ein treuer und sorgender Familienmensch, lebte seinen Beruf mit all seinen Facetten. Nach seinem Abitur verpflichtete er sich bei der Bundeswehr für vier Jahre – also ein Zler. Danach war ihm nach Studieren. Bauingenieurwesen musste es sein auf der TU München. Ermutigt durch viele Gespräche mit einem Freund, entschied sich Schütz nach dem Studium wieder für die Bundeswehr als Berufssoldat. Nach verschiedenen Einsätzen kam für ihn die Versetzung zum Führungsstab des Heeres nach Berlin.

Urlaub mit seiner Frau und seinen zwei Kindern war für ihn immer das schönste Ereignis im Jahr. Reisen, Reisen, Reisen – ein schönes Hobby. Deshalb fiel es ihm leicht, seiner Frau vom Gespräch mit Gallo zu berichten.

„Was hälst du von einem Wochenendtrip nach Rom?", fragte er seine Frau, eine studierte Biologin. „Quasi als verspätetes Geschenk zum Hochzeitstag."

Ein langgezogenes „Ohhhhhh" füllte den Raum. „Ein Angebot, das ich nicht ablehnen möchte. Pasta und Pizza gibt's zwar auch hier um die Ecke, aber das römische Flair ist nicht kopierbar. Gerne, mein Schatz. Wann?"

„Demnächst. Kannst dich schon mal um die Klamotten kümmern."

Walter Schütz nahm sein Handy und rief Gallo an.

„Ich beziehungsweise meine Frau und ich kommen am 31.1. Ist das für euch in Ordnung?"

„È fantastico. Soll ich im Hotel reservieren?"

„Vielen Dank, aber wir erledigen das selbst. Ich gebe Bescheid, wann wir in Rom ankommen."

„Grazie. Ci vediamo."

\*\*\*

Johannes Klarmund machte sich Gedanken, was Renner ihm wohl zu sagen hätte. Eines war jedoch klar, er wollte sicher abschließende Erkenntnisse aus dem Fall ‚Betonklotz'. „Mal sehen, was mein BKA-Freund alles weiß."

„Hi Bernhard, hier Johannes. Hast du schon weitere Infos bezüglich der Betonleichen?"

„Ja, hab ich. Hätte dich deshalb sowieso in den nächsten Tagen angerufen. Eilt es sehr?"

„Im Prinzip ja, da ich mich demnächst mit Renner in London treffe. Es kann nicht schaden, wenn ich etwas ‚Futter' dabeihabe."

„Gut. Es ist, wie wir bereits angenommen haben: Eine Leiche war Doppelagent CIA/KGB mit weiterem Draht zur DGSE. Die zweite Leiche war Ex-Stasi-Mann und BND-Informant. Er hatte ebenfalls Kontakte zur DGSE und deshalb heiße Informationen über den Leuna-Deal. Es gibt einen Journalisten, der sich an den Stasi-Typen erinnern kann, da er ihm ein Geschäft angeboten hat. Dieses kam aber nicht zustande, da der Preis zu hoch war."

„Und wie kam der Stasi-Mann in den Betonklotz?"

„Da können wir nur spekulieren. Ich denke, dass sich DGSE-Leute den DDR-Spitzel zur Brust genommen und ihn samt seiner Gier nach Mafia-Art mit Beton einbalsamiert haben. Das Interessante dabei ist, dass beide Leichen einwandfrei erhalten und erkennbar sind. Aus nicht bekanntem Grund wurden sie zusätzlich konserviert. Vermutlich mit Formalin."

„Was kann der Stasi-Mann noch gewusst haben? Gibt es eine Aussage des Journalisten?"

„Er hat mir Notizen von damals gezeigt, die auf ein Leuna-Interesse der Russen schließen ließen. Dieses Geschäft wollten sich die Franzosen sicher nicht entgehen lassen. Ebenfalls ging es wohl um riesige Geldsummen und Schmiermittel, sprich Bestechungsgelder. Da wollte man nicht riskieren, dass ein kleiner, schmieriger Agent in die Suppe spuckt."

„Na ja, da ist einiges in der Politik gelaufen, an das sich keiner erinnern kann oder will. Aber das sind ja bekannte, alltägliche, chronische Krankheiten in diesem Milieu, die man nicht geheilt bekommt. Letzte Frage: Wie hat man die beiden umgebracht?"

„Es wurden Spuren von Rizin gefunden."

„Ich danke dir, mein Lieber. Du hast mir weitergeholfen. Moin."

# Rom/Berlin

Der General schaute aus dem Fenster der Linienmaschine von Berlin nach Rom. Die Flugzeit war laut Ansage des Piloten zwei Stunden und drei Minuten. Das bedeutete für ihn und seine Frau, dass sie circa um 9:30 Uhr vor Ort sein würden. Eine gute Zeit, da sie dann den ganzen Tag für sich zur Verfügung haben würden. Schütz sah unter sich die schneebedeckten Alpen und wenig später jedes einzelne Auto auf den Straßen fahren. So klar war die Sicht. Immer wieder imposant dachte er, während seine Gattin den Prospekt der Fluggesellschaft studierte.

Nach einer vorbildlichen Landung auf dem Flughafen Aeroporto di Roma-Fiumicino „Leonardo da Vinci" wurden der General und seine Frau von Gallo persönlich empfangen.

„Buongiorno amici. Fantastico che voi tu sia qui. Ich werde Sie zu Ihrem Hotel fahren. Wo haben Sie gebucht?"

„In einem englischen Hotel in der Via Napoli."

„Das ist mir bekannt. Ein schönes Haus im alten Stil und sehr zentral gelegen. Gratulation. Die haben immer gute Bewertungen, geschmackvoll eingerichtete Zimmer, eine schöne Hausbar und ein opulentes Frühstück.

Okay, andiamo. Eccoci qui. Es sind von hier knapp über 30 Kilometer. In etwa 30 bis 40 Minuten werden wir dort sein. Es ist Winter und noch nicht so viel Verkehr. Wie lange bleiben Sie hier?"

„Bis Montag. Also vier Tage. Wann haben Sie Ihre Besprechung?"

„Samstag oder Sonntag. Wie Sie wollen."

„Ich bin Gast. Ich richte mich nach Ihnen."

„Gut. Dann morgen. Wenn Ihre Gattin möchte, würde meine Frau für die Zeit der Besprechung etwas arrangieren. Sie spricht Deutsch. Also kein Problem."

„Möchtest du?", fragte Schütz seine Frau.

Isabel Schütz, eine extrovertierte und weltoffene Person, ließ im Fahrgastraum des Alfa Romeo Stelvio ein jubelndes „Ja, gerne!" erschallen. Beim Bummel durch die Stadt würde sie bestimmt etwas für ihre Hobbys finden. Wolle zum Stricken, Farben zum Malen, ein Kochbuch vielleicht?

„Sehr gut. Dann werde ich Sie um 11 Uhr am Hotel abholen", sagte Gallo.


Pünktlich um 11 Uhr stand Adriano Gallo an der Rezeption des Hotels. Das gefiel dem General, da er als Soldat Pünktlichkeit im Blut hatte. Für Südländer ist das keine selbstverständliche Tugend, aber vom Verteidigungsminister darf man das erwarten.

Frau Gallo nahm die Gattin von Schütz temperamentvoll am Arm und verabschiedete sich mit den Worten: „Viel Erfolg für euch. Wir werden gegen 16 Uhr wieder hier sein."


Im Nebenzimmer eines feinen Restaurants, es war mitten in der Stadt, im Erdgeschoss, wartete der Capo dell'Arma dei Carabinieri, Dr. Paolo Mazza. Nach den üblichen Begrüßungsfloskeln kam man rasch zur Sache.

Paolo Mazza begann mit den Worten:

„Seit 1949 hatten wir 64 Regierungen. Das heißt, grob gesagt, fast jedes Jahr eine Neue. Das ist ein Zustand, der bis heute kein Vertrauen in die Bevölkerung gebracht hat und – wenn es so weitergeht – auch keines bringen wird. Von Seriosität und Verlässlichkeit kann hier keine Rede sein. Weder für die nationale noch für die internationale Politik. Korruption von Como bis Agrigento. Kriminalität von Agrigento bis Como und darüber hinaus. Flüchtlinge ohne Ende, für die wir kaum Unterkünfte haben und Arbeit schon gar nicht. Wir haben eine Arbeitslosenquote von über zehn Prozent. Hilfe von Brüssel – Fehlanzeige. Erpressung, Nötigung, Mord und Totschlag sind an der Tagesordnung. Die Organisierte Kriminalität ist wie ein Krake, den man nicht mehr loswird, und was noch schlimmer ist, sie gewinnt immer mehr an Macht und Einfluss.

Wer und was hinter den Lobbyisten steckt, ist ebenfalls mehr als fragwürdig. Mein Freund Adriano und ich haben es so satt. Wir wollen kurz gesagt eine bessere Zukunft. Was sich in unserem Land abspielt, ist nicht mehr zu ertragen – es ist zum Kotzen."

„Bis hierher alles verständlich", sagte Schütz. „Und wie wollen Sie das alles ändern?"

„Das ist sehr diffizil. Wir sind mit unserem Minister für europäische Angelegenheiten im Gespräch. Nur er ist für uns ein weiterer Vertrauensmann innerhalb der Regierung. Da die deutsche Regierung sehr großen Einfluss auf die europäische Politik hat, ihr unsere NATO-Partner seid und wirtschaftlich eine Vorbildfunktion habt, liegt es nahe, dass wir euch ins Vertrauen ziehen.

Wir brauchen eure politische und moralische Unterstützung, wenn wir eine landesweite Korrektur einleiten werden. Ich denke, dass wir, das heißt das Militär und die Carabinieri, so stark sind, dass wir das in kürzester Zeit erledigen können. Was uns danach sehr wichtig ist, ist, dass die Zusammenarbeit in allen grenzüberschreitenden Bereichen mehr als reibungslos funktioniert."

„An welche Bereiche denken Sie?"

„Wie schon bereits angedeutet: Angleichung der juristischen Bestimmungen, Gesetze zur Bekämpfung der OK und der Korruption. Hier sind noch zu viele Defizite, um effiziente Ergebnisse zu produzieren. Da ich Rechtswissenschaften studiert habe, erlaube ich mir, die Situation entsprechend zu beurteilen. Unterstützung bei der Bewältigung der riesigen Flüchtlingsprobleme. Das heißt unter anderem eine Änderung und Intensivierung der Entwicklungshilfepolitik. Beschreitung neuer Wege auf dem Arbeitsmarkt, um die Arbeitslosenzahlen in den Griff und auf ein Level unter fünf Prozent zu bekommen, und last, but not least die Lobbyisten unter Kontrolle bringen. Das wären zunächst die vordringlichsten Aufgaben. Könnten Sie und die deutsche Regierung sich mit unseren Vorstellungen identifizieren?"

„Ich kann nicht für die Regierung sprechen, wobei ich auch zugeben muss, dass ich hier und derzeit einige Zweifel habe, dass der unbedingte Wille zu Veränderungen vorhanden ist. Ich persönlich sehe die Angelegenheit eher aus Ihrer Perspektive. Zur Flüchtlingsfrage will ich bemerken, dass wir zwischen Wirtschafts- und Kriegsflüchtlingen unterscheiden müssen. Aber ich denke, dass Sie das bereits getan haben."

„Haben wir", warf Gallo ein. „Mein spanischer Freund Manuel Ramirez – ich glaube, Sie kennen ihn sicher als General der Armada Española – hat mich deshalb schon einige Male angerufen. Auch die suchen nach Lösungen beim Flüchtlingsthema – unter anderem. Ich kann mir vorstellen, dass die Spanier Interesse an einer ernsten Kooperation mit uns haben."

„Das ist sehr interessant", fügte Schütz ein, „und würde die Angelegenheit rundmachen. Können Sie hier im gemeinsamen Interesse noch aktiver werden?"

„Ich werde mich darum kümmern", sagte Gallo, „und Sie über weitere Erkenntnisse informieren. Aus den Gesprächen mit Ramirez entnehme ich, dass dort Bestrebungen im Gange sind, die in unsere Richtung laufen. Nehmen Sie das bitte nur als unverbindliche und vorläufige Interpretation von mir."

„Alles sehr aufschlussreich und interessant. Eine Frage hätte ich noch: Wie sieht es mit Ihren Geheimdiensten aus? Sind sie über Ihre Vorhaben informiert? Wenn ja, ziehen sie mit – wenn nein, wird das ein Problem?"

„AISE, AISI und CII sind informiert, halten sich aber bedeckt", antwortete Gallo. „Keine Gefahr. Im Ernstfall sind sie auf unserer Seite."

„Sehr gut", bemerkte Schütz, „aber jetzt bekomme ich langsam etwas Hunger. Gibt's hier Gutes zu essen?"

„Und ob. Wir sind hier Lichtjahre von einer Imbissbude entfernt."

Gallo erbat beim Ober die Speisekarte, die für Feinschmecker geradezu prädestiniert war. Darin waren unter anderem zu finden: als Vorspeise Hummer auf gebrannter Jungzwiebel oder marinierter Büffel mit Kerbelwurzel, als Zwischengericht gebackene Zucchiniblüte mit Kaviar, als Hauptgericht und Gourmetmenü Lammrücken mit schwarzen Linsen, Escalopes von der Entenstopfleber und Kürbis mit Fenchelsamen-Aroma in Ton gebacken sowie als Nachtisch Konsistenzen von Waldbeeren und Kakao-Grué-Eis.

„Bestellen Sie, Herr Schütz, bestellen Sie. Sie sind natürlich unser Gast und eingeladen."

„Vielen Dank, meine Herren. Ich fühle mich geehrt. Darf ich mit Ihnen auf das Wohl unserer Mitbürger anstoßen und Ihnen gleichzeitig – als Ältester in dieser Runde – das Du anbieten?"

Gallo und Mazza waren etwas überrascht, freuten sich jedoch gleichzeitig über dieses Angebot, nahmen das Glas mit bestem Amarone in die Hand und sagten:

„Na dann: Salute."

Kurz vor 16 Uhr waren Gallo und Schütz wieder im Hotel, um ihre Frauen nicht warten zu lassen. Entgegen sonstigen Erfahrungen waren die Damen pünktlich wieder zurück und, wie hätte man es anders erwarten können, mit Tüten, die unschwer auf eine erfolgreiche Einkaufstour schließen ließen.

„Hast du dir auch etwas von der Stadt angeschaut?", wollte der General wissen.

„Ja natürlich, die Via del Corso zum Beispiel und die Via Condotti. Den Rest machen wir dann zusammen. Übrigens: Frau Gallo ist eine tolle Stadtführerin und spricht ausgezeichnet Deutsch, da sie von Beruf Lehrerin für Geschichte, Geografie und Deutsch ist."

\*\*\*

Kaum zu Hause, informierte der General Axel Kühlkopf über seine Reise nach Rom.

„Das sind ja tolle Nachrichten. Ich werde das Gefühl nicht los, dass wir unserer Sache immer näherkommen. Mal sehen, was Johannes für Neuigkeiten aus London mitbringt. Ich danke dir für die Info. Wir sehen uns bald wieder. Servus."

***

Erich Weinmann bereitete sich auf eine weitere Vernehmung von Kohler und Kippler vor. Er war in einer Stimmung zwischen Traurigkeit, Enttäuschung, Frustration und Wut. Es war ihm unverständlich, dass nach der Wende, die den Bürgern in den neuen Bundesländern seiner Meinung nach nur Gutes brachte, Bestrebungen im Gang waren, die alles wieder zunichtemachen konnten. Aber wenn man vergisst, so sagte er sich, ist die Vergangenheit umso schöner.

„Herr Kohler, wir wissen inzwischen, dass Sie und Kippler auf verschiedenen Konten im In- und Ausland Geldsummen angelegt haben, die vom Umfang her nicht nur aus Verkäufen von Waffen, Munition und dergleichen stammen können. Wir haben auch Hinweise, dass Ihre Geschäftsbeziehungen über den Immobilienbereich hinausgehen und die Organisierte Kriminalität in weiteren Bereichen berühren – außerhalb des Waffen- und Kriegsmaterialhandels. Dafür gibt es sogar Zeugen, die an weiterer Zusammenarbeit mit Ihnen nicht mehr interessiert sind."

„Damit habe ich nichts zu tun. Das müssen Sie mir glauben."

„Diesen blöden Spruch hören wir in jedem Kriminalfilm. Bei uns zieht der aber nicht. Wollen Sie uns nicht etwas über den Drogenhandel erzählen? Über die Entsorgung von Problemmüll, wie zum Beispiel Plastikmüll und sonstigen Giften?"

„Ich weiß davon nichts."

„Schon klar – aber ich. Ihre Frau und Herr Kippler sind da wesentlich kooperativer. Wir haben Zeit. Mehr als Ihnen lieb sein kann."

Weinmann erwähnte natürlich nicht, dass Frau Kippler von ihrem Zeugnisverweigerungsrecht Gebrauch machte.

„Ich spreche, wenn überhaupt, nur in Anwesenheit meines Anwaltes."

„Okay. Abführen."

# London

Johannes betrat gerade sein Hotelzimmer, als das Haustelefon klingelte.

„Ja, bitte."

„Hier Mark. Schön, dass du gekommen bist."

„Woher weißt du, dass ich schon hier bin?"

Mark Renner lachte schallend ins Telefon „Das ist doch die leichteste Übung, wie du wissen solltest. Treffen wir uns in 20 Minuten in der Lobby?"

„Einverstanden."

Mark und Johannes bestellten sich ein Taxi und ließen sich über Hyde Park Corner und Piccadilly Circus zum Trafalgar Square fahren. Von dort aus machten sie sich zu Fuß auf den Weg in Richtung Themse bis Whitehall Gardens.

„Du willst mit mir jetzt aber nicht ins Verteidigungsministerium oder gar in die Downing Street", sage Johannes mit einem Augenzwinkern.

„Natürlich nicht", erwiderte Mark, „erstens haben wir dort nichts zu tun, und zweitens sind das nicht deine allerbesten Freunde, wie ich weiß. Und nach dem Brexit schon gar nicht. Das ist mir auch bekannt. Was hältst du vom Brexit?"

„Na ja, jede Medaille hat zwei Seiten. Die eine ist: Es wird für den Handel einige Erschwernisse geben, das Geld der Briten wird der EU fehlen und der Austausch auf dem Arbeitsmarkt wird schwieriger. Die andere Seite ist: Der Handel wird weitergehen, auch wenn einiges teurer wird. Für den Arbeitsmarkt werden sicher brauchbare Lösungen gefunden, und was das Geld der Briten angeht, sehe ich das mit relativer Erleichterung. Die EU wird dadurch nicht in die Pleite rasseln, nur weil wir einen Rosinenpicker weniger haben. Dieses ‚Alles haben wollen und nichts geben wollen‘ stört mich am meisten. Aber das ist leider auch bei einigen anderen zu beobachten. Over is over."

„Ich will nicht schadenfroh sein, aber es ist beruhigend zu sehen, dass im alten Europa auch nicht alles funktioniert."

„Sag bitte nicht mehr das alte Europa. Diese Äußerung, du weißt von wem, kommt nicht so gut an, wenn man weiß, worum es damals ging."

„Okay. Du hast recht. Ich werde mich bessern, da ich derartige Bemerkungen im Prinzip auch nicht mag. Wie steht es eigentlich mit den Ermittlungen im Fall der Leuna-Leichen?"

„Ich habe einen Bericht dabei mit Grüßen von meinem Freund Bernhard Walter. Gebe ich dir im Hotel. War eine ziemlich brutale Geschichte und passte zur damaligen Vorgehensweise einiger Politiker und Konzernchefs."

„Nehmen wir einen Drink?", wollte Mark wissen.

„Gerne. Wo?"

„Ich kenne einen wunderschönen Pub am Trafalgar Square. Super eingerichtet – Old England style. Wollen wir?"

„Bitte sofort", kam von Johannes mit dem breitesten Grinsen, das er anbieten konnte.

Nach dem Abendessen setzten sich Mark und Johannes in eine Ecke, wo die Ruhe lediglich durch gedämpfte Barmusik unterbrochen wurde. Aus dem Lautsprecher tönte sinnigerweise der Song *My Way*. Da sich hier keine weiteren Gäste aufhielten, begann Mark das Gespräch.

„Hör mir bitte jetzt gut zu. Was ich dir sage und zu lesen gebe, ist nicht nur ‚confidential‘, sondern ‚topsecret‘. Es geht um ‚covert operations‘, verdeckte Operationen.“ Mark breitete seine Liste auf dem Tisch aus mit dem Kommentar „Schau es dir genau an. Das ist mein 15-Punkte-Programm“.

Johannes las alles – Punkt für Punkt. Satz für Satz.

„Mir wird fast schwindelig“, entfuhr es ihm, „weshalb machst du das? Wie willst du in Gottes Namen das alles durchziehen? Wen hast du zur Unterstützung?“

„Meine Antwort: Erstens. Ich kann diese Egomanen, Narzissten und selbstgefälligen Schwachköpfe nicht mehr ertragen und aushalten. Sie schaden unserem Land und darüber hinaus einer sinnvollen globalen Politik. Ebenfalls sind Teile unserer Gesellschaft eine Gefahr für die Allgemeinheit. Da muss man gegensteuern. Zweitens: Ich sagte es bereits – es wird eine covert operation. Drittens: Mit der Hilfe meines Freundes Kirk Dannemann – er ist Sterne-General beim Marine Corps –, der Nationalgarde und meinen Leuten wird es möglich sein.“

„Das ist ja genial. Das wären doch Perspektiven für eine friedliche und gesunde Zukunft.“

„Stimmt“, bemerkte Mark, „der mögliche Haken an der Sache sind die Russen. Gerne würde ich die Burschen überzeugen, weiß aber nicht, ob ich sie ins Boot bekomme. Wie sieht es bei euch aus? Kann ich mich zu hundert Prozent auf die Deutschen verlassen?"

„Kannst du. Ich sage dir auch weshalb. Es gibt auch bei uns viele Ungereimtheiten, die wir ändern wollen. Es gab schon Gespräche von mir mit einigen politischen Akteuren. Alles läuft in die gleiche Richtung."

„Darf ich wissen, mit wem du gesprochen hast?"

„Klar, es wird deine Stimmung wesentlich verbessern. Mit Dr. Antal aus Budapest, mit Akin Aslan aus Ankara und mit – jetzt kommt's – Michail Komarow aus Moskau. Wie du weißt, alles Kollegen. Alle unzufrieden."

„Das überrascht mich doch sehr. Gibt es sonst noch Kontakte?"

„Ja, unser Kollege General ist heute in privater Mission in Rom. Mal sehen, was er mitbringt. Nach meiner Einschätzung macht Komarow keine Schwierigkeiten. Im Gegenteil. Er wird froh sein, wenn du auf ihn zukommst. Du solltest ihn baldmöglichst konsultieren."

„Werde ich tun."

„Noch etwas", fügte Johannes an. „Wenn du mit Komarow gesprochen hast, wäre ein Treffen in der Schweiz angebracht. Aber nur mit dem involvierten Personenkreis."

„Gute Idee. Du bekommst von Jeff Manson eine E-Mail mit Ergebnissen."

Noch einige Gin Tonics, und der Abend ging harmonisch zu Ende.

# Washington, D. C.

Mark Renner war kaum zurück in seinem Büro, als er die ihm bekannte persönliche E-Mail-Adresse von Komarow in seinem Notebook eintippte. Er schrieb:

„Hello Mr. Komarov. Gotta talk to you. Urgent – confidential – personal. Meeting point Berlin. If possible within the next 14 days. Please answer quickly. Regards Mark Renner."

# Berlin

Es war inzwischen Anfang März. Die Sonne bekam jene Kraft, nach der Sonnenanbeter sich so sehnten. Zu dieser Gilde gehörte auch Axel. Im April geboren, zählte er zu dem Personenkreis, der es liebt, wenn es wieder grünt, die Schneeglöckchen und die Krokusse ihre Blüten zur Schau stellen und die Natur zum Leben erwacht. Parallel zum Erwachen der Natur wurde auch die Arbeit von Axel immer mehr.

„Uschi, was haben wir diese Woche auf der Agenda?" kam aus seinem Büro, die Frage aller Fragen – jeden Montag zu Beginn des Arbeitstages.

„Oooh, da gibt es eine ganze Menge, wie ich sehe: Gespräche mit Sportfunktionären, Gespräche mit dem Gesundheitsminister, Gespräche mit Wohnbaugesellschaften, Gespräche mit deinen Freunden und viele Briefe, die zu schreiben sind."

„Gut, dann fangen wir mit dem Gesundheitsminister an, denn wie es aussieht, schlittern wir in eine Pandemie hinein, die uns einiges abverlangen wird. Von China kommt nichts Gutes. Deshalb hat dieses Thema jetzt Priorität. Terminiere bitte jeweils ein Gespräch mit dem Gesundheitskollegen, dem Sportbund und meinen vier Freunden."

„Mach ich. Und was ist mit der Korrespondenz?"

„Dafür bekommst du nachher mein Diktafon. Hast du heute Abend etwas vor?"

„Nein, weshalb?"

„War nur eine Frage, falls wir mit dem Nötigsten bis 17 Uhr nicht fertig werden. Könnte ja sein, dass wir etwas länger arbeiten müssen."

„Kein Problem. Allerdings habe ich heute keinen fahrbaren Untersatz. Ist in der Werkstatt, und spätabends fahre ich nicht mehr gerne U-Bahn. Du müsstest mich nach Hause fahren."

„Mach ich gerne. Ich weiß, du wohnst in Charlottenburg. Aber wo genau?"

„Am Charlottenburger Ufer. Ich kann gleichzeitig das Schloss und die Spree sehen."

„Das ist ja eine tolle Lage. Würde ich gerne mal näher betrachten."

„Wir werden sehen."

Diese Antwort hatte etwas, das alles vermuten ließ. Es könnte ein Ja oder auch ein Nein sein.

„Aber erst einmal danke fürs Angebot. Übrigens, es sind nur circa zwölf bis 15 Minuten von hier. Also keine riesige Entfernung."

# Moskau

Komarow war recht erstaunt, als er die E-Mail von Renner gelesen hatte. Er überlegte, ob das eine Initiative von Renner persönlich war oder ob der Deutsche dahintersteckte. Was soll's, sagte er sich, Hauptsache, es geht vorwärts. Was ist als Nächstes zu tun, fragte er sich. Klar, meine Vertrauenspersonen informieren. Er nahm sein abhörsicheres Telefon und kontaktierte seinen IT-Experten Igor Petrow, Politikwissenschaftler Prof. Sergej Orlow und Heeresmarschall Jegor Sokolow mit der Bitte, sich mit ihm am kommenden Sonntag um 14 Uhr in Zivilkleidung zu treffen. Er lud seine drei Intimi zu sich nach Hause ein. Komarow hatte sich nach seiner Scheidung eine Drei-Zimmer-Wohnung im Stadtteil Twerskoi genommen. Von hier aus hatte er es auch nicht allzu weit zur Duma und zu seinem Dienstgebäude und Büro. Nicht allzu weit – alles relativ in einer Stadt mit vielen Millionen Einwohnern. Offiziell so zwölf bis 13 Millionen. Genau weiß man das bei solchen Großstädten nie.

Am Sonntag waren alle pünktlich in Komarows Wohnung. Er berichtete von Mark Renners Einladung und besprach nochmals eingehend alles, was bereits x-mal durchgekaut wurde. Es waren dieselben Punkte, die er mit Johannes Klarmund in Berlin besprochen hatte.

Jegor Sokolow, ein erfahrener Soldat und Verwaltungsmann mit politischem Gespür, meldete sich und wollte wissen, wo denn der Treffpunkt wäre.

„Er möchte, dass wir uns in Berlin treffen. Es ist jedoch noch nicht entschieden, wo."

„Unsere Botschaft ist aber genauso ungeeignet wie die der US-Amerikaner", gab Sergej Orlow zu bedenken.

„Das ist auch meine Meinung", sagte Komarow. „Ich werde mit Johannes Klarmund Kontakt aufnehmen und fragen, ob er uns einen unverfänglichen Treffpunkt vorschlagen kann."

Damit waren alle einverstanden. Zum Abschluss gab es, wie in Russland nicht unüblich, einen kräftigen Schluck Wodka. Bei Marschall Sokolow wirkte Wodka Wunder. Zwei bis drei Gläser, und sein vergrämter und humorloser Gesichtsausdruck – eingebrannt durch viele hässliche und brutale Erlebnisse – verschwand. Jegor Sokolow wurde als junger Soldat zu diversen Diensten in verschiedenen Straflagern eingeteilt. Bis zum Erbrechen bekam er mit, wie mit teilweise unschuldig Inhaftierten umgegangen wurde. Wie sie untergebracht waren, wie sie schikaniert und gefoltert wurden. Wie man ihnen buchstäblich das Leben zur Hölle machte, mit härtester Arbeit und minimalster Verpflegung. Diese barbarischen Erlebnisse ließen ihn nie mehr los und waren auch ein Grund, weshalb er sich entschloss, sich Komarow anzuschließen.

„Also", sagte Komarow zum Abschluss, „werde ich dem Amerikaner zusagen und mit Klarmund einen geeigneten Treffpunkt vereinbaren. Mir wäre es recht, wenn einer von euch mich begleiten würde. Ich denke an Sergej oder Jegor. Sergej – wärst du bereit?"

„Kein Problem. Mach ich."

„Danke. Das war's für heute."

# Rom/Madrid

Adriano Gallo saß in seinem Büro. Die Espressomaschine röhrte und gurgelte, als würde sie in den nächsten Minuten ihren Geist aufgeben.

Fest entschlossen, das Begonnene erfolgreich zu Ende zu bringen, rief er deshalb, nachdem General Schütz abgereist war, umgehend seinen Freund Manuel Ramirez in Madrid an. Er erzählte ihm vom Treffen mit Schütz und den Möglichkeiten, die sich ihnen bei einem Zusammenschluss bieten würden. Er machte auch darauf aufmerksam, dass nationale Probleme vorrangig von jedem Land eigenständig geregelt werden müssten, es sei denn, es würde explizit um Hilfe jeglicher Art gebeten. Gallo war sich darüber im Klaren, dass es für Ramirez zwar ein Tanz auf der Rasierklinge sein könnte, da er als Katalane – in Barcelona geboren – viel riskierte, sich aber auch die Möglichkeit böte, mit Zugeständnissen versöhnend einzuwirken, um die Situation auf friedlichem Wege zu bereinigen.

Ramirez seinerseits hatte ein offenes Ohr für die Ideen von Gallo und bat diesen, ihn zu einer möglichen Sitzung einzuladen.

# Berlin

Es war inzwischen 19 Uhr. Arbeit wäre noch genug vorhanden gewesen. Axel wollte Uschi jedoch nicht zu spät nach Hause fahren, um ein zeitliches Polster zu haben. Man kann ja nie wissen. Deshalb:

„Uschi, wir sollten jetzt Feierabend machen. Der Rest geht morgen auch noch."

„Wenn du meinst, dann räume ich jetzt meinen Schreibtisch auf."

„Ich meine."

Axel reihte sich mit Uschi ein in die Fluten des Feierabendverkehrs. Stop-and-Go auf den mehrspurigen Straßen. In Berlin war immer Feierabendverkehr. Morgens, mittags, abends. Selten, dass es lief wie geschmiert. Nach 20 Minuten waren sie am Charlottenburger Ufer. Man spürte und erkannte an den Lichtverhältnissen, dass es in Richtung Frühling ging. Nicht nur die Vögel, die pausenlos in den Bäumen und Büschen durcheinanderzwitscherten, bekamen Frühlingsgefühle, nein, auch Axel spürte jetzt Leben in und an seinem Körper. Er stieg aus, nahm Uschi in den Arm und verabschiedete sie mit einem überraschenden, aber zärtlichen Kuss auf den Mund, während er sie herzlich drückte.

„Ich weiß, du würdest jetzt am liebsten mit nach oben kommen, aber ich denke, jetzt ist nicht die beste Zeit dafür."

„Schade, aber du hast recht. Vielleicht ein andermal."

„Tschüss mein Lieber, komm gut nach Hause. Bis morgen."

Am nächsten Morgen.

„Uschi, hast du alle Termine schon vereinbart?"

„Fast alle. Die mit deinen Freunden noch nicht."

„Das ist gut so. Streich das aus deiner To-do-Liste. Ich regle das anders."

Im nächsten Moment ging das Telefon.

„Johannes hier. Hast du Zeit?"

„Für dich immer. Was gibt's?"

„Komarow hat mich kontaktiert. Er will sich mit Mark Renner treffen. Hier in Berlin. Die jeweiligen Botschaften kommen aus logischen Gründen nicht infrage. Ich suche nach einem geeigneten, etwas abgelegenen Ort. Fällt dir etwas ein?"

„Ihr habt doch, soviel ich weiß, einen entsprechenden Immobilienbestand."

„Stimmt. Aber darüber wissen schon wieder zu viele Bescheid."

„Ich wüsste etwas", sagte Axel, „in Potsdam. Ein kleines Haus. In der Nähe vom Cecilienhof. Gehört meinem Schwiegervater. Wäre recht unverfänglich. Also risikofrei."

„Verfügbarkeit?"

„Zu jeder Zeit. Wird so gut wie nicht mehr genutzt. Ist aber in einwandfreiem und sauberem Zustand."

„Das wäre ja super und nebenbei recht geschichtsträchtig. Dieses Mal, so hoffe ich, in einem positiveren Sinne. Machst du alles klar für eine Übergabe?"

„Mach ich. Noch was, Johannes, wie war eigentlich dein Trip nach London?"

„Stimmt. Darüber haben wir noch gar nicht gesprochen. Ich werde es schriftlich zusammenfassen und dir zukommen lassen. Ist das okay?"

„Ist okay. Wir müssen uns sowieso noch einmal treffen, um auch die römischen Erkenntnisse vom General zu besprechen. Ich melde mich – auch deshalb."

Johannes Klarmund setzte eine verschlüsselte Nachricht an Komarow und Mark Renner ab:

**„Geheimer Ort ist vorhanden und reserviert.**
**14. bis 15. März. Sie werden am Flughafen**
**abgeholt. Bitte Anreisetermin bekannt geben.**
**Gruß Klarmund."**

Komarow seinerseits informierte sofort Mark Renner und bestätigte diesem, dass er in Begleitung von Sergej Orlow das Treffen wahrnehmen würde. Er bat ihn auch, das weitere Prozedere mit Klarmund abzusprechen.

Nachricht von Mark Renner an Komarow und Klarmund:

**„Termin Anreise: 14. März.**
**Termin Abreise: 15. März.**
**Teilnehmer: Mark Renner,**
**Kirk Dannemann."**

\*\*\*

In Potsdam standen die Osterglocken und Forsythien schon in voller Blüte, als die Russen und die US-Amerikaner in Berlin eintrafen. Klarmund holte die Gäste natürlich persönlich am Flughafen ab und fuhr sie in seinem privaten Pkw zum vereinbarten Domizil.

Dort angekommen führte er sie durchs Haus mit den Worten: „Es gibt hier außer Küche und Wohnraum zwei Schlafzimmer sowie ein Bad im oberen und eine Dusche im unteren Stockwerk. Der Kühlschrank ist voll, Getränke sind hoffentlich genug vorhanden. Sollten Sie auswärts essen wollen, sagen Sie mir Bescheid, ich werde Sie begleiten. Ansonsten haben Sie nun Gelegenheit, zusammen unter einem Dach zu wohnen und zu beweisen, wie ernst es Ihnen mit einer Freundschaft ist. Wir treffen uns morgen hier um 9 Uhr. Viel Erfolg."

\*\*\*

Sonntag, 15. März. Johannes fuhr mit einem unguten, aber gleichzeitig auch erwartungsvollen Gefühl in Richtung Cecilienhof/Potsdam, um die Gäste abzuholen. Was er im Haus sah, verschlug ihm die Sprache. In der Küche sah es aus wie auf einem Schlachtfeld. Überall lagen Abfälle von Lebensmittelverpackungen, randvolle Aschenbecher und leere Flaschen von Wein und Wodka, Whisky und Bier, die wie Nippes auf den Möbeln standen, was auf eine wilde Orgie schließen ließ.

„Wie mir scheint", sagte Johannes zu den Kollegen, „habt ihr euch ja prächtig verstanden."

„Wir können nicht klagen", bestätigte Komarow mit einem verkaterten Lachen. „Unsere neuen Freunde konnten gut mithalten – Kompliment."

Johannes freute sich nicht nur über den Verlauf, nein, es fiel ihm auch ein riesiger Stein vom Herzen.

„Kann ich davon ausgehen, dass ihr euch einig geworden seid?"

Ein kraftvolles „Yes" kam von Dannemann, und Mark Renner fügte hinzu: „Wir werden ein völlig neues Kapital in der Geschichte aufschlagen. Da werden sich noch einige die Augen reiben."

„Sehr gut", sagte der BND-Chef zufrieden, „dann schlage ich vor, dass wir uns in circa einem Monat in der Schweiz treffen. In Bern. Wer möchte es organisieren?" Komarow meldete sich mit den Worten: „Am besten wäre es, wenn Sie das übernehmen würden. Bei Ihnen laufen die Fäden zusammen. Sie haben die meisten Kontakte und das Vertrauen."

„So viel Ehre auf einmal ist ja fast nicht auszuhalten. Aber danke. Dann werde ich das in die Wege leiten. Ich informiere euch. Einen recht herzlichen Dank nochmals für eure Mühe und das Kommen." Johannes suchte im Kühlschrank nach einer Flasche Sekt. Da war noch Vorrat. Er öffnete eine und stieß auf den Erfolg mit den anderen an.

# Berlin

Es war schon Mitte April. Der 17., um genau zu sein. Axel und seine Freunde trafen sich nochmals, um die neuesten Erkenntnisse zu diskutieren und um sich über die Strategie zu einigen, die für ein Gelingen ihres Vorhabens von Wichtigkeit sein würde. Was ihnen gar nicht gefiel, war das Fortschreiten dieser Pandemie. Der ganze Zeitplan könnte durcheinanderkommen und das Unternehmen *Veränderung* infrage stellen.

„Was meint ihr zu dieser unangenehmen Geschichte?", fragte Axel in die Runde. „Ist unser Plan gefährdet?"

„Ich meine", so der General, „dass die Aufmerksamkeit, die jetzt der Pandemie zukommt, für uns nur von Vorteil sein kann. Die Prioritäten werden anders sein, und vieles wird in der nächsten Zeit weniger beachtet werden. Das müssen wir zu unserem Vorteil nützen."

„Du hast recht", ergänzte Johannes die Meinung der grauen Maus. „Was aber noch interessant werden wird, obwohl es uns nicht direkt tangiert, ist die Reaktion der Sportfunktionäre im Olympiajahr. Hast du, Axel, schon irgendwelche Infos?"

„Bisher nur vage. Ich könnte aber meinen Kopf dafür verwetten, dass die Verantwortlichen und all die geldgeilen Säcke im Umfeld von Olympia den Profit über die Gesundheit der Sportler stellen. Es sei denn, sie werden überstimmt. Natürlich ist es eine bittere Pille für die Athleten, wenn eine Veranstaltung dieser Bedeutung abgesagt wird. Der Mammon darf aber kein Kriterium sein, wenn es um die Gesundheit der Teilnehmer und Zuschauer geht. Alles andere wäre verantwortungslos. Sollten sich die sogenannten Eliten trotzdem für eine Ausrichtung aussprechen, müsste meines Erachtens gewährleistet sein, dass sie zusammen mit der ausrichtenden Nation alle daraus entstehenden Folgekosten für die Heilung der Infizierten übernehmen. Letztendlich hoffe ich aber doch auf die Einsicht und die Vernunft. Das Gleiche gilt natürlich auch für Großveranstaltungen beim Fußball. Aber nun zurück zu unserem Thema. Johannes wurde von Moskau und Washington gebeten, ein Meeting in der Schweiz zu organisieren. Bern sollte es sein, wenn ich mich nicht täusche. Wie sieht es mit der Organisation aus, Johannes?"

„Bin dabei. Allerdings habe ich Bern fallen gelassen und habe mich für Zürich entschieden. In Bern könnten uns zu viele bekannte Gesichter und Diplomaten über den Weg laufen. Ihr wisst ja, der Teufel ist ein Eichhörnchen. Zu gefährlich. Zürich ist besser – beziehungsweise Kloten. Ich habe bereits in einem dem Flughafen nahe gelegenen Hotel eine entsprechende Anzahl von Einzelzimmern gebucht. Wir werden natürlich alle inkognito anreisen. Die notwendigen Papiere bekommt ihr dann von mir. Termin ist, wie mit allen abgesprochen, das Wochenende 9. bis 10. Mai. Wenn sich keine Änderungen ergeben, werden es 24 Personen sein. Ich hoffe auf eine gute Veranstaltung – und dass keiner aus der Reihe tanzt."

***

„Uschi", ertönte es am nächsten Morgen in Axels Büro, „ich habe einen wichtigen Termin vom 9. bis 10. Mai in der Schweiz. Bitte nicht in die Agenda eintragen. Möchtest du mitkommen?"

„Was würden wir dort zu tun haben?"

„Was ich zu tun habe, kann ich dir jetzt noch nicht sagen. Was wir beide dort zu tun hätten wäre – na ja, ein paar schöne Stunden genießen."

„Das hört sich ja wieder einmal sehr verlockend an, lieber Axel. Ich könnte mir das auch sehr schön vorstellen, aber – ja, wenn das Aber nicht wäre."

„Was wäre dann?"

„Dann wäre alles gut. Aber es sprechen eben einige Dinge dagegen."

„Zum Beispiel?"

„Du bist nun mal verheiratet. Da ich aber ein geregeltes Leben einem unberechenbaren Lebenslauf vorziehe, ist eine engere Beziehung bei uns nicht sinnvoll. Darüber hinaus möchte ich nicht, dass durch einen blöden Zufall – falls uns jemand irgendwo und irgendwie ertappen würde – deine Karriere aufs Spiel gesetzt wird. Die Schlagzeilen in der Presse – nicht auszudenken."

„Ich liebe dich, deine Ehrlichkeit und deine verdammte Vernunft."

# Zürich/Kloten

Der Bedeutung des Flughafens entsprechend war auch die Anzahl der abfliegenden und ankommenden Flugzeuge aus aller Welt. Nach und nach landeten Maschinen aus New York, Johannesburg, Dubai und Hongkong. Aber auch aus Moskau, Istanbul, Madrid, Rom, Budapest, Berlin und Washington, D. C.

Hektisches Treiben und Gemurmel in verschiedenen Sprachen brachten die Angestellten des Hotels an der Rezeption nicht aus der Ruhe. Mit der selbstverständlichen Höflichkeit der Schweizer und einem freundlichen Grüezi wurden die Hotelgäste empfangen und auf ihre Zimmer begleitet. Johannes hielt die Gästeliste in der Hand und schaute sich nach seinen „Kollegen" um, von denen er alle kannte. Es war inzwischen 14 Uhr, als Johannes seine Liste als komplett abhaken konnte. Die US-Amerikaner reisten schon einen Tag früher, am 8. Mai, an um keine Unpünktlichkeit zu riskieren. Der BND-Chef führte alle in einen eigens dafür reservierten und ‚sauberen' Tagungsraum, wo ausreichend Getränke und Häppchen bereitstanden. Nach der üblichen Begrüßung durch Johannes übergab dieser an Axel. Er begann mit:

„Liebe Gäste, liebe Kollegen, liebe Freunde. Wir sind hier in der Absicht, die Zukunft unserer Heimatländer sowie die Lebensqualität auf globaler Ebene nachhaltig zu verbessern. Es ist uns allen – und das wurde aus vielen Gesprächen erkennbar – ein besonderes Anliegen, die Missstände in weiten Teilen dieser Welt dauerhaft zu beseitigen. Eine Herkulesaufgabe, die kein Land für sich alleine bewältigen kann. Ich freue mich deshalb umso mehr, dass wir zusammen eine Union des Friedens gründen werden. Gestützt auf Ehrlichkeit, Vertrauen, Achtung und Respekt. Gegenseitige Unterstützung in allen Belangen soll eine weitere Grundlage unserer Zusammenarbeit sein. Ohne Wenn und Aber. Eine verschworene Gemeinschaft. Zusammen sind wir sieben Nationen und so stark, dass wir niemanden fürchten müssen.

Die Menschen werden es irgendwann dankend anerkennen. Selbstverständlich werden die nationalen Probleme eigenständig zu lösen sein. Sollten sich hier jedoch Notwendigkeiten zur ‚Nachbarschaftshilfe' ergeben, was im einen oder anderen Fall denkbar ist, darf es kein Zögern geben. Das ist mein Wunsch und meine Idee. Danke. Ich schlage vor, dass in alphabetischer Reihenfolge der Hauptstädte unserer Länder die Gesprächsrunde eröffnet wird. Wenn alle einverstanden sind, beginnen wir mit Ankara, dann Berlin, Budapest, Madrid, Moskau, Rom und Washington."

Akin Aslan meldete sich und ergriff das Wort.

„Meine Herren, es ist kein Geheimnis, dass wir uns sowohl national als auch international in einer sehr problematischen Lage befinden. Deshalb will ich unsere Vorstellungen bezüglich einer multilateralen Zusammenarbeit darlegen. Ich habe eine Themenliste vorbereitet und für jeden von uns eine Kopie gefertigt. Diese Punkte sind für uns vordringlich und wichtig."

Es meldete sich Johannes:

„Wir brauchen viele Problemlösungen. Einige in unserem Kreis wissen inzwischen schon, was ich damit meine. Für die Anderen habe auch ich, so wie wir es vereinbart haben, eine To do Liste erstellt die ich hiermit austeile. Nicht vergessen dürfen wir den Umwelt-, Natur- und Klimaschutz. Auf diesem Gebiet wurde – und da schließe ich unser Land nicht aus – viel vor sich hergeschoben und relativ wenig bewegt. Gründe gibt es dafür viele, doch werden wir diese Themen verstärkt angehen müssen. Es wird bei konsequenter Umsetzung harte Einschnitte im Wohlstand geben, was vermutlich auch ein Grund war für die bisherige Inkonsequenz. Wir haben keine andere Wahl.

Wie Sie sehen, meine Herren gibt es viel zu tun."

Nun war Dr. Antal an der Reihe.

„Ich fasse mich kurz. All diese Punkte, die in der kurzen Zeit aufgeführt wurden, sind auch in unserem Themenkatalog enthalten, wobei ich insbesondere auf die Korruption hinweisen muss. So viel von unserer Seite."

Der Spanier Marco Ortega meldete sich.

„Gentlemen, Caballeros, unsere Probleme, die grenzüberschreitend gelöst werden können und müssen, sind die radikale Bekämpfung der Organisierten Kriminalität, der Korruption und des Lobbyismus. Des Weiteren unsere wirtschaftliche Situation inklusive der Arbeitslosigkeit sowie das Flüchtlingsthema. Die restlichen Probleme müssen wir in erster Linie selbst meistern. Danke."

Im Ablauf war nun Komarow dran. Alle Augen waren auf ihn gerichtet, und alle waren gespannt, was er im Köcher hatte.

„Kollegen, wir haben Ihnen eine kleine Liste erstellt, aus der Sie unsere Wünsche zu internationalen Themen ersehen können. Das sind – und Sie werden erkennen, dass sich unsere Vorstellungen mit den Ihren decken – Korruption und Lobbyismus, Menschenrechte, Pressefreiheit, Bekämpfung der Organisierten Kriminalität, keine Kriegslüsternheit von Regierungen, ein freundschaftliches Verhältnis zur EU und zu den USA, Klima- und Umweltschutz. Wenn Sie das akzeptieren wollen, steht von uns aus nichts im Wege. Das wäre erst einmal alles.“

Nun waren die Römer dran. Minister Andrea Conte wurde als Sprecher berufen.

„Colleghi e amici, ich sehe keine Unterschiede zu dem bereits Vorgebrachten. Auch bei uns sind die Themen nicht anders als bei Ihnen: Lobbyismus und Korruption, Bekämpfung der Organisierten Kriminalität, Flüchtlingsfragen, Wirtschaft und Arbeitslosigkeit, kranke Systeme reparieren. Wie Sie sehen, es wiederholt sich. Ergo befinden wir uns alle im selben Boot. Ich bin gespannt, was Washington an Wünschen im Gepäck hat.“

Mark Renner lachte und sagte:

„My dear friend Andrea Conte, ich könnte jetzt alles abkürzen mit den Worten: Ich schließe mich meinen Vorrednern an. Der Vollständigkeit halber will auch ich unsere Ideen darlegen. Die Wünsche unsererseits finden Sie in dem Ihnen vorliegenden Protokoll. Ganz wichtig sind für uns die Eliminierung von Clans, Milizen und kriminellen Gruppierungen, die international tätig sind sowie die dauerhafte Freundschaft zu Russland, der EU und vor allen Dingen innerhalb unserer Siebenergemeinschaft.

Noch ein Wort zum Sport: Nationale und internationale Sportverbände werden an die kurze Leine genommen, um einem Ausufern der Profitgier Einhalt zu gebieten. Jeder weiß inzwischen, was zum Beispiel die nächsten Olympischen Spiele kosten werden. Es werden die teuersten Spiele aller Zeiten sein, die eine verlogene Führungselite organisieren wird. Wo soll das alles noch hinführen? Die Sportler werden nur noch benützt und sind Mittel zum Zweck. Es ist an der Zeit, dass sich die Athleten zusammenschließen und auf die Barrikaden gehen, sich verweigern, sich nicht mehr benützen lassen und Menschenrechte einfordern, die in einigen Organisationen nicht gerne gesehen sind.

Das sind – außerhalb unserer nationalen Zielsetzungen – unsere Wünsche und Vorstellungen.

Wenn wir sieben uns einig sind, werden wir, Kollege Axel hat es bereits erwähnt, eine Macht sein, die gehört wird. Schluss mit dem Geschwätz von naiven Politikern. ‚Wir fordern …, wir fordern … Wir verurteilen aufs Schärfste, wir bedauern' und so weiter und so fort, und nichts geschieht. Dann die verlogenen Reden und Versprechungen vor den Wahlen, um hinterher nichts mehr davon zu wissen.

Anstatt uns zu bekämpfen und zu bedrohen, werden wir Synergien entwickeln, und zwar viel, viel mehr, als bisher möglich war. Es werden nicht wenige sein – auch bei den Medien –, die uns als Populisten, Spinner und auch als Diktatoren in eine Ecke stellen werden, wo wir nicht hingehören. Da sind sie immer schnell dabei. Aber das soll uns nicht hindern, unseren Weg zu gehen. Unser Ansinnen hat nichts mit primitivem Populismus zu tun, sondern mit gesundem Menschenverstand und deckt zudem noch gravierende Mängel in den Systemen auf, die behoben werden müssen. Ehrlichkeit und Tugend wohnen schon lange nicht mehr mit der Politik unter einem Dach. Wir müssen es ändern. Gegenseitige Beschuldigungen, Ausweisungen von Diplomaten etc., das alles ist Kindergarten für Erwachsene und wird, zumindest in unserem Kreis, der Vergangenheit angehören. Fehler zu machen, ist ein menschliches Manko. Man muss aber dazu stehen und den Fehler korrigieren können. Wie hat Aristoteles einst bemerkt:

*Einen Fehler durch eine Lüge zu verdecken heißt,*
*einen Flecken durch ein Loch zu ersetzen.*

Ich will bei dieser Gelegenheit darauf aufmerksam machen, und das soll gleichzeitig ein Vorschlag sein, dass wir uns für unsere Aktionen auf einen gemeinsamen Termin verständigen. Es wäre somit gewährleistet, dass wir zusammen einen Tag X für den Neubeginn hätten. So viel zunächst von mir beziehungsweise von uns."

Ein kräftiger Applaus für die leidenschaftliche Rede von Mark Renner war der Dank von allen.

„Vielen Dank, meine Herren", meldete sich Axel Kühlkopf wieder zu Wort. „Ich habe den Eindruck, dass unsere Vorstellungen in so gut wie allen Bereichen deckungsgleich sind, was eine wesentliche Erleichterung für unsere Arbeit sein wird. Ich schlage eine kleine Pause von 30 Minuten vor, um danach drei gemischte Arbeitsgruppen zu bilden, die die nächsten Schritte festlegen werden. Danke."

Die einzelnen Gruppen – jede Gruppe hatte mindestens einen Vertreter ihres Landes – waren gerade zwei Stunden bei ihrer Arbeit, als plötzlich ein ohrenbetäubender Knall die Räume erfüllte und diese leicht ins Vibrieren brachte. Jeder schaute jeden an. Kreidebleich waren die Gesichter. War es ein Erdbeben? Ein Attentat mit terroristischem Hintergrund? Die Alarmanlage des Hotels gab Töne von sich, die schriller nicht sein konnten. Aus den Lautsprechern in den Fluren tönte es unmissverständlich: „Bitte verlassen Sie sofort das Hotel. Begeben Sie sich nicht in Ihre Zimmer. Benützen Sie nicht die Aufzüge."

Die gesamte Gruppe um Axel stopfte eiligst ihre Dokumente in ihre Taschen, und alle 24 verließen wie angeordnet den Tagungsraum, um sich über das Treppenhaus ins Freie zu begeben. Glücklicherweise war das Hotel nicht ausgebucht, sodass sich das Gedränge auf den Treppen in Grenzen hielt. Unten angekommen sahen sie die Folgen der Explosion. Der Anbau des Hotels sah einer Kriegsruine gleich. Dunkle Rauchwolken stiegen zum Horizont. Heulende Sirenen und Martinshörner näherten sich dem Gebäude. Nur wenige Minuten danach waren auch schon alle Hilfskräfte zur Stelle. Feuerwehr, Polizei und Rettungswagen. Ein Bild des Grauens bot sich den Hotelgästen, die sich in kleinen Grüppchen auf der Grünanlage vor dem Hotel verteilten. Axel, Komarow und die anderen fragten sich, ob dieser Anschlag wohl ihnen gegolten hatte. Mark Renner und Johannes versuchten, die Gemüter zu beruhigen, denn so konnte es eigentlich nicht sein. Wer wusste von ihrem Aufenthalt in Kloten, in diesem Hotel? Niemand. Wirklich niemand? Bei nüchterner Betrachtung konnten Dritte nichts wissen.

Alle reisten inkognito an. Wer wollte schon ein Scheitern ihrer Mission? Und in diesem zerstörten Trakt wohnte keiner der 24 Kollegen. Abwarten. Es wird schon eine plausible Erklärung dafür geben. Minute für Minute der Unsicherheit verrann. Endlich – nachdem die Polizei und das Hotelpersonal die Gäste nach einer Stunde des bangen Wartens wieder ins Hotel baten, sah man jedem die Erleichterung an. Die Kollegen um Johannes einigten sich darauf, sich in 30 Minuten wieder in ihrem Tagungsraum zu treffen.

Es war schon 23 Uhr, als Axel den Feierabend verkünden konnte. Das Ergebnis der Gruppenarbeiten konnte sich sehen lassen. Neben vielen gelösten Detailfragen wurden auch wichtige Arbeitsaufteilungen für die Zukunft geregelt. So etwa, wer mit wem internationale Probleme angehe. Es wurde vereinbart, dass sich die

**USA und Russland** um Brasilien kümmern sollten. Zum Beispiel in Bezug auf die Erhaltung des Regenwaldes. BRICS war praktisch die Verbindung zwischen Russland und Brasilien. Ebenfalls war der Schutz der indigenen Bevölkerung einschließlich der Einschränkung von Schürfrechten auf deren Territorium ein Problem, das mit allen Mitteln gelöst werden sollte.

**USA, Russland und Spanien** sollten sich um Venezuela kümmern. Um die gerechte Verteilung von Öl und um die Korruption. Venezuela erschien ihnen auch als geeigneter Standort/Ausgangspunkt zur Bekämpfung der Drogenbarone.

**USA, Russland und Deutschland** sollten sich der Problematik China annehmen, wobei Menschenrechte und wirtschaftliche Belange hier im Vordergrund standen.

**USA, Russland und Türkei** sollten sich der Menschenrechte und einer geordneten Wahl zur Regierungsbildung in Myanmar annehmen und sich um Nordkorea bemühen, **Russland, Deutschland und die Türkei** um Indien.

**Russland und die Türkei** waren dazu bestimmt worden, sich um einen nachhaltigen Frieden in Armenien und Aserbaidschan zu kümmern.

**Russland und Ungarn** sollten sich Belarus zur Brust nehmen.

**Russland und die Türkei** wurden auserkoren, Sorge zu tragen, dass in Syrien Frieden und Ruhe einkehre, und um die Kurdenfrage zur Zufriedenheit aller zu klären.

**Russland, USA und Italien** würden alle Kraft für einen Friedensvertrag zwischen Israel und den Palästinensern aufwenden, nachdem EU und UNO hier versagt hatten. Kräfte, die sich dagegen wehrten, seien zu neutralisieren.

**USA, Deutschland und Russland** würden in Namibia, zum Beispiel im Kavango-Becken, eine Zerstörung der schönen und erhaltenswerten Landschaft verhindern. Landschafts- und Naturschutz dürften von profitgierigen Ölgesellschaften nicht ignoriert und geopfert werden.

**Türkei, Russland, Spanien und Italien** sollten Einfluss nehmen auf Marokko und Libyen, um das Flüchtlingsproblem mit Hilfe von wirtschaftlichen Engagements zu lösen.

**Russland, USA und Deutschland** würden zusammen mit Japan über das Fukushima-Problem (Lagerung/Entsorgung) sprechen. Umwelt- und Naturschutz scheinen hier nur eine untergeordnete Rolle zu spielen. Deshalb würde auch das Freihandelsabkommen infrage gestellt werden, was den Lebensmittelimport/-export erheblich einschränken würde. Die Verhaltensweise der EU war in diesem Punkt, wie auch in vielen anderen Fällen, äußerst fragwürdig, um nicht zu sagen grobfahrlässig gewesen.

**Gemeinsam** würden alle Anstrengungen unternommen, um die drängenden Themen Steuerparadiese, Steuerreform für internationale Konzerne, Organisierte Kriminalität, Lobbyismus, Korruption, Flüchtlings- und Asylantenprobleme sowie wirtschaftliche Entwicklung in den sogenannten Drittstaaten, internationaler Sport, Schutz von Minderheiten, Vermeidung von Kriegen, auch Religionskriegen, Bekämpfung von Hungersnöten und Krankheiten, Ausbeutung der Rohstoffe in den Griff zu bekommen.

Um den Spaniern zu helfen, hatte man sich auf folgende Formel geeinigt: Reiseangebote nach Katalonien und ins Baskenland dürften erst wieder ausgeschrieben werden, wenn sich die Katalanen und Basken kompromissbereit zeigten und dauerhaft auf aggressive Aktionen verzichteten. Madrid würde Angebote zur Befriedung der Provinzen machen.

Innerhalb der Siebener-Gemeinschaft würde das Personal bei Verfassungsschutz, Geheimdienst und Polizei auf ein notwendiges Maß aufgestockt, um Organisierte Kriminalität und Korruption so schnell wie möglich auf ein überschaubares Level zu reduzieren.

Es solle ein Angebot zur Zusammenarbeit an die Franzosen geben, das war ein Wunsch von Axel, jedoch nur, wenn alle Vorgaben der Siebener-Gemeinschaft bedingungslos akzeptiert würden. Sonderwünsche und Ausnahmen gebe es nicht. Ebenfalls werde der NATO ein unmissverständliches und nicht verhandelbares Angebot unterbreitet, Russland in das Bündnis aufzunehmen.

Die Bezeichnung für diese neue Gemeinschaft sollte

### FU – *Friedensunion*

lauten.

Dafür würden eigens Radio- und TV-Sender installiert werden, ebenso eigene Printmedien.

Als Termin für den Tag X wurde der 1. Dezember festgelegt.

Johannes hatte als Organisator dieses Treffens dafür gesorgt, dass alle auch zu später Stunde noch etwas zu essen bekamen. So begaben sie sich erleichtert und mit etwas guter Laune, diese war natürlich durch die Explosion leicht getrübt, in den Speiseraum.

Nach dem Frühstück wurde von der Hotelleitung bekannt gegeben, dass die Ursache der Explosion nach bisherigen Erkenntnissen ein Leck in der Gasleitung war. Erleichterung in der FU-Gruppe. Diese traf sich nochmals im Tagungsraum zum abschließenden Gespräch und dem gegenseitigen Versprechen:

***Wir schwören, unsere Arbeit und unsere Energie
zum Wohle der Völker einzusetzen.***

Johannes ergriff das Wort.

„Liebe Kollegen, liebe Freunde. Ich möchte mich an dieser
Stelle nochmals recht herzlich für euer Kommen und die
tatkräftige, von Humanität geprägte Zusammenarbeit
bedanken. Es lohnt sich immer, darüber nachzudenken,
was man erreicht hat. Es lohnt sich noch viel mehr, darüber nachzudenken, was man besser machen könnte
beziehungsweise muss. Dazu bedarf es bei uns, genauso
wie bei euch, dass viele Bestimmungen, Rechtsverord-
nungen, Gesetze – im einen oder anderen Fall auch die
Verfassung – geändert werden müssen. In besonderen
Fällen auch im Widerspruch zur EU beziehungsweise zum
EuGH, wenn es nach unserem Ermessen dem Wohle der
Gesellschaft und der Bürger dient.

Wir werden uns mit aller Kraft darum bemühen, dass
zum Beispiel Religionskriege der Vergangenheit angehören. Bestes beziehungsweise schlechtes Beispiel Jemen.
Weiteres schlechtes Beispiel – Syrien. Die Zukunft dieses
Landes ist derzeit genauso unsicher wie die Feststellung,
wer das Sarin-Gas benützt hat. Wer hat es freigesetzt?
Die Opposition? Oder war es die Regierung? Vermutlich beide. Man weiß es nicht genau. Was wird aus der
Regierung? Was kommt eventuell danach? Was danach
kam, haben wir im Irak gesehen. Was danach kam, haben wir in Libyen erlebt.

Kluge Entscheidungen sind mehr denn je gefragt.
Dummes Geschwätz und unbrauchbare Vorschläge von

diversen Profilneurotikern sind so unnötig wie das Loch im Wassereimer.

Mein Vorschlag: Jeder trifft in seinem Land die geeigneten Vorbereitungen für einen Neubeginn. Wir werden, wenn alle einverstanden sind, über unsere bewährten Kommunikationswege in Kontakt bleiben, um rechtzeitig zum 1. Dezember die Ampeln auf Grün zu schalten. Das war's für heute von meiner Seite. Vielen Dank."

Applaus und Lob von allen Seiten.

Nach lockeren Gesprächen in kleinen Gruppen verabschiedeten sich die 24 Kollegen, um die Heimreise anzutreten.

# Berlin

Zu Hause wurden noch Details über das Vorgehen zum Tag X besprochen. Es wurde ein Dekret, man könnte auch sagen eine Anordnung oder ein Befehl ausgearbeitet, der am 1. Dezember den zu diesem Zeitpunkt Verantwortlichen sowie der Öffentlichkeit vorgelegt werden sollte. Diese hätten dann die Wahl zur Zusammenarbeit oder zur Aufgabe ihrer Ämter. Fest stand jedoch, dass einige Positionen neu besetzt werden müssten. Eine Parteizugehörigkeit würde hierbei keine Rolle spielen. So würden zum Beispiel folgende Ministerien besetzt:

Justiz: ein Rechtswissenschaftler,

Verteidigung: ein erfahrener Berufssoldat,

Gesundheit: ein Mediziner,

Klima-, Umwelt- und Naturschutz: ein Wissenschaftler etc. Personen, die sich in der Materie auskennen. Die wissen, wovon sie reden.

Es wurde auch beschlossen, dass am 1. Dezember bei einigen Kandidaten sofort die Immunität aufgehoben und Anklage erhoben würde. Zur Anklage stünden unter anderem Veruntreuung von Staats – beziehungsweise Steuergeldern, Falschaussagen vor Untersuchungsausschüssen, Vorteilsnahme, Strafvereitelung, Behinderung einer Ermittlung und Diverses mehr.

Vergesslichkeit konnte man nicht bestrafen. Wenn jedoch Personen, die sich auf einer sogenannten elitären Ebene befanden, etwa in Politik und Wirtschaft, sich auf unerklärliche Weise nicht mehr an Vorgänge erinnerten, die wesentliche Bestandteile einer oder mehrerer Handlungen waren, so ist das nicht nur in höchster Weise zweifelhaft, sondern auch unglaubwürdig. Diesen Personen mit gestörtem Erinnerungsvermögen, um nicht zu sagen vorgeschobener Amnesie, ist es nicht mehr zuzumuten, eine Führungsposition zu bekleiden, da sie dem Amt und der Verantwortung nicht mehr gewachsen sind. Sie würden entlassen werden und dürften in Zukunft keine politischen Ämter mehr innehaben.

Der General fragte bei Axel nach:

„Wie willst du eigentlich der Bevölkerung und den Medien die neue Regierung erklären?"

„Das wird so einfach nicht sein, aber wir werden auch diese Hürde nehmen. Es gibt ja den Spruch

**Don't sell the steak, sell the sizzle,**

und der kommt gut."

„Noch eine Frage. Bleibt es bei unserer Vorstellung? Du, Axel, vorübergehend im Kanzleramt?"

„Wenn nichts Gravierendes dazwischenkommt, werde ich mich opfern, und du, Walter, wirst das Verteidigungsministerium übernehmen. Ich werde dafür plädieren, dass wir unseren Job fünf Jahre behalten, um dann neu wählen zu lassen. In dieser Zeit können wir einiges bewegen und die Bevölkerung überzeugen, da wir uns vor allen Entscheidungen mit kompetenten Fachleuten auseinandersetzen und diskutieren werden.

In geeigneten Fällen werden wir auch Volksabstimmungen veranlassen. Ich werde unseren FU-Partnern den Vorschlag machen, dass sie parallel den gleichen Zeitraum für ihre Arbeit bestimmen."

„Das ist okay", kam vom General „Du solltest noch mit Johannes und den anderen besprechen, wie ihr euch sowohl um diverse EU-Parlamentarier als auch um verschiedene Regierungs- und Nichtregierungsorganisationen kümmern wollt. Da gibt's leider einige schwarze Schafe, die unter die Lupe genommen und ‚rasiert' werden müssen."

„Hab ich mir schon notiert."

„Noch etwas. Mir fällt immer wieder Neues ein. Callcenter aufspüren und eliminieren, um den kriminellen Trickbetrügern das Handwerk zu legen."

„Notiere ich sofort", sagte Axel, „und – was ist das Fazit unserer Recherchen? Egal in welchem Ressort, egal um was es geht, Alibiaktionen und Flickwerk waren bis dato in der Mehrheit die Ergebnisse der Regierungsparteien. Das sind Nebenwirkungen von Koalitionen mit unzumutbaren beziehungsweise schlechten Kompromissen. Reiner Machterhalt ist das Credo. Deshalb ist eine von Parteien bestimmte Politik und Zielsetzung nur eine suboptimale Variante bei der Regierungsbildung, auf die man gut verzichten kann. Optimaler ist eine Regierung mit parteiunabhängigen Experten. Also unsere Variante. Gemessen am Demokratieindex hat Deutschland die Nase noch lange nicht vorn. Wir wollen natürlich keine Ochlokratie, müssen uns aber viel mehr in Richtung plebiszitäre Demokratie bewegen. Ein Paradigmenwechsel ist notwendig – mehr denn je, begleitet von Ethik und Moral. Nobody is perfect. Was wir aber derzeit und in immer stärkerem Maße erleben müssen, sind unsere sogenannten moralischen Instanzen, die, wenn man alles unter die Lupe nimmt, diesem Anspruch nicht gerecht werden. Zum Beispiel in Berlin, in Brüssel oder sonst irgendwo. Für Geld hofiert man auch Despoten und lässt Menschenrechte und viel gepriesene Werte links liegen. Natürlich wird es einen fürchterlichen Aufschrei und Mordio-Gebrüll geben, wenn sie ihre Felle davonschwimmen sehen. Aber die Verantwortung dafür tragen die Akteure selbst. Die Medien und ihre Journalisten, die sich gelegentlich wie die Erziehungsberechtigten der Nation aufführen – siehe Thema Gender, siehe Thema Rassismus etc. –, werden tatkräftig ihren Beitrag zur Entrüstung leisten."

„Lass es gut sein für heute", sagte Johannes. „Wir treffen uns im November nochmals, um die letzten Vorbereitungen zu besprechen. Daumen hoch von allen und tschüss."

\*\*\*

Es war schon Mitte November, als sich Axel und seine Freunde in gewohnter Umgebung wieder trafen. Durch die fortgeschrittene Pandemie gab es außer den wichtigen Zukunftsthemen genügend Ärgernisse, die für reichhaltigen Gesprächsstoff sorgten. Was an Ungereimtheiten zu beobachten war, war wieder genügend Wasser auf die Mühlen von Kühlkopf und Co.

Die Schattenseiten der Konföderation waren nicht zu übersehen und bestätigten die Forderung, dass Gesundheit in die Zuständigkeit des Bundes gehört. Fast jedes Land innerhalb der Republik hatte andere Vorstellungen bei der Bekämpfung des Virus. Die Länderbarone und Provinzfürsten überboten sich gegenseitig an Vorschlägen, wie mit der Pandemie umzugehen sei. Letztendlich produzierten sie damit in Zusammenarbeit mit Berlin eine Kakofonie, die ihresgleichen suchte. Ganz abgesehen von Skandalen bei Krankenhausbetten und Mund-Nase-Schutz. Auf weiteres Fiasko – auch in Brüssel – konnte man schon Wetten abschließen.

Axel sah Bernhard an und fragte: „Kannst du die Aktion mit der Bundespolizei abklären? Wird es ein Problem geben?"

„Hab ich schon in die Wege geleitet. No problem. Der Chef, ein Freund von mir, ist eingeweiht. Wir können uns auf ihn verlassen."

„Gut. Wie sieht es bei dir aus, Walter? Kannst du bei Bedarf eine oder zwei Kompanien in Marsch setzen?"

„Da hab ich den Finger drauf. Die sind sofort da, wenn ich pfeife."

„Und bei dir, Johannes?"

„Mein Plan steht so weit. Ich werde ihn noch mit Walter und Bernhard im Detail abstimmen."

„Sehr gut. Dann warten wir auf den 1. Dezember. Ich wünsche uns allen ein gutes Gelingen."

\*\*\*

Am 30. November hatte Friedman Öztürk alle Hände voll zu tun. Die permanent eingehenden und verschlüsselten Nachrichten bauten zusätzlich eine innere Spannung in ihm auf, die er nur mit Mühe unter Kontrolle brachte. Als IT-Chef im Bundestag war er zwar einiges an Stress gewöhnt, aber heute war es schon extrem. Nachrichten aus Ankara von Damla Özcan, aus Washington, D. C. von Jeff Manson, von Igor Petrow, von Lino Monti aus Italien, aus Madrid von Marco Ortega, von Attila Antal sowie von Klarmund und nicht zuletzt das übliche Tagesgeschäft. Im Normalfall steckte er so etwas locker weg, aber im Wissen, was am nächsten Tag passieren würde, nagte doch so mancher Zweifel an ihm. Die Angst vor dem Verlust seines Jobs, falls etwas schiefging, verstärkte seine Zweifel noch. Als studierter Informatiker und Mathematiker hatte er andererseits auch die Gabe, sachlich und logisch über die Situation nachzudenken. Seine politische Gesinnung, die eher den Farben Rot und Grün zugeordnet werden konnte, überzeugte ihn selbst, das zu tun, was er tat. Die Weichen waren gestellt. Es gab kein Zurück.

# Berlin/Moskau/Washington, D. C./ Rom/Budapest/Madrid/Ankara,

## 1. Dezember

Kabinettsitzung in Berlin. Alle waren da. Mitten während der heftigen Diskussion über Hygienemaßnahmen, Schulpflicht, Präsenzunterricht und andere brisante Themen drangen plötzlich laute Stimmen von außen in den Saal. Die Türe öffnete sich, und mehrere in Uniform gekleidete Männer traten ein, gefolgt von Axel Kühlkopf, General Schütz, BKA-Chef Walter, Dr. Klarmund vom BND und dem Chef der Bundespolizei. Erstaunen und Fassungslosigkeit waren in den Gesichtern der Kabinettskollegen zu lesen. Bevor noch irgendjemand am Tisch etwas sagen konnte, ergriff Dr. Kühlkopf das Wort:

„Sehr geehrte Damen und Herren. Bleiben Sie ruhig, und behalten Sie Platz. Jeder von Ihnen erhält jetzt ein Schriftstück, das Sie bitte genau durchlesen und zur Kenntnis nehmen wollen. Danach wird sich jeder von Ihnen entscheiden müssen, welchen politischen Weg er in Zukunft einschlagen will. Allerdings gilt dies nicht für alle Personen hier am Tisch. Sechs von Ihnen werden hier entweder keine oder nur noch eine begrenzte Zukunft haben. Rechtliche Schritte gegen Sie werden eingeleitet." Axel verlas die Namen der sechs und bat sie, den Raum umgehend zu verlassen. Vier der sechs Kabinettsmitglieder schätzten ihre Lage sofort richtig und realistisch ein. Zwei dagegen waren der Meinung, sich widersetzen zu können. Es bedurfte nur einer kleinen Handbewegung vom Chef der Bundespolizei, und vier Kollegen kümmerten sich um die Widerspenstigen. Sie waren schneller auf dem Flur, als sie sich das jemals hätten vorstellen können, und wurden mit den anderen vier von BKA-Männern nach draußen begleitet.

Dr. Kühlkopf weiter:

„Sie haben jetzt 30 Minuten Zeit, um das vor Ihnen liegende Dokument gründlich durchzulesen. Danach haben Sie die Wahl, entweder mit Ihrer Unterschrift Ihr Einverständnis zur künftigen Zusammenarbeit zu dokumentieren oder als freier, aber arbeitsloser Mensch nach Hause zu gehen. Jene, die sich für uns entscheiden, werden wieder einen geeigneten Platz im neuen System erhalten. Diskutieren werden wir nicht."

Wildes Gemurmel und demonstrative Gesten zeigten den Unmut der noch verbliebenen Kabinettskollegen. Nach kurzer Zeit kehrte wohl die Einsicht ein, dass so gut wie keine Alternativen zur momentanen Situation vorhanden waren. Getuschel im Raum.

Nach der halben Stunde meldete sich Axel und bat um Entscheidung. Als Erste leistete eine Kabinettskollegin ihre Unterschrift. Eine Weitere folgte. Nach und nach waren auch die restlichen Kollegen bereit, ihre Zustimmung zu geben. Die Gründe dafür mochten unterschiedlicher Art sein. Wichtig für die Akteure war jedoch, dass alles friedlich und in – den Umständen entsprechend – geordneten Bahnen ablief. Kühlkopf forderte die geschrumpfte Kabinettsmannschaft auf, nach Hause zu gehen und auf weitere Anweisungen zu warten.

Vor dem Gebäude warteten bereits Journalisten, Reporter und Paparazzi, die mitbekommen hatten, dass etwas Außerordentliches passiert sein musste. Johannes organisierte inzwischen Mikrofone und Lautsprecher. In Windeseile war eine größere Absperrung angebracht, verstärkt durch eine Kette von Sicherheitsbeamten, damit das Haus nicht gestürmt werden konnte. Ebenfalls waren in unauffälliger Weise genügend Männer vom BKA und BND verteilt. Man konnte ja nicht wissen, wie sich die Situation entwickeln würde. Zwei in Berlin stationierte Kompanien waren zusätzlich in Alarmbereitschaft, verließen die Kaserne jedoch nicht.

Nach kurzer Zeit trat Dr. Axel Kühlkopf vors Mikrofon und gab ein Statement zur neuen politischen Situation ab. Er bat dabei die Bevölkerung sowie die Medien, Ruhe zu bewahren und nicht in Panik zu verfallen, denn dafür gäbe es nicht den geringsten Grund. Alles Weitere könnten sie in den nächsten Tagen den Nachrichten in Radio, TV und Presse entnehmen. Axel zog sich mit einem Dankeschön für die Aufmerksamkeit zurück und meldete sich sofort bei Friedman Öztürk.

„Haben Sie bereits Infos von unseren Partnern, Herr Öztürk?"

Da es 18 Uhr war, konnte es sein, dass bei den US-Amerikanern noch nicht alles in trockenen Tüchern war.

So gab Öztürk bekannt:

Moskau positiv!
Madrid – positiv!
Budapest – positiv!
Ankara – positiv!

Rom – dort gab es noch Tumulte im Parlament, aber scheinbar war alles im Griff und nur eine Frage der Zeit. Innerhalb der nächsten ein bis zwei Stunden würde alles entschieden sein.

Washington D. C. – Jeff Manson informierte, dass die Lage ruhig sei. Es sei 12 Uhr mittags, und die Nationalgardisten sowie die Marines von Dannemann stünden zur Ablösung bereit. Man könne davon ausgehen, dass in einer Stunde alles geklärt sei.

Die Infos von Öztürk waren für Axel und seine Freunde eine große Erleichterung. Auch für Öztürk selbst, da sein Vater, ein Journalist, in Ankara im Gefängnis saß. Grund: Zugehörigkeit zu einer kriminellen Vereinigung.

Axel vertrieb sich mit Bernhard, Walter und Johannes die Zeit in der Kantine des Kanzleramtes, die aufgrund der besonderen Ereignisse die Schließung verschob. Er wollte sich heute auf nichts anderes konzentrieren, bis klar war, dass die Ampeln auch in Washington, D. C. und Rom auf Grün waren.

Es war 21 Uhr, als sich Öztürk nochmals meldete.

Rom – positiv!
Washington, D. C. – positiv!

Die vier sprangen von ihren Sitzen auf, zeigten die Siegerfaust und klatschten sich ab. Ein Tag, auf den sie lange hingearbeitet hatten, ging erfolgreich zu Ende. Das größte Stück Arbeit lag aber vor ihnen. Axel rief Uschi an, die schon lange zu Hause war.

„Hallo, Axel, was gibt's? Ist was passiert?"

„Ähm ... Wie soll ich's sagen. Ja, es ist etwas passiert. Du kannst morgen deine Sachen packen."

„Wie – Sachen packen? Welche Sachen?"

„Na, deine Sachen in und auf deinem Schreibtisch. Du bist entlassen."

„Was? Weshalb? Du machst Scherze."

„Nein, mach ich nicht."

Uschi entging der leicht lächelnde Tonfall nicht, und sie fragte nochmals: „Was jetzt genau?"

„Du bist als meine Sekretärin im Innenministerium entlassen und wirst offiziell ab morgen in der ‚Waschmaschine' arbeiten. Dafür bekommst du einen neuen Arbeitsvertrag. Den Rest erkläre ich dir morgen. Du kannst also ganz in Ruhe und ohne Sorgen schlafen. Also dann, gute Nacht."

„Gute Nacht, bis morgen."

Bernhard und Johannes bestanden darauf, dass Axel den ihrer Meinung nach notwendigen Personenschutz annahm, der ihm jetzt zustand.

Die Mannschaften von Walter Schütz und der Bundespolizei blieben in den nächsten Wochen noch in Bereitschaft, während das politische Tagesgeschäft im neuen System und unter der neuen Führung Formen annahm.

Ende – Vége – Конец
Fin – Fine – Son – End

# DER AUTOR

Pit Bernie, geboren 1947, arbeitete nach dem Besuch einer kaufmännischen Berufs- und Handelsschule und nach Ableistung des Wehrdienstes als Organisationsleiter im Verkauf. Vielseitig interessiert, engagierte sich der begeisterte Saxofonist und Maler als Dozent in der Erwachsenenbildung sowie politisch auf Gemeindeebene.

# DER VERLAG

VIND🕯BONA

VERLAG SEIT 1946

*ein Verlag mit Geschichte*

Bereits seit 1946 steht der Vindobona Verlag im Dienst seiner Bücher und Autoren. Ursprünglich im Bereich periodisch erscheinender Journale tätig, präsentiert sich der Verlag heute als kompetenter Partner für Neuautoren am deutschen, österreichischen und schweizerischen Buchmarkt. Engagement, Verlässlichkeit und Sachverstand – das sind die Grundpfeiler, auf denen der Verlag seit jeher sicher steht.

Sie möchten mit Ihrem Werk das vielseitige Verlagsprogramm bereichern? Der Vindobona Verlag garantiert Ihnen eine professionelle Prüfung Ihres Manuskriptes durch das Lektorat sowie eine zeitnahe Rückmeldung.

Genauere Informationen zum Verlag finden Sie im Internet unter:

www.vindobonaverlag.com